宗璞文集

第③卷 短篇小说

人民文学出版社

青年宗璞

西南联大附中毕业照(持锦旗者为宗璞)

目 录

题未定 …………………… 1
A.K.C. …………………… 7

桃园女儿嫁窝谷 ………… 14
不沉的湖 ………………… 31
后门 ……………………… 46
知音 ……………………… 59

弦上的梦 ………………… 75
全息照相 ………………… 104
米家山水 ………………… 112
青琐窗下 ………………… 127
一墙之隔 ………………… 142

鲁鲁 ……………………… 151
团聚 ……………………… 165
熊掌 ……………………… 182
心祭 ……………………… 191

蜗居 …………………………………… 205
泥沼中的头颅 ……………………… 215
我是谁？…………………………… 224
谁是我？…………………………… 232
她是谁？…………………………… 241
你是谁？…………………………… 247
彼岸三则 …………………………… 250

朱颜长好 …………………………… 257
勿念我 ……………………………… 270
长相思 ……………………………… 284

核桃树的悲剧 ……………………… 297
胡子的喜剧 ………………………… 310
甲鱼的正剧 ………………………… 318

画痕 ………………………………… 325
打球人与拾球人 …………………… 331
稻草垛咖啡馆 ……………………… 334
董师傅游湖 ………………………… 339
琥珀手串 …………………………… 342

题 未 定

近来有一个习惯,每天教过王小姐吉他之后,回到宿舍来天已差不多黑了,就到街旁一家米线铺吃一碗米线,安慰安慰自己,贿赂一下自己,不要对王家的庄严的钢琴,有情致的提琴,生出不平之心来。这习惯已经有一个礼拜了,老是坐最靠墙角的一张桌子,总是吃卤饵块。本来倒想时常换着吃,可是因为前几天总是要的卤饵块,铺子里一见我进去,就煮卤饵块了,后来也懒得说,于是就总吃卤饵块。

王小姐不是一个聪明的学生,其实应当说不是用功的学生。我如果要学一样东西,一定抛弃一切弄得有了头绪才行。她就不,学着吉他,电影是一天几场地看,舞是通夜地跳,根本不去练它,以至于两星期可以学会的,连指头要拨哪根弦都不熟。我这天就对她发表我的人生哲学,她一言不发,望着我乱蓬蓬的头发出神。

回来时非常不高兴,进了米线店,决定不吃卤饵块了,要的叶子米线。坐下时发现前面一桌有一个穿着短衣服、全身已很破旧了、满都是补丁的老人,脸上正微微带着笑,在被生活压迫得僵硬了的脸上,有一点慈祥的意味。

"还是换着吃好,嘿嘿……"

我恍然看,每回我来,都觉得好像那儿有人似的,今天才看清,便也对他笑了一笑。他面前放了一个小瓶,装了半瓶白色的液体——一定是酒。他耐心地饮着,非常满足,而且好像那是他生活中唯一的满足。身侧放着一根扁担。

"你家先生是联大的,可是?"闪耀着一点光辉在脸上。

"你家辣燥①的啦!还认得联大。"

老人更笑了:"我有个儿子在过那点嗯!说是好哪好呀!活计多轻,饭么随便吃。原本他在军队上,着人家拉了去的,日日挨打,整天拉木头。他耐不住了,开小差出来,跑在他嬷那点,他嬷帮的那家人找的事情。"

"你家少爷叫哪样名字?我回去认认,大家照应照应。"我开始吃米线。

"这阵不在了,着人家抓着整掉了。"他说得很干脆,抓住酒瓶吮了一口,脸上突然变得极僵硬,眼睛瞪大了。

"整掉了?"

"整掉了就是整掉了!"他微弱而又爆发似的说,接着呻吟了一声。

我的米线吃得也没味儿,站起来看见他的裤子上补了一个大白补丁,补丁上又是各种颜色的小补丁。

"你家请坐!"急忙走。

次日再去教琴时,王小姐高兴得要命,招待吃很久没吃了的牛奶杨梅、巧克力蛋糕。回来时看见米线铺不想进去了,但又一转念,买了一包花生米进去。

老人一见就打招呼:"你家来了请杯酒么。"

---

① 辣燥,能干之意也,只取其音,不知如何写法。

我坐下了。打量他,他是我们民众的典型,破烂的衣服,忍耐的脸,握着酒瓶想隐瞒痛苦的姿势,嘿嘿地笑着,肌肉不自然的牵动以及在身旁的遍体鳞伤的扁担。

"你家请花生,我特为买给你家的哪!"

"买给我?"他吃惊,而后又笑了。好像父亲受儿子的东西。从心底有一点得意。我打开纸包,抓了一大把放在他面前,望着他。他慢吞吞地拿了一粒,放在嘴里,更慢地咀嚼着,仿佛深怕花生的味道会没有完全领受,然后抿了一点酒,就深深出了一口气。再吃花生,再抿酒,再满意地叹气。

"老人家牙齿竟还好?你家有好大了?"我觉得他约有六七十岁的样子,庆幸着他居然还能吃花生,还不太显我这人素来办事疏忽。

"五十刚过,属羊的,唉!老得快……你们先生们四五十岁有像二三十岁人一样的。我们不行啊!"大概多喝了一点酒,眼睛湿润了,话也多起来,"乡下田不好种啊!想想吗,哪个会离了自生自长的地方上省来?就为了种田会贴本!租子高,请工贵,买肥贵,那么绿汪汪的田,一家人会过不下去……"

"卖米出去不是也贵吗?"想要安慰他。

"稻子割啦,一送官粮,自己留点吃的,卖哪样?就是有阵卖卖,还着收的人硬压着价。真没得办法,只好连自己吃的都相宜①卖了……"好像对我的不懂事生了气。

我茫然了,今天真亲耳听到了这样的不像一个人生活的生活。自己种田,自己没有吃的,这可能吗?这是自己活着?我怒气填膺,我恨,我想喊!突然王小姐等那些闺秀们的血红的口在

---

① 相宜,便宜也,贱价也,亦只知其音。

面前一闪,我想告诉老者:"看!你们我们的血……"

"你家慢请酒,我回学校去啦!"

"嘿嘿,读书去了咳?你家。"咂了一下嘴。

以后就常去和他谈天。总带点花生、卤食之类的去给他下酒。望着他的多皱纹的不健康的脸,觉得这真是可爱的人!在那些没有阳光的地方,有多少成千成万的如他一样的人生等着命运的命令啊!

这天去教琴时,走过米线铺,伸头进去,老板看见说:"老倌儿还没有来。"心里突然不高兴起来,向前走时,觉得奇怪,因为平常他总是已经在了,我相信他也喜欢见我的。

到了王家,在花树之间走得非常慢,正是桂花开了,我仿佛被溶化在香气里。忽然坐起间里一阵哄笑,无意间,王小姐的声音飘进我的耳朵。

"真的,冯简不是很好看吗?头发总是洗得蓬蓬的,不擦油。学生装蓝布大褂穿得那么潇洒大方。"

我停住了。

"看起来也很聪明。大概不过二十岁吧?"这是密斯赵的声音。

"好像是二十一岁,真是挺可爱的小孩子,是不?我要抓住她玩玩呢?"

"哦,无怪乎要学吉他了!"一阵笑。

我转身出了王家的大门,脑中涨得厉害,仿佛那些尖锐的笑声,在里面扩张扩张……

到了米线店,老人还是不在,我颓然地坐下了。

暮色渐渐浓了。

"你先生等老倌儿吗?他们这份苦人,挑着东西一个斤斗掼死都是有的。要米线吗?"老板见我不答,又加上说,"他昨天还说是要多赚点钱请你先生吃回酒呢。"

我昏昏然离了这间小店,走向学校了。他的命真是不值钱啊!就这样悄悄地去了。真正的中国的老百姓,中国的主人,没一个知道他的死,给他掉一滴眼泪……想着应当帮助帮助他的妻子儿女,照他的话是"死了的儿子的嬷和兄弟妹子"。可是突然想起了不知道他姓什么!我怒极了,痛恨着,王小姐有一个毫无价值的生活,可是多么嚣张啊!想要以别人为玩具,点缀她那腐了的日子。这里却有一个可爱的被人役使的生命,突然折断了。

很久很久以后,我还渴望着他的酒。仍常到那米线店去,每次老板都说:"等老倌儿吗?还没有来。"

一九四五年十月十二日稿

一点说明:偶拣旧物,发现几张发黄的纸稿,纸边已残缺,字是竖行写的,细看是一九四五年的旧稿。这是我的第一篇小说,看来是想投寄某个刊物而未寄。文字幼稚,是显然的。但其中的同情心可以触摸。

那年我十七岁,曾撰一副对联:"简简单单,不碍赏花望月事;平平凡凡,自是顶天立地人。"所以这篇小说笔名是冯简,后来发现这名字已有人用,便放弃了。

我好苏东坡诗词,很喜欢他的一首不太著名的《行香子·述怀》:

清夜无尘,月色如银。酒斟时,须满十分。浮名浮利,虚苦劳神。叹隙中驹,石中火,梦中身。　虽抱文章,开口谁亲。且陶陶,乐尽天真。几时归去,做个闲人。对一张琴,一壶酒,一溪云。

初读这首词,是在昆明乡下的破庙里,大约只有十几岁。如今六十年过去了,我经历了各种幸与不幸,体验了人生的苦乐。但是始终未改那"简简单单,平平凡凡"的初衷。

2005年7月8日

(原载2005年《钟山》第6期)

A．K．C．

这是一位先生偶然说的小故事,听了以后,觉得奇怪,心里也很不舒服,不知为什么。于是便想把它写出来……是为序。

我在巴黎的时候,有一段非常安静的日子。那时候朋友不多,这不多的朋友也不太亲密,却带了一种轻微的喜悦来往,很平凡,很淡漠,这正是我所喜的。在这些朋友中,有道貌岸然的老博士,有跳来跳去的孩子,有总是那样笑着的姑娘,有什么都不怕的年轻人,还有孤寂了半生的老处女,我和他们相处得很好,没有什么热烈的感情,可是自然有一种融洽,一种关心,一种不可忘记的友谊。我们不时常在一起,可是我常常觉得,我在这远离自己祖国的地方,并不是孤独的。

波娃利小姐——我的朋友之一,更对我俨然有母亲的态度,对我的读书到天亮,少吃了半片面包,都要仔细研究。这是一个已将近六十岁,瘦长,亮眼睛,面色苍白的独身女士。我觉得世界上没有伴侣的人都该是面色苍白的,她的苍白更像是一个透明的人,她是美丽的,到现在仍是美丽的。时间,只更加给她慈祥、高贵。她的亮眼睛里偶然流露出的对人生体验的凄凉神色,有时在我看来,几乎是神圣的。

她毫不孤独，也没有怪癖，在大学里学生景仰她，朋友们也都喜欢她。她的兴趣是多方面的，懂一点音乐、绘画，常是愉快迎人的，有时带些并不逼人的冷气。这样的人，会始终独居，我以为这是人生的一个谜。

这是一个法国的七月的晚上，带着一种像提琴般悠扬的情调的晚上，太阳不过刚下山，世界带着浅浅的黑色。因为是暑假，我正在巴黎附近乡下，随我自己度我的时光。这一天，进城去了。刚在这时候，我从城里回来，快乐地。因为，我买到一本久已渴望的小诗集，很不流行的但是一本真好的小书，还有一个小瓶，一种法国式样的小玻璃瓶，很精巧，也很雅致，确实是很可爱的。

我看见屋子里的灯光亮着，那浅蓝色的光辉好像正等待我。谁来了呢？我要介绍给她这本书，念给她听那露珠般晶莹的词句。

"你回来了。对不起，你看，我自己就进来了。"出来迎我的是波娃利小姐，在她的眼睛里闪着微笑。

我十分高兴她来看我，也十分抱歉要她等了这么久，我把我的快乐暂作秘密，吃过晚饭，才让她猜猜我的宝贝。她当然知道我一定是找得了一本久已想要的书，但另外的呢，她知道我是喜欢小玩意的，几乎和女孩子一样，但这范围太广，难得猜中是什么。最后她要求我拿给她看。

小玻璃瓶摆在桌上了。十分悦目，有一层轻盈的光泽。我一笑，回头看波小姐，令我吃惊的是，像一个大理石的雕像，她坐在那儿，一动也不动，完全怔住了……

发生了什么事呢？她的眼角、嘴边显着忍耐的坚定，许久，一滴眼泪在她的脸颊上，我想她受了痛苦么？

"你愿意听故事?"她问。我不知道该怎样回答。

这么久了,大概是四十年前,巴黎有一个很快活的女孩子,顶顶快活幸福的女孩子。她年轻美丽,有地位,有一颗同情别人爱别人的心。世界在她有的只是阳光,温暖的阳光,即使有一点小阴暗,也显得异常可喜,正好作为她快乐的生活的点缀。

她永远是被人喜爱的,她很任性,但是从小所受的教育使她成为并不是坏脾气的人。男朋友、女朋友围绕着她,她对他们都好,但却都差不多,他们也都对她好,也全差不多。父亲、母亲使她有一个随意发展的机会,她从没有受过挫折。哦,那是多么美丽的日子,可也是多么笨拙的日子啊!

苦痛、磨难,可以使一个人聪明。她的金丝雀般的生活,到一定的时候也该结束了。

那是在一个宴会里,他被人介绍给她,她那时穿了一件浅绿色的衣裳,戴着一串红宝石的项链,黑发上扣着红玫瑰……奇怪,我为什么记得这个,我为什么记得这个呢?虽然她确实是戴了红宝石项链,穿了绿色的衣裳,那绿色,后来据他说,是软软的,软软的……他是一个不爱说话的人,一个严肃的年轻人,一个医生,一个硬得太方正了的几乎是可惧的人,他鞠躬,轻轻地看着她。

我不记得那是怎么一回事,好像很自然,很应该的,他们成了好朋友。她对他比对那一群朋友好得多,他对她也比那一群朋友好得多。他们常常在一起,那是多么愉快,像两个在黑夜中相亲的小星,他的微笑透出他的灵魂又映在她的眼睛上……那么多时间做什么呢?我竟忘了,竟想不起来……

从此,她结束了她的毫无忧虑的生活。她常常苦恼,为什么,谁也不知道。人人都很容易地看得出来,他是在爱着她,她也在爱着他。两个人的家庭都是很好的,两人都很被对方的父母喜欢,这不是幸福而简单的事么?但是人是太复杂了,复杂到自己也莫名其妙。

事情发展得很快,她就在等他的求婚了。然则,世界上谁又真正了解谁呢?她明知他爱她,从他偶然的微笑里,从他天天来看她,天天为她带来显示着生命的灿烂的花朵……他也知道她爱他,从她总在那米色的窗帷后等他,从她常走到两边是冬青围着的小路上来迎他……但是,花朵,冬青树,有时候窸窸窣窣地唱着:"他爱她,她爱他……"而他们自己却只谈着不相干的话,看着天、云、绿了又黄了的叶子。

好懦弱的人类啊,我恨呢!

又是一年的春天了,杨柳发出嫩绿的芽,少女的眼睛一般的鲜亮,皮肤一般的细嫩啊!好快乐的日子:他们有个短短的假期,把自己的工作暂作结束,一同去访问山的明媚、水的晶莹。常常不知道是什么事,两人便轻轻地笑着。光阴在愉快中滑过了,哦,我疑心是有人从这假期里偷去了一些时间,加在女孩子以后的生活上,不然,为什么欢乐这样短,苦恼这样长呢?

在假期的最后一天,他们去划船,水是深绿色的,更深颜色的水藻在底下动着,慢慢地动着……有时一两朵小的白花流来,又不经意地流去,桨声和谐地响着,打起一排排白色的泡沫追逐着白花,世界就像在梦里……他没有说话,带着沉默的神色,交给她一个小瓶,美丽的致人死命的小瓶,就像你的这个——她接过来说:"好可爱的礼物啊!"他淡淡一笑,说她的声音很好听。

不久,他就离开了她,也离开了她的父母、朋友,到一个遥远的地方去,说是要把生命交给广大群众。人人都惊异,说这像失恋的样子呢,但是怎么会,他向她说了什么遭到拒绝了吗?不是的,她不是也很悲伤么?

是的,她悲伤极了,她不懂,不懂为什么他要这样地走开,没有一点音信。自己造起一个个原因,又一个个把它推倒。她逐渐苍白消瘦了,不只是怀念她所爱的人,更苦于不知道为什么会有这样悲惨的命运。怀念啊,怀念是折磨人的,她好像顶奇怪地生活着——等待,等待,她念念不忘那个人,以为他会回来的,以为他总有一天会回来的。

那小瓶被珍重地放在一个丝绒盒子里,她几乎当它是有生命的东西,不敢动它一动。更常向它祈祷,对着一个不祥的奇怪的玻璃瓶,仿佛这就是她生命的根源。眼泪在她的脸上,无声无息地缓缓地一串串流下来,半开的嘴唇颤动着,满心离奇的悲伤和莫测的辛酸,那是一种怎样的经验啊!我要哭了,好惨痛的生活!年轻人,愿你永不会经历到。

不久,她的父母也去世了,这段事情,也被人遗忘了,像人对别的不关自己的事一样,只剩她凄凉地过着,后来又有几个结婚的机会,但她却很严厉地避开了。她并没有想到这是为了他的缘故,她努力使自己好好地活下去。

一年又一年,她渐渐大了,老了。也习惯了自己安静的生活,像一池死水,永远不再起半点波澜了,她尝试着去同情别人,使别人愉快,伤痕布满的心,也逐渐平复麻木了,只是那小瓶,那代表一个可怖的秘密的小瓶,仍在那丝绒盒子里,也可以说是安慰她,也可以说是折磨她,那小瓶,对于她自己,对于她的感情,以及小瓶的本身,全是一个谜。如果不是一个孩子她就会永远带着这个谜、这凄凉的安静和一颗不知所以然的心到坟墓里去了。

11

一天,她从外面回来,看见一个发抖的孩子,站在她面前,十分惶恐地望着她。

"什么事,孩子?"她死了的心也仿佛觉得了点什么不平常。

这是一个邻居的孩子,时常来她的屋子里帮她收拾点东西,啊,这是一个天使,一个小天使,若不是他那孩子的好奇心,她死去也是昏昏沉沉,莫名其妙的了。但若真的是这样,真的她始终不明白瓶子的意义,又是怎样呢?我不懂,世界上的事,原是难说得很啊!

"什么事?"她绕过孩子走进卧室,一眼就知道什么事发生了。地上有一堆碎片,亮晶晶的,乱七八糟的,带着闪光,她觉得一阵连心的痛苦,把她已不成为心的心撕碎了,她跪了下去,抚摸着那些碎片,孩子畏怯地站在她旁边。忽然,一片白纸在这刺眼的一堆中一闪,她不觉伸手去拿它,手马上被碎片扎破了,鲜血涌出来,很红,很红,她觉得很舒畅,不可见的伤口才是最痛苦的,不是吗?

纸上写的是:"你愿意交给我你的手和心吗?"反面是:"希望你能在一个星期内告诉我'可以',过了七天,就表示我将有不幸的一生,也不必再用你的笔迹来催促我走向灭亡了。"

她酥软了,半躺在地板上,太奇妙了啊!这是怎么一回事呢?

她又坐起来,一片片地看着那些碎片,像观察自己爱人的脸色一般地看那些碎片,圆的厚底上有三个字:A.K.C.。她念,机械地:"A.K.C.,A.K.C.,噢,原来是 a casser(打碎它)啊!"她哭了,从心底,多少年来,这是她第一次放声地痛快地大哭了,她觉得她所爱的人走近了她,她算懂了他……多少年来的谜,原来是在 A.K.C.三个字上。可是多少次的审视,都当它是个什么商标罢了……她真愿意用一生的智力去换得能领悟 A.K.C. 三个字的意义啊……而现在是太晚了,究竟是谁负了谁呢,两人都必须活在世界的两端,过痛苦的日子,这是为什么?人为什么有这样多余的痛苦呢?

小孩子拾起那些碎片来,茫然地念:"A.K.C., a casser……"

一时了解的舒畅过去了。然后是不能忍受的痛彻肺腑的难过。眼睛是干的,灵魂是枯竭的,神经的抽搐使她疼痛……小瓶碎了,什么是她生命的支持呢?

她晕过去了,离开一下世界的残酷,人类的不可饶恕的复杂罢……

你听见吗?世界悲凉地唱着:"A.K.C., A.K.C.……"

波娃利小姐说到这里,声音渐渐微弱了,在沙发里闭上眼睛,又是一滴眼泪在她惨白的脸颊上。

提琴柔美的调子过去了,黑沉沉的夜色笼罩在大地上,第五交响乐奏起来了,命运之神逼近来……纵然人生的苦难多得很,这世界中的一点辛酸使我的心好痛……

注:法文 a casser 发音如 A.K.C.。

(原载天津《大公报》1947 年 8 月 13、20 日,署名"绿繁"。文字略有改动)

桃园女儿嫁窝谷

北风漫天卷地呼啸而来,摇动了整个被冬天凝冻住了的山谷。冰封雪冻的田野上,弥漫着黄沙一片。这正是塞外数九寒天的日子,风头打在人身上,真和鞭梢抽的一样。这样的天气,连鸟雀都不朝窝外探头。从桃园村到窝谷村的一条弯弯曲曲的山径上,却有一个六十多岁的老汉大步走过来。他戴着大皮帽子,穿着大羊皮袄,是个瘦高个,直撅撅的胡须上,挂满了冰碴儿,因为走得急,嘴里直冒白气,像是叼着一根燃烧着的短烟管。

这是桃园村的老四爷。这方圆几十里,没有不知道他老人家的。他是老果树把式,果园经过他侍弄,多挂三五千斤果子是常事。前几天,公社通知他,有空就往窝谷去一趟,帮助计划栽果树,他这是"出差"哩。

自打成立公社后,老四爷常常"出差"。全社四十来个村,他跑了一大半,到哪儿都是拿人家的事当自己的事办。人家高兴,自己欢喜,兴高采烈地去,眉飞色舞地回。可不知为什么,这回到窝谷去,却沉着脸,噘着嘴……

老四爷心里生着气,早饭也没有吃,就冲出村子。其实这么大风天,原用不着这天去。可是,一来老四爷着急要早点在窝谷种上果树,上级交的任务,他是从不耽误的。二来呢,他有点私事。原来昨天晚上,他的独生闺女晚姐,跟他提起了自己的终身大事。老四爷四十岁上才得了这一个闺女,老伴坐月子死了,父女俩风风雨雨过到如今。闺女说要出嫁,该是做爹的心上一块石头落了地。可是不然,闺女一提那窝谷村的对象,老四爷眉头上就咔嚓拴了一把锁,一夜没有睡好觉,恨不得立时三刻上窝谷看看,拿着事实回来和闺女开家庭会议。因此这会子,脸还黑得像周仓。

桃园村祖祖辈辈,哪有一家好闺女嫁到窝谷的?也怨不得老四爷接受不了。原来那桃园村和窝谷村,都在桑干河与南山之间,两村相隔不过五里,却是两般天地。那桃园村,要山有花果山,要水有甘泉水,夏天吃不赢的各色鲜果,冬天藏不完的五谷杂粮。一道沙河穿山而过,依着山势在沙河两边造起房屋,远望真如几层高楼。这村子的姑娘十有八九是当村做媳妇,出村的几家也都在涿鹿县矾山镇。所以有一句话说:"桃园女儿不出村,出村只在矾山镇。"尤其是解放后,桃园村推翻了地主,人们生活的提高,是看得见摸得着的。那窝谷村,在山沟沟里,山不长果树,地不吐甘泉,全村只有一眼小井,这井中间还拐着个弯儿,打水要有特别的技术。全村人换班打水,真个是用水如油。所以凡说起这村,都道是"干窝谷、穷窝谷"。也有一句话说:"窝谷女儿不回门,回门女婿不相跟。"说的是窝谷女儿嫁在外村,回娘家时,女婿怕苦,不愿跟着来。一九五六年走高级社,从桃园引了一道泉水,算是把这"干"字帽摘了。那"穷"字呢,虽说这几年好多了,可要和桃园村一比,这顶穷帽子还脱不掉。过去桃园、窝谷两村,相隔虽近,却少来往,更没有一门正经的儿女亲家。这么些年,桃园只有一个破落地主的寡妇,实在没人要了,走到窝谷,跟了一个老光棍汉。那寡妇好擦官粉,一张脸像石灰似的,人们见村南头有个影壁也涂着石灰,都管那寡妇叫"南影壁"。

"咱晚姐这样的闺女,多少人家争着要,如今要嫁在窝谷,像那南影壁似的,可丢人不丢人!"老四爷想着,使气地朝迎面扑来的风头顶去。

晚姐的性子,做爹的是知道的。那是一条道走到黑的,谁叫她是爹的女孩儿呢。现当着桃园村果园队副队长,屋里地里都是好手;眉眼弯弯的,常像是在笑。她却不是好说笑的人,总是哑默悄静地做活。"多像她娘啊!"老四爷想着,叹了一口气。

她还是团员,主意大着哩。问她:"你跟定了梁春泰?"她只把一双明亮亮的眼睛瞅着爹,点点头,不言语。再问得紧了,就低下了眼睛,只管看着手里剥的麻,剥下来的麻像银丝一样堆满了一炕。

说实在的,老四爷并不是那扎不透挑不开的老封建脑袋,要包办儿女婚姻。梁春泰是什么人,他也不知道。只是桃园人大都看不起窝谷,中心小学的老师说这是大桃园主义。老四爷也免不了有一套看法。心平气和的时候,能想想道理:"都是一个大公社,把人家小村看得不成器,有啥意思?"再说,各个穷村都在闹穷队赶富队,公社书记都说过,不兴拿老眼光看人。咳,可真要让自己的闺女上这村来,就不像光讲道理这么简单了。

想着想着,老四爷觉得自己为这事动肝火有点不大对头。这时,远远已望得见窝谷村缩在山坳里,显得那样寒碜可怜。因为不把窝谷放在眼里,他有几年都没往那村去过。本来嘛,那村子的地点也太别扭,上公社,上县,上哪个村也不顺路。"这村,赶富队也不是一口气吹得起来的啊!"他忽然想起公社正帮着窝谷闹的穷队赶富队的计划,其中一项是栽培果树,而他就是来研究在窝谷栽培果树的。"快赶罢!快赶罢!大家都早点建成了社会主义多好啊。"一面不由得加快了脚步。

到了窝谷村边,风像是小些了。老四爷用手巾渥着胡子,把冰碴子擦掉,挺胸昂头进了村。只见满村静悄悄的,两条街,不见一个人。"大概都在炕上坐着吧!"他寻思。走到生产大队门口,门上牌子写得清楚,可是院里也没有人,往门上看,扣着把锁,把门攘撼了两把,也没有动静,他气哼哼地又走到街上来。"干部都家去歇着了?不怪这村穷呀!"正气着,见一个戴红领巾的孩子从家里出来,挽着粪筐,舞弄着个粪叉子,便连声叫:"那孩,你过来!"

红领巾有礼貌,过来问:"老大爷找谁?"

"把你们的支书、队长找一个来!"

"支书、队长不在家。"

"把你爷爷找来!"老四爷生气地说。

孩子不明白是怎么回事,回说:"我爷爷死了好几年了。"老四爷一时说不上话。孩子说:"有公事找副队长也行,副队长在白土窑上刨白土呢。我去拾粪,领你去吧。"

老四爷没奈何地跟着孩子走出了村。一阵北风没头没脑往皮袄里钻,把他刮得脚步踉跄,咯噔噔打了个冷战。那孩子缩着头,满地看着,见粪就拾,一会儿,就拾了半筐。

"粪倒不少。"老四爷嘟囔说。

"俺村全村总动员,乘这个农闲季节,刨白土、积粪肥,你是外村人,不知道罢?"孩子抬头看着一脸倔相的老四爷,挺直了腰说,"这也是穷队赶富队计划里头的。我们订的计划,可细着呢!"

"你拾粪一准也是计划里头的。"

17

"你可不猜着了!就是!"孩子高兴了,一抡粪叉,差点打中老四爷的头,"你猜订的多少?我们趁着放寒假,要给咱大队多出点力!"

说话间,到了窝谷村后山梁上。风好像不是刮来的,而是从天上往这没遮拦的山梁上倒下来的。好些人正忙着,连说话都听不清楚。山头一片白,像下了雪,这都是刨出来的白土。有刨的,有担的,有赶车的,任凭大风推搡,他们该干啥活儿还干啥活儿,都把皮袄领子竖着,一双双被风沙吹红的眼睛,坚定地望着那一堆堆有点发青又有点发亮的白土。

老四爷想起来了,就是这白土,过桑干河运到沙城,能卖三十六块钱一吨,有大用处。他听人说过,这也是窝谷村增加收入的窍门之一。可没想到,这么大风天,全村人都在刨这个。

孩子忽然又一抡粪叉,大声喊起来:"哥啊,哥啊!有人找你来啦!"只见从土坑里钻出个人,脱得剩了个单小褂,脸上又是土又是汗,花里胡哨的,手里拿着镐头,问道:"谁呀?"就向老四爷走过来。

孩子呼的一下跳进坑去,扔出一件皮袄给他哥,自己就像地老鼠一样不见了。

老四爷本想见了副队长,大大发一顿脾气,窝谷叫他受这些罪!可这时只咳了一声,用手巾擦着胡子:"我是桃园来的,公社叫来看看窝谷的果树栽培计划。"

那人看着老四爷,哟了一声,忽然腼腼腆腆地笑了笑,说:"公社一直说给调顾问,我们睁着眼盼,可没想风刮得噎死人,老人家怎么还赶着来!"

"急着看看窝谷村闹得啥样了。再说,什么任务我一向是听说就做,没有搁着的。"

那人就要和老四爷走,后边几个人叫他:"楞贵,来看看这坑土!"楞贵忙向近旁的一个老汉交代了几句什么,才和老四爷离开白土窑。"咱们回村去。天这么冷,不能让大爷在这里站着。"一路走,一路又说,"公社书记们为咱心都使碎了,各村的伯伯大爷们为咱村腿都跑细了。咱村虽说地孬人穷,志气倒还有。"他回头看了看山梁上来来往往的窝谷人,满有信心地点了点头。

老四爷没少上管理区、上公社开会,照说各村的几个头前人都该认得,可是因为他心里装的全是果树,没顾上认人,公社的果树没有他不认得的,一出桃园,人可认不了两个三个。眼前这人,他摸不清是啥路数,连年纪也捉摸不出来,只觉得这人浑身使不完的力气,在他身边,连风都像小了似的,心里说:窝谷人,也不简单。

楞贵领着老四爷走近路。不一会儿,到了村口,只见一个大贮水池,怕着土,严严实实地盖着木板,有一块打开来预备取水,池里头清亮亮的,连头发丝都照见了。从贮水池起,几道小小巧巧的渠,绕村转着,像是雨后花花云彩的镶边。楞贵说:"自打那年从桃园引下水来以后,家家户户都种了菜,没见去年夏天,菜地种得像花园一样,黄瓜架搭成了月亮门,就是担水不方便,今年修点小毛渠,就好多了。"

到了大队,楞贵取出油印的栽培果树计划,请老四爷先看,自己忙着烧水沏茶。老四爷平常看个材料什么的,还能体会,今天不知为什么,也许是一前晌遇见的事闹得他心里乱糟糟的,咋说也看不明白材料上写的啥。炉火烤得身上痒酥酥的,只管坐着发愣。风吹得窗户山响,凉风不断从窗户缝钻进来。

忽然院里有人哭嚷,吓了老四爷一跳。紧接着门帘一撩,进来一个中年妇女,蓬着头,半披着一件破棉袄,坐在板凳上,用手捂着脸,好一阵号啕大哭。老四爷站起来正待要问,楞贵进来了,和气地说:"你啊,有事就说,哭啥?"那妇女把两手在膝盖上一拍,大声说:"你们还让人活不?我身上有病,才两天不干活,就有人说要不给请假。还咬我一嘴,说我存心偷懒。我今天来问问,我偷啥懒?你们当干部的可得说公道话呀!"

这妇女一把鼻涕一把泪地哭。她眉眼生得玲珑,却是白沙沙一脸横肉,说起话来,眼一棱,嘴一撇,简直有一百个瞧不起人。

"这不是南影壁么?"老四爷忽然想起来。

南影壁也认出了老四爷,扑上来揪住老四爷的衣襟:"四哥,我这算有了亲人了!咱桃园的女,多会子受过这个!嫁到这么个穷村、破村、脏村、烂村……千人死了无处埋的鬼村,还打算让人活不哩!两天没有出工,就让人念咒似的指着脊梁骨叫魂,咱桃园……"

老四爷推开她,说:"你说你自个儿,不用拉扯上桃园村。"

"咋不拉扯?咋不拉扯?我是桃园的女,桃园的媳妇,瞎了眼睛走到这穷地方来。当家的不争气,不照看屋里人,尽着人欺负……"南影壁跳着脚,骂自己的丈夫,骂窝谷村的干部,骂窝谷人。

这南影壁嫁的老光棍汉,年纪也大了,人又老实,家中的事,完全由南影壁一手独揽。她在家中欺压丈夫,在村里,偷懒耍奸,不肯下地干活。全村出动挖白土,送饭记分,哪儿不需要人?村干部组织得细密,没有一个闲人,可就南影壁三天装腰酸,两天装腿疼,还带动了几个落后分子麻缠捣乱。妇女队合计要批评她,还没进行,有几个小学生看她太不像话,编了两句顺口溜在她身后唱:"南影壁,厚脸皮,光吃饭,不下地……"她就闹成这样。

楞贵平心静气地说:"今天支书、队长都不在,大婶先回去。人们议论也有人们的理,全村人都在忙着生产,你为啥不出工?合适不合适,自己可以想想。"

南影壁哪里听这个,指着楞贵说:"你们干部外表光溜,积极带头,可私下里剥削人家!你娘前天使了我的柴草,你有本事自己打去,为啥使咱们落后分子的呀!"楞贵气得脸通红。原来他们两家共使一个场院,前两天楞贵娘没了柴,借过南影壁的。他马上说:"使了你的柴草,不吃不睡,也一准搂来还你。可是柴归柴,劳动归劳动。你三天两头装病不下地,安的是啥心?你勾串几个懒汉,叫他们也不下地,这算是什么活动?大家正想找你评评理呢,你既找上来,正好,咱们开会说说!"

老四爷知道,柴草困难,当干部的没空去搂去打。天冷得滴水成冰,不烧炕实不能过。他见南影壁那个泼辣样儿,想要接上几句话,可是一时说不出来,只望着后生,心里觉得热乎乎的。

这时,大队会计推门进来,接碴儿道:"南影壁安的心,明白得很,就是个破坏生产!你闹上一堆人不下地,偏拉扯上谁烧了你的柴火。你偷楞贵刚分下的玉秦秆,你又咋说?可巧叫我碰上了。前天在场院上,你敢说没有这回事?"

南影壁稍楞了一下,她不答这个,却又叽里咕噜骂起来。虽不再敢大声豪气,却是一句接着一句,连那贮水池都骂到了,说是桃园的尿,窝谷也拿着当神水。

老四爷早就捺不住心头火,一听这话,肺都炸了,哪里等得楞贵再讲理,用足了劲把桌子一拍,惊得南影壁像坐上了马蜂窝,从板凳上直跳起来。

"你口口声声桃园的女,我倒要管教管教你!桃园哪有这样的女来!你嫌窝谷穷,你还不配嫁到这村哩!想要不劳动,白吃现成饭,没有那样的便宜事。你跟你那死鬼地主下世去转一遭,来世再托生罢!我看这窝谷不穷!穷字帽难道是一世戴的!再说如今咱们是一个公社,你口口声声桃园、窝谷的,不是挑拨离间么?哪里是计较这一个村,你是计较咱公社哩!"

凭着老四爷在桃园的威信,南影壁确有几分怕惧。这时楞贵叫会计拿着算盘去跟她算饭钱,算她挣了多少工分。这样一来,南影壁才慌慌张张溜走了。

老四爷喘着气,自己倒笑了。真奇怪,怎么自己这么说窝谷的好话?又想:本来这是真的么!穷队赶富队,这是实际事呀。瞧人们干活的架势,不像是那干不出名堂来的松货……楞贵端进茶来,满是灰土的脸擦干净了,老四爷看清他不过二十五六岁的年纪,模样儿端端正正,经过风吹日晒的脸上生了一双忽闪闪的女孩儿一样的眼睛。老四爷接茶问道:

"这样的人,她那男人能和她过?"

"打了半辈子光棍,寻个女人不容易……"楞贵若有所思地看着窗外,"穷队赶富队,从咱们自己说,第一条就是勤俭,可思想复杂着呢。就说南影壁的男人吧……"他停住了,猛然一拍巴掌,"社会主义也不是一天建成的!"又像想起了什么,迟疑地望着老四爷问,"您老人家说,桃园的女——不是那种歪货——现时真能嫁到窝谷来么?"

老四爷满想大喊一声:"能!"可是想到自己的闺女,就把那"能"字在喉咙里转了两转咽下了。反问楞贵道:"你问这干啥?"

楞贵张了张嘴,没说话。正好电话铃响了起来,忙拿起电话筒,精神百倍地扯着大嗓门,生怕人听不见:"颜书记呀?白土今天出了二十吨,比昨天超过了三吨。大伙儿的干劲?就跟那生了气的蛤蟆一样。坑里头都检查了,支架的木头都好,保证不出危险……积肥么?一点没有放松。嗯!粮食是根本!"他扭头看了一下老四爷,"桃园的老四爷已经来了,是积极!我想我们先看看地形,往哪儿栽培,这是关键。"不知颜书记说了些什么,楞贵把话筒递给老四爷,说:"找您呢。"

老四爷接过话筒,听见里头乱糟糟的,半晌只听出来是表扬他。老四爷心里愧得什么似的,直想告诉颜书记,他来窝谷虽说是为了公事,可是挑了这么个大风天,却也有点私情。后来电话里头好几个声音找颜书记,原来他在南山顶上的一个村里。末了,听见颜书记说:"老四爷,好好帮帮窝谷,帮他们就是帮公社,也就是帮你们自己!"

一搁话筒,老四爷就要往山上去看栽培果树的地,他也知道这是关键。楞贵有点迟疑,说:"年纪大了,住一天,明天天好,再去。"老四爷那直撅撅的胡子翘得老高,满是皱纹的脸上,真是一脸倔相。他大声说:"你可不要小看了老四爷!去年下冰雹抢水货,后生们上山都摔得筋斗流星,谁见我腿脚有一点闪失!"一面穿衣戴帽,就要出门。

楞贵叮嘱了会计几件事,又从口袋里掏出九角五分钱来,说:"这是前天往镇上开会剩的。"会计说:"就用五分钱?"楞贵嗯了一声。

走到外头,老四爷关心地问:"听说前天镇上卖油炸糕来着,你就用五分钱?"

楞贵笑道:"省一个也是队上的财产。"老四爷伸手抓住楞贵的胳膊,心想:"若是你这样的后生,哪个桃园的女不能嫁!"

两人走过南影壁家门,老四爷忽然对楞贵说:"南影壁那女人可不是好东西,要当心!"他只觉得楞贵是一个亲近的人,一点都没想到是两个村的。楞贵感谢地看了他一眼,好像有一个什么东西,把他们紧密地连在一起了。

　　一步高、一步低,老四爷和楞贵眯着眼、探着头,转过了南北山坡。远望桃园的果园,虽说是冬天,也是葱葱郁郁,那树木黑中发红,云霾低垂,显得紫雾腾腾。窝谷山梁则是光溜溜、黄磣磣的。桑干河蜿蜒如带,一直通到北京城。这一片大好河山啊,是窝谷的!桃园的!公社的!咱伟大祖国的啊!

　　老四爷指着一条羊肠小道,说:"想当初打日本鬼子,我从这儿给咱八路军带过路。"真的,这干黄的冬天的土地,这枯树衰草,就连这风沙,都是多贴心,多叫人疼惜!那山顶小庙,是桃园、窝谷两村共同枪崩恶霸地主的所在,想当年,两村穷哥们儿,在这小庙开了多少会!可这几年,闹起这"大桃园主义"来,真是忘本啊!

　　老四爷跟楞贵转了一阵,看了地势,帮他出了许多主意,说好把果园重点搁在靠近桃园的后背,那儿不只土好,还有从桃园串过来的山荆子,接树也便当,并且约定等别村的果树把式看过以后,再一起商量计划。

　　楞贵非常感激。工作完了,便送老四爷回村。送啊送啊,快送到桃园村口了,临分手时说:"你们对窝谷的帮助太大了,叫我们咋说哩!没的说,窝谷人……"楞贵腼腆地一笑,眼睛眯起来,怎么竟有些像晚姐!老四爷不由得又伸手拉住后生:"好窝谷!好后生!我也没的说!"等楞贵转身走了,他忽然想起了一件重要大事。追了几步喊着:"副队长!楞贵!"可是北风吞没了他的声音。楞贵一溜小跑,转眼间就不见了影儿。

老四爷一路走着,满腔心事。南影壁那几句话在他耳边响着。说真的,自己早上去窝谷时,也是嫌人家穷,当然自己跟南影壁不一样,可是也有一样的地方。还自以为是进步老汉呢,却有落后的思想。自己和楞贵那后生可差得远,枉吃了几十年的小米啊!想着想着,老四爷倒抽一口冷气。眼前只浮动着楞贵天真的生气勃勃的面影。

老四爷回到家里,食堂已吃过后响饭。晚姐见爹回来了,好不欢喜,说:"早上问过大队,才知道爹上窝谷去了。饭打回来了,给爹热了吃。"说着就拉开风箱,烧起水来。老四爷靠在炕上,吧嗒吧嗒抽了好一阵烟,忽然说:"孩!你爹今天受了教育。"

晚姐抬起眼睛望着爹。

"往窝谷去时,我寻思,我晚姐咋能嫁到窝谷,像那南影壁一样。回来时,我寻思,我晚姐嫁到窝谷和那南影壁有啥相干?作女孩儿说,你是去做媳妇,作干部说,你是调过去照顾果树……"

晚姐脸通红,不言语。

老四爷说了一阵这一天遇见的人和事。又说:"孩!你爹真糊涂,楞贵队长领我转了一天,可忘记打听打听梁春泰了。"

晚姐仍不言语。等爹吃过饭,她收拾好了,就要上大队开会去。走到门口,又回来,对着爹的耳朵,小声说:"跟爹转了一天的楞贵,就是梁春泰。"

这门亲事终于定了,喜期定在开春。引得村里村外好一番议论。人们说:"这可不是那好吃懒做斩眉多梭眼的地主家老婆子,这是欢蹦乱跳的大闺女,是晚姐呀!""真是开天辟地头一遭！舍了本村好山好水,有志气的女!"也有人说:"闺女在家耽搁大了,二十二岁了哩!还不抓个主儿嫁出去!"晚姐听见这些话,只当耳旁风。老四爷听了这些话,心里难免结些疙瘩。常去窝谷搞协作,人地都摸清了,亲事是不悔的,只是听得风言风语,就不顺心。

转眼已是开春,喜期近了。头几天,窝谷送信来说,到日子就来接人,让老四爷准备着。实在该准备的零七八碎都由几个大娘婶子承担了。晚姐贵贱不要啥陪送,老四爷想自己给闺女买点什么,供销社转了两趟,买了两个花本本,这哪像给闺女出嫁,倒像送小子上学似的。自己搁着,没有拿出来。

这天已是正日子。老四爷心里真乱。窝谷、楞贵都是好的,干部们也全都支持。可是乡亲邻里咋看哩?还是瞧着这门亲事特别。记挂着这个,脸上总觉得有点磨不开。一早跟着果园队下地,有个老汉说他:"四哥,今天该歇一天。你那闺女,嫁的可是个有名之处!"

"这片园子该压顶,我来瞧瞧。"老四爷故意不理会,拿别的岔开去,手上加紧地干活,心里却想:哼,这是什么思想!他想给人讲讲穷队赶富队的道理,可是那倔脾气又容不得他这时开口。

晌午回家,一进门,屋里冷清清的。这孩啊,昨天说在家收拾收拾,还是上工去了。刚要去寻,晚姐推门进来了,跑得脸上红扑扑的,叫了声"爹"。

"还不收拾?人家来接人,你就这个样?"没有娘,爹就管一半娘的事。

"有啥收拾?"晚姐扬眉一笑,进了里间屋。

老四爷在外间地下蹲着,寻思了一阵,咳了一声说:"如今不比往前,做人的道理,都有党指明了,你比爹还明白,我也没有啥嘱咐。当年我一个人养活你,没有吃的,下煤窑背煤,压的沉啊,谁也没有站起来走过,都是爬……秋后往坝上割莜麦,一去两个月,端起人家的碗,心里就惦记闺女,不知有啥吃的。你现时要出嫁了,你不要啥陪送,爹也不搞那浪费。跟爹学的这点技术,到那边要当个把式使唤。"老四爷停住了,又咳了一声,眼前浮现出闺女那瞅人时的熟悉的神情。"我就担心一样……十个指头哪有一般齐,两村上的闲言闲语,你别往心里去……"

晚姐大声说:"爹!咱们不能听那个!现时大家的思想再不同往前,说闲话的是少数人。"

"什么闲言闲语?"有人在门外答腔。这是桃园的支书亮着嗓门说话。"咱们桃园给晚姐五百棵果树苗陪送,这是大队委员会的决议。老四爷,你快出来看看!"

老四爷忙到院里,见支书眉飞色舞地站在三担果苗旁边,还有两三个熟人,都呵呵笑着,大声叫晚姐:"这是给你们窝谷的,是咱大伙的心意。啥时走呢?"

小树苗绿盈盈的,一束束整整齐齐摆在筐里,露着个头,像往外瞧着什么。老四爷一下子觉得热泪直冲上眼睛,忙用袖子捂着脸,道:"哪儿来的沙子,净迷眼。"他看出来了,桃园女儿嫁窝谷,不光是晚姐的事,也不光是他老四爷一家的事,而是两村的事,全公社的事呢。

正乱着,窝谷支书和楞贵牵着毛驴来了。毛驴头上顶着个红缨球儿,背上铺着大红花被,预备给新媳妇乘坐。晚姐业已换了红蓝方格的新棉袄,蓝咔叽布面棉裤,站在爹身后。她看了毛驴一眼,埋怨地望着楞贵,意思是说:"虽说农活还不忙,也用不着预备驴呀,自己还不会走么。"楞贵穿着新学生蓝的袄裤,头一次来到老外父家里,两手不知往哪里放。他对晚姐作了眼色,偷偷用手指着窝谷支书,意思是说:"你问咱支书吧,这又不是我的主意。"

这时间,桃园的男女老少,送晚姐的,看老四爷的,还有瞧热闹的,挤了一院子。晚姐看着大家,看着自己住了二十多年的小院子,看着自己的爹,老人家显得有点出神,愣磕磕的,不由得心里十二万分舍不得。把爹一个人撇在这小院里——想着想着,眼睛里水盈盈的。窝谷支书说声要走,大家都抢着去担那三担果树。只见老四爷忽然抖擞精神,三脚两步赶了过去,说:"这是咱桃园陪送闺女的,我担了送去。"

窝谷支书笑说:"哟,可还没见过老外父自己送闺女上婆家的!"

老四爷说:"我专要干出奇的事。"轻轻担起挑子来,朝闺女吆喝道:"还不快上驴,我自己送你去!"

新媳妇到窝谷时,人们都从地里回来了。后生们扯开闲话,一个说:"梁春泰大嫂是桃园姑娘的先锋,都该学她这志气。"又一个说:"咱窝谷真赶上富队,没志气的也要来。"又一个说:"你知道啥!梁大嫂来帮咱建设呀!"小伙子俊眉秀眼的,说得挺诚恳。老四爷不知为甚心里又一阵热。他把担子换了换肩,希望大伙看看那里头的小树秧子。

梁春泰两间小房,收拾得干干净净,门上贴了红喜字,人们簇拥得水泄不通。那"红领巾"也在,见了老四爷,说:"你就是咱嫂的爹呀?我早先可不认得!"

老四爷知道这是梁春泰的兄弟,说:"你就是咱女婿的兄弟啊?我认得你是定计划的那孩!"

"计划早完成了。你去看看,粪积得成山了。咱们书记说来着,粮食是根本。咱们积的粪,明年就变粮食了。"

"有啥新计划?"

"新计划?订的有!你瞧!"孩子把一个散炮仗扔在老四爷跟前,笑着跑了。半天,炮仗不响,原来是个哑的。

那边南影壁也来了,一步三扭,赶着晚姐叫侄女儿:"这回我可有了伴儿,咱桃园人一个抵得窝谷一百个还明理。"晚姐回说:"明天一早找你一块下地去!"南影壁一听说下地,赶紧扭头走了。

老四爷心里算计着,那几棵果树秧子该安排在哪里,又担心没人照管,晚姐一人还没担过这么大的担子。他问窝谷支书:"那些个树苗得赶快埯上,村里把式够吗?"

"就是不够。公社说给调一两个。"

老四爷张了张嘴,胡子撅啊撅的,没说话。

过了一会儿,老四爷又凑过来问:"开春该接果树,后背那一片山荆子多得是,有人手?"

窝谷支书激他:"少技术指导。这不是请了小指导来了,资格老的哪能长住在咱村呢?"

老四爷一摸胡子,这是表示下了决心。"我来帮几天!"

"几天管啥事!这几个月你也不断来。得长住!"

桃园支书走了过来,说当初公社有意调老四爷支援窝谷,离得近,还能指导本村。因老四爷有点儿"大桃园主义",先就没提。现在老四爷既愿意,他自己是从不闹本位的。窝谷支书乐得举起双手,把老四爷两边肩膀一拍,嚷道:"他们闹着听恋爱经过哩!咱们不懂那些,上我家喝两盅去!"

三个人走在窝谷村街上,见月光照得村里村外一片白。远处的桑干河刚开冻,在月光下如同镶珠嵌宝一般闪闪发亮。老四爷觉得这是满地堆积的落花(那泼银堆雪似的落花啊),身上

29

带着的酒香,竟仿佛是浓洌的花香,熏得他昏昏欲醉。花落了,就要结红艳艳的果子,如同满天朝霞,照得这穷山沟里霞光万道。

散炮仗砰砰响,这是红领巾在完成他的"计划"呢。

老四爷果真和女儿女婿住在一起。晚姐知道爹的决定时,高兴得不知怎样好了,一个晚上都围着爹转。她知道这不只是父女的感情,这是老爹对窝谷、对公社的感情啊!人们不再说"桃园女儿不出村"了,编了新词:"桃园女儿嫁窝谷,妆奁五百果子树,带来本领和技术,还有一个老外父!"老四爷听说,呵呵笑道:"这话说反了,我是因果树才住到窝谷,也是因女儿支援窝谷,是因窝谷到窝谷,也是因桃园到窝谷……"到底是女儿?果树?还是桃园,窝谷?真真的乱了套!

1960 年 9 月

(原载《北京文艺》1960 年第 11 期)

不沉的湖

序

入冬以来,得了一场病,每日在家中闲坐。生活里减少了许多内容,觉得日子过得慢了起来,好不容易挨过了年。这一天,出差半年刚回来的好友满子来看我,见面便说:"为什么这么无精打采的,生病也该生得有精神!"说了些别后的情形,便递过来一沓信,又笑道:"你不是最爱读小说么?就拿它当小说读吧。说起来,这已是去年的事了。"

信只有五封,是满子的表妹苏倩寄来的。她们表姊妹感情极好。满子常说起小倩,所以这小倩对我早不是陌生人,只是当我来到这高原上的城市时,她已经先去北京。投身于她从小就爱得入迷的舞蹈事业。我们虽然没有见过面,她的照片却给我留下了很深的印象。那是荷花舞的演出照,她饰演白荷花,神采飞越,衣袂飘扬,虽然不动,也使我更理解了"明眸善睐,长袖善舞"的意思。

"可以看么?"我望着信封上挺秀的字。一看这字迹,就觉得写字的人,是会把心里的一切,都交给她的笔的。

满子没有说话,随手扭亮了台灯。充满着残冬暮色的昏暗的房间,骤然间明亮起来。

一

提起笔来,自己先吓住了,不知该从哪里说起。

要想在一封有尽的信中说清楚我的心情,是办不到的。事情实在太突然,变化也太大了。然而总得告诉你,不是么?

不知是从什么时候起,在我身上,就显示出和舞蹈的"夙缘"。满姐,你也帮我想想么!在高小,我们排演过花灯剧,其中有一段词是:"哥那个哥那个在那高山上招呀招呀招招手,妹在那花园里,点点那个头。"也不知道为什么,一唱到这里,我们就笑得喘不过气来。我却更爱上了那步伐,在家里扭过来转过去,惹得母亲骂我说:"整天跳跳蹦蹦的,可是要上街卖艺么?"后来又跳《阿拉木罕》,那些动作简直把我迷住了,手腕子向外一抖时,真觉得整个心都在跟着颤动。你还记得我们去看大学生们演《兄妹开荒》么?那舞虽然简单,却联系着一种极纯朴极美好的东西,我说不上来,也就是那种纯朴和美好,更加深了我对舞蹈的向往。后来,老天可怜,大军来了,昆明解放了,才算是有了学习的条件。又费了多少周折,最后还说服了父母双亲,让我上北京学跳舞去。"跳舞的,也成得了艺术家么?"母亲半信半疑地帮我打点着行装,不过在当时上北京是件大事,何况又是大军里的文工团给联系的。"总亏她姑爹姑妈都是革命干部吧。"我那当小学教师的父亲是这样想的,临别时还反复嘱咐我"莫要丢长一辈的脸"。一切都很顺利。你来送我时,记得么?我在卡车上向你招手,后来我们都不知不觉郑重地举手行了少先队的队礼。当时云在头上飘,风在耳边吹,车在笔直的路上飞驰,我确实觉得,在人生的道路上,高山也会闪开,大河也会让路的。

然而我何尝要说这些——

在舞蹈团里,我不只学舞练功,学文化和艺术知识,也开始认识了革命道理。我们团里的老徐同志,我向你说到他不止一次了,还有许多别的同志,许多人和许多事,教我知道舞蹈艺术是革命事业的一部分,教我学习怎样用艺术为社会主义事业服务。后来我入了共青团,当我从团委会里谈话出来时,真觉得浑身有一种说不出的力量(你不也是一样么),仿佛从心里胀裂出来,是喜悦?是信心?还是别的什么?我不知道。我跑到练功室,连连旋转着,觉得世界都在随着我飞舞,最后缓缓停住时,却见老徐站在门口笑眯眯地望着我。他对我说:"小苏,在生活的任何阶段,都要记住这时的心情,用这时的这种力量来对付。"

这些话,其实早已告诉过你。

还记得我第一次正式登台演出,早早地化好妆了,坐在后台,心跳着,脸上的汗再也拭不净,我反复默记动作(虽然动作并不多),回想着导演的片语只字,只觉镜光灯影在眼前浮动。后来有人递来一枝珠花,说是从我头上掉下来的。向镜里簪花时,忽见满屋子鬓发如云,衣衫似雾,飘动着许多轻盈的,来去无声的美人儿。那时不知怎么,竟想起一片春波荡漾的湖水,想起我们的五百里滇池,那样没有边际,那样绚烂多彩。我们小时在湖边玩,我常常奇怪那一个接着一个的波浪最后会飘到哪里,真想站在波浪上头,随它们去看个究竟。你还笑我说,那会沉下去的。

以后,就一个演出接着一个演出,就像那永远起伏着的波浪属于湖水一样,我的生命是属于舞台的。十年来,每天我总是第一个到练功室,拉开窗帘,让朝阳照在满墙的大镜子上,映得整个屋子一片通红。我就在那红光中开始新的一天。每次演出,我总觉得满台雪亮的灯光不只照着当时的我,也照着我面前宽广的路,照着我背后的辛勤的岁月。真的,舞台上每一秒钟的动作、姿态,都凝聚着我的心血精魂,凝聚着我们大家成年累月的劳动,我热爱这劳动,觉得世界上没有任何事物能把它和我分割开来。

今天早上下雪了,满姐,我爱雪花,那轻盈的,徐缓地飘落下来的雪花。你到现在始终没有见过纷飞的大雪,真叫人遗憾。在舞台上,我扬袂、舒袖、举手、投足时,常想到它们那从容的姿态。我甚至觉得自己也是其中的一片,在愉快地轻回慢转,还想到编一个雪花的舞,再相见时,跳给你看,跳给咱们的父老乡亲看。

然而,我竟再也不能跳舞了。满姐,生活里有各种各样的考验等着我们,锻炼我们,我却没有料到,考验我的正是我的双腿,负载着我对艺术事业的憧憬的双腿!

我的左腿坏了。满姐,你知道我费了多大力气才写出这几个字。是的,我的腿坏了,再也不能跳舞,再也不能登台,再也不能创造我所想要创造的一切了!

我刚刚踏进舞蹈艺术的门槛,满心以为,升堂入室,不过是时间问题。艺术的大门却在突然间对我关闭了,我一生的道路断绝了。天地之大,我该往哪儿走?我是一无所有了,没有腿,也没有心,因为我的心已经留给了舞蹈。

我真不知道该怎么办,我没有力量再写下去……

二

满姐,我今天才想到,上封信会使你担惊受怕。你没有告诉家里吧?这样突然的事,你当然会弄清楚以后再说的。

那是前十天的晚上,我们在一个工人俱乐部演出,我跳的是长绸舞,跳啊跳啊,我觉得自己跳得很顺利,每个姿势都很自然地涌现出来,满心充满了欢快。就在一个大纵跳的动作时,左腿上忽然感到一阵彻骨的疼痛,使我即刻弯了身子,俯卧在地上。不过几秒钟的时间,却觉得比一世纪还长久。我告诉自己,不能停止,不能半途而废!挣扎了几次,我终于跳完了这个舞。末了,我几乎靠在那绚烂的绸带上,靠在那辉煌的灯光上。但我毕竟支撑到大幕落下来。这是自我演出以来第一次没有出台谢幕,也是唯一的一次了。在车上,和老徐说到这次演出有几处绸子甩得不够好,也谈起第二天排练《白蛇传》的事。你记得么?我从前总是体会不到白蛇的好处,后来年纪渐长,才理解她的性格中的中国妇女的特点,即所谓侠骨柔情吧。老徐说我一定能创造出一个真正的白蛇来。这时,舞蹈团里的一个同志,大家叫她湾湾的,伸手递给我一朵大红的石竹花,她悄声说:"苏倩,这是人家送给这次演出的,你跳得多好——简直是在飞啊!"

因为湾湾自己也是舞蹈演员,她正知道"飞"是多么不容易。经过多少岁月的踢腿弯腰的折腾,才换得舞台上几秒钟的"飞"的感觉啊!我们是怎样克服着筋酸骨痛,坚持着练功,怎样不止一次地在晚上决定第二天无论如何不练了,可是到了第二天,还是照常在大镜前举起臂和腿。为了要显得"身轻如燕",在三伏天穿了皮大衣跑圆场。有人推门进来,愣住了,半天才笑道:"还以为是到了北极呢。"当然我们不是在北极,汗水早湿透了几层衣服。可是一脱皮衣,确实觉得身子轻了好多,仿佛要向上升起。这也是不负苦心人吧。记得武侠小说里说的陆地飞腾法,也是类似的练法,脚上绑着沙袋什么的。我们自己也好笑,说练着练着,不一定哪天会化成一道白光飞去呢。

这一切艰辛,真的是毫无结果地、永远不回地飞去了。

那朵石竹花现在还在案头,早已经枯萎了,我却舍不得丢掉。我再不能跳,再不能飞,那一次长绸舞,就是我最后的成为永远遗憾的演出。我再不能改进那绸子的甩动,竟也再不能倚靠那辉煌的灯光了啊!

起先,还以为是扭了韧带什么的,可是痛得厉害,还曾不省人事来着。等到省了人事时,一个面色黝黑的医生告诉我:"你,你的腿骨断了,原因很复杂。"

什么原因,我倒不放在心上。我要知道这是不是影响跳舞。他吃惊地问:"你,你还想跳舞?不可能了!"

满姐,你也许记得,小时候我常和表哥打架,为要制伏他,我想了许多法子,进行了许多比赛,最后比赛爬树。我差点从树顶上掉下来,手脚都磨得血淋淋的。可是我赢了,还订了个条约写在木香花架后的墙角上,写的是:"只许她打他,不许他打她。"我不相信有什么不可能的事。只要这一天我想看这个戏或见这个人,不管有票没票,刮风下雨,我总是照自己所想的去做,也很少有不如意的时候。后来谁有什么怕办不成的事,就说:"叫小苏给办去,她运气好!"真的,我真相信我"运气"好,可医生却说"不可能了",这怎能叫人相信呢?

可是世界上毕竟有不可能的事。我看见密密层层的雪花在空中飞舞,也想参加进去,就在举腿的时候,我知道了,我的艺术生命完结了。我的腿变了形。我可以克服一切痛苦,叫它做应该做的动作,可是那不过是动作而已,不是艺术,艺术永远离开了我。一瞬间,眼前只是白茫茫的一片,在那纷飞的雪花中,我再也找不到自己……

当时就给你写了上一封信。其实事情就是这样,写在纸上,倒也很简单。

今天还在下雪,也许是雪使得我冷静了一些。不,毕竟有许多东西在支持着我这缺少一条腿的身躯。

雪地里走来一群人,是谁?前面一个分明是诸葛,乐队里拉小提琴的,似乎也和你说过了。他们愈走愈近——哦,同志!同志!看见你们,是多么高兴啊!

三

满姐,收到你的信了。你竟为我这样担心么?我何尝不记得老徐说的话呢?在生活的任何一个阶段,都要记住入团时的心情。那就是说,用积极的、战斗的态度迎接生活的考验。我就是准备这样做的,大家也不会不让我这样做。可是,也许一切都需要时间吧。

前天诸葛他们来,说了许多话。他们说,这些日子,每场演出时,都觉得我和大家在一起;他们说,不要只想舞蹈吧,多想想整个的社会主义事业,舞蹈也是为了它。这样想,确实可以宽慰许多。可是,只有舞蹈是我的力量,没有它我还能贡献什么呢?我一说话就忍不住眼泪,所以就不说话。后来他们走了,诸葛照例留了下来,他摆弄着提琴,慢吞吞地说:"我们刚看了电影《无脚飞将军》,真坚强!真叫人振奋。"

"早几辈子不就看过了么?这会儿偏又提它?"我不由得顶他。

"就因为来看你,特地再看一遍的呀!"他仍旧摆弄着提琴,慢吞吞地说。

老天可怜,人家最后完成了被打断的事业,那是我无论怎样都不能做到的了。诸葛是好心,可我瞪了他一眼,就哭起来了,怎么忍都忍不住。其实我哪里想哭,天下会有人自个儿想哭的么?

诸葛慌了,扔了他的提琴,在房里走来走去,想了半天,才说:"我明白你,改行有时候是需要更大的毅力,你有才能,有志气,谁都说可惜。但是——"他顿了一顿,"难道别的工作,就不能对革命事业做出贡献么?"

我捂住耳朵,不听他这几句明白话。

"无论你改行做什么,我是不会变的!谁对你也不会变,只要你是苏倩!艺术家,售票员,工人,学生……什么都没关系!你就是你:共青团员,新中国的公民——"他不看我,对着窗外漫天纷飞的雪花,像是在自言自语。

这些话是他第一次说,可我仿佛早就知道。我也看着窗外,树身上堆了雪,一半黑一半白,仿佛这棵树以外又长出来一棵树。我不哭了,想发脾气,用力蹬着脚,可是我的脚——我的脚——

这时,有人推门进来了,是老徐。我一见他,眼泪就又夺眶而出。他那一双炯炯有神的坦率的眼睛,总像是蕴蓄着无穷无尽的力量。小说里是这么写的,不是吗,满姐?可这是真的呢。跟着他,你会觉得,腿断了,有什么关系,有他呢。即或是头断了,又有什么关系,有他呢。

老徐带来一包炸花生米,是徐大嫂送我的,还有些热,想必是知道老徐来看我,现炸的。老徐说:"知道小苏最馋,爱吃爱玩,才想起来带这个。"又揎揎诸葛说,"你带什么来了?准是啥子都没有带,小苏才哭呢。"大家都笑了,这时那面色黝黑的医生和照管我的护士小郑也来了。医生抱歉地搓着手。他为什么抱歉,我不明白,便望着他。他说:"苏倩同志是舞蹈演员——可是,可是——我,我们——"他看看小郑,是希望小郑帮他说吧。其实我早知道,他们巴不得治好我的腿,只是治不好了。因为大夫们发现,我的腿骨早就有病,这次扭伤,不过是导火线而已。他们都奇怪我怎么会毫无感觉,近几个月,仍在跳舞。我自己当然也奇怪。我还希望能有更使人奇怪的事发生,但是究竟办不到了。

老徐说:"大夫忙得很,现在不谈,反正苏倩还得在医院住一阵子,有的是时间。"大夫忙说:"正是,正是——"便转身走了。小郑却走近床前,对我一笑,塞给我两本书。她这一笑,很使我想起湾湾。她们都这样年轻,对生活充满了向往,脸上的稚气都显得那样无所畏惧,勇往直前。正是,每个人都应该记住那勇往直前的时刻。

老徐一点没提我的腿。他告诉我《白蛇传》开排了,白蛇一角由湾湾来演,演出的过程还好。大家都知道我一定会高兴的。他告诉我,全团都在大搞提高,提高思想,提高技巧,还要提高艺术修养。他知道我平常对舞蹈有许多想法,出院后可以和大家好好讲讲,会有用处的。他说他的三个小孩,都惦记着我,要来看我,听我讲故事。徐大嫂说:"不行,姨姨病着,哪能讲故事呢?"孩子们一个个噘着小嘴嚷嚷:"病着不能跳舞,正好讲故事嘛。"

我真想看看那几个孩子,他们总是有许多很有意思的见解。"真的,"我说,"不能跳舞,也好做点别的什么事。"

老徐说:"而且还是和舞蹈有关的事,不能跳,可以想,可以说。"接着笑道,"幺儿还说呢,姨姨还会讲跳舞呢。"他顺手拿过小郑给的书,原来是《钢铁是怎样炼成的》和《把一切献给党》,书里夹了好些纸条,大概是小郑认为对我最有帮助的地方。他随意打开一本,见有一段用红笔画着双线,是保尔写给他哥哥的信中的几句话:"我不会那么轻易就死掉的。我自己有着足够三生的生命。哥哥,我们还要做很多工作的。"老徐又笑了,用笔在"三生"两字下面又画了两道,看着我说:"我们是该有三生的生命,我们又岂止有三生的生命!我们的力量是用不完的。"

老徐走时,诸葛说乐队要练习,也要走,临走又说:"贝多芬耳朵聋了,还写出多少音乐——"你说他怄人不?他自己也知道又说错了,没说完就停住,敲了敲提琴盒子,见我不响,只站在门口。老徐穿好大衣,推着他一道走了。漫天飞旋的雪花,遮住了他们的背影,覆盖了他们的脚印。雪色映进窗来,显得四周是这样寂静,可我并不觉得是我一个人在这病房里。

满姐,我应该也有岂止三生的生命,也许我正在获得这力量。

四

满姐,你的话说得很对,但正像诸葛的话一样,并不对症。当然,无论做什么,任何职业,在我们的国家都是光荣的,我确实相信。也许我是有点轻视别的行业?不知道。我只是愿意跳舞,喜欢跳舞,迷上了跳舞。我曾经起誓发愿要把一生贡献给它,而现在却不得不永远永远离开它了。

你和诸葛都极关心我,却远不如老徐了解我。你不会生气的,你自己也遇到过这样的党的工作者。他关心别人,了解别人,并不是因为这是他的职业,他的工作,而是因为这些就是他生命的一部分,是他性格的一部分,是他血肉的一部分。

昨天老徐又来看我了。我的腿的复原过程很正常,据说也很快(而这里的短促的春光早已消逝得无影无踪了),只是我的精神并不像应该的(照他所想象的)那样。他说:"小苏!我以为你已经精神饱满地开始新生活了,你该像以前一样横冲直撞,记住你的好运气。"

我说:"好运气!怎么正好病在腿上!"

他郑重地说:"我们说好运气,其实也是一种精神,一种青年的猛劲儿。可是,小苏,你要再这么嘟着嘴,我也要批评你了。"

"看着我!"停了一会儿,他忽然说。我便看着他。平常他那炯炯的眼神仿佛是一道光圈,把整个人照耀得活泼生彩,谁也不去注意他的相貌。这时,在黯淡的灯光下,仔细端详,他的背佝偻了,头发花白了,脸上全是皱纹,原来是这样苍老。但他端坐在那里,还是给人一种屹然不动的印象。

"看看我!"他又说,一面弯下腰去,卷起一只裤脚来,我顾不得惊讶,只听从他的话看去。他的腿,黄里发黑,显得很硬,还有点点瘢痕。他不经意地敲了两下,发出了空洞的声音。

不必再形容了,你知道么,他的腿是木头的。

我不知说什么好。他笑了笑,笑得那么慈祥,似乎是说,你用不着说什么。接着站起身来,打量着那几乎及地的大窗户,窗台上摆着一盆一品红,他移开花盆,推开窗户,轻轻一跃,便跳到平台上,又轻轻一跃,仍跳回屋里。问我道:"身手还算矫健?"

"矫——健。"我听见自己的声音有些哽咽。

"小苏,三十年前,我也是个舞蹈事业的野心家。"老徐背对着那盆一品红坐了下来。"那时对舞蹈发生兴趣的人,大家看着不是疯子就是下流货。好好的人,乱蹦乱跳干什么?我可没管这些,十几岁从四川出来,跟着一个班子在上海混。那时正是九一八以后,全国人民抗日的情绪真是高涨极了,我就同几个进步的朋友商量着排演一些有意义的歌舞。你知道《松花江上》这首歌吧,'我的家,在东北松花江上……'"他低声唱了起来,哀婉的曲调回绕一室。猛然间,他停了唱,拿起一杯水倒了一些给那盆一品红,又继续说,"那一晚,我们准备了两个节目,穿插在那些乱蹦乱跳乱嚷乱叫中间,一个便是《松花江上》,演完了,台下唏嘘一片,泣不成声,那是谁也不会忘记的!还有一个节目叫作《联合抗日》,由五个人分别扮演工、农、兵、学、商,我们真是以整个的心去演出的。正在我们五个人手牵着手高喊'打倒日本帝国主义'的时候,忽然一声枪响,台上的大灯灭了,满场漆黑,观众受了惊吓,嚷的叫的哭的闹的乱成一团,接着又是一阵枪声,我觉得突然有什么东西撞进了右腿,就这样,我的腿断了!"

老徐又站起来,在屋里来回慢慢走着,他仿佛知道我在想什么,接着说:"我从不爱说这事,其实也有许多人晓得,腿虽然断了,我走得可更快了。我明白了,要国家,要民族,以至于要艺术,要性命,都先得从最根本的干起。我们必须化在革命里头,才能有所作为。就好像溶在大海里的盐一样,因为溶在大海里,才获得不朽的生命。舞蹈演员的艺术青春本来是最短促的,这青春,要靠大家来保持,发展。"

他转过身去,看了看那一品红,自言自语道:"多么红啊,简直像从根子里红出来的。"

停了半晌,才看着我说:"迷上自己的艺术事业是极应该的,我们许多人还嫌迷得不够!可是最先该迷上自己的革命事业。这个入了迷,什么都能拿得起放得下,在生活里,永远也不会——下沉——"他仿佛在寻找恰当的字眼,又还想说些什么,我没有容他讲下去,不知从哪里来的一股力量,使我猛然扑向前去,抱住了他的木腿,大声说:"老徐!给我分配工作。"

满姐,我说得清楚么?

满姐,你放心了么?

五

满姐,我的工作还是在舞蹈团,协助编导们整理资料排练舞蹈,以前我们管这种活儿叫"军师是笨的好",意思是反正起不了多大作用。这当然是大谬的话,我就要做一个"聪明的军师"。

当我第一次走进排练室去为别人排练而不是自己练习的时候,我几乎又忍不住眼泪。可是满屋子和着琴声的优美的动作,一下子就使我忘记了在眼中回转的泪水。湾湾正在练《白蛇传》里的一段独舞,她们已经演出好多次了。她一见我,便掠过来,问我该怎样跳白蛇。望着她飘飘欲仙的飞舞,我觉得自己的心也像长了翅膀一样轻快,想要大声招呼她:"飞吧,高高地飞吧——"她那样神采焕发,聚精会神地望着我,其实我什么都还没讲。那些年,我也总是这么聚精会神,如饥似渴地吸取一切,来丰富我的演出,想要攀登艺术高峰。真的,在这攀登的道路上,总会有人半途而废吧?然而也总会有人攀登到顶,把五星红旗插在上面!革命事业不也是这样的么?有些人贡献了一切,没有见到成果,可是成果中毕竟有他的一份力量。我说不好,满姐。真是奇怪,在我永远不能跳舞了以后,我仿佛倒更懂得了跳舞。虽然不能跳舞,我不是在为舞蹈事业尽我的一份力么?就是在我跳舞的时候,不是也有别人在尽这一份力么?这是少不得的。而在这当中,也有着层峦叠嶂。山外有山,峰后有峰,是的,是这样的,满姐。

一阵歌声从走廊上传进来,学文化的小学员们刚刚下课,你猜他们唱的是什么歌?"……我们在火里不怕燃烧,在水里也不会下沉!"记得这支歌吗?刚解放时我们在学校里常唱的。对了!这就是老徐说他的腿的秘密的那一晚最后说的——不会下沉——不会下沉。

姑娘们穿着浅蓝色的排练的服装,开始翩翩起舞,也不时停下来矫正动作。每一个动作都要准确,每一个动作都要有韵味。为了这,我曾经受过多少的辛苦!然而毕竟还有她们,有她们。你看,那手臂的柔波,眼神的流注,活泼跳荡,生意盎然,恰又仿佛一片春波荡漾的湖水。我悄悄地坐在屋角,觉得天地竟是那样的广阔,我仿佛拥有着一切,因为这是温暖的湖,不沉的湖——

跋

信读完了。我好像看见那"明眸善睐,长袖善舞"的苏倩,正在不沉的湖上行走,在她面前,是一抹长天,无际无涯。

"她一定还不止是个聪明的军师,"我把信交还满子,"可这到底不像小说。"

"这本来就不是小说么,"满子微笑道,"不过是给你解解闷罢了。"

"用苏倩体会的这些大道理来解闷?她知道了,不生气才怪呢。"

满子不答,把信收好,说了些别的话。送满子时,我破例走到院中。只觉一阵幽香暗暗地沁人心脾,原来那几树腊梅,已经悄悄地开了。

1962 年 3 月

(原载《人民文学》1962 年第 7 期)

后　门

　　林回翠骑着自行车,到了自己家的大门口。她皱着眉头,先向门前那株圆锥形的松树望了望,又看看半掩着的院门,迟疑了一下,没有下车,一直绕到后院的篱笆墙外,悄悄儿从后门进了家。

　　穿过厨房,就看见弟弟坐在甬道尽头临窗的小桌前画着什么。那儿是弟弟的天下,墙上钉着架子,摆着各种各样飞机的模型。他转头一看,见是姐姐,便跳起来表示欢迎,叫道:"姐姐,你怎么从后门进来了?"

　　林回翠对他摇摇手,小声问:"妈妈在前面屋里吗?"

　　"妈妈还没有回来,今天下午她有会。"弟弟说,一面匆忙地开了抽屉,拿出一个旧信封,往回翠手里塞,"这是给你的,你快看!这几张邮票,是我和同学在集邮公司门前站了好几个钟头换来的,特别好看!"

　　回翠听说妈妈不在,仿佛安心了一点,便走到前面屋里,把书包放好,给自己倒水喝。这间屋是他们一家人会客、吃饭、起居、读书的地方。屋子陈设简单,却很舒适。窗前绿荫遮满,虽是盛夏,一点不感到暑气逼人。

　　弟弟也跟进来了,催着姐姐:"你快看看,人家给你留着的。

小虎向我要了几次,人家都没给他。"小虎是他们同院的孩子。回翠便想,小虎说不定还哭来着,可是她没有问,她抬头看着墙上挂的一张大相片,那是她的去世的父亲,穿着军装,总是微笑着,关切地看着他们。

"你干吗发呆?你要是不要,就还给我!"弟弟见自己热心准备的礼物受到如此冷淡,有点不高兴了。

"就看就看。"回翠喝完了水,坐在桌前,把几张邮票摆出来。她发现信封里还有四块牛奶糖,银色的包纸上印着深红的花纹,好看得很。

回翠笑了,伸手拉了拉弟弟的红领巾,问道:"干吗这么大脾气?我惹了你?"弟弟轻轻拉拉姐姐的长辫子,算是讲和,又拿出一大本邮票簿,两人便伏在桌上看邮票。

这几张匈牙利游泳邮票印得果然十分精美,弟弟得意地讲述得到它们是如何如何不容易。回翠起先也看得入神,听得有味。逐渐地,她又想自己的心事了。在十八岁的年龄,正当要投考大学的时刻,有多少比玩邮票更重要的事需要想啊!何况她正碰到了解决不了的难题。

从四月起,也可以说整个高三下学期,回翠一班就在紧张地准备投考大学。这个考试,在他们的一生中,有着多么重大的意义!是否被录取,可以大体上确定他们以后从事什么职业,也就是说,可以决定他们以后几十年的生活。这一班同学除了几个有特殊原因不预备投考大学的,全都在十分紧张地准备功课。回翠平常在班上,功课是中上等的。她的愿望是做一个有真本事的医生,替病人解除痛苦。有许多人如果能多活几年,可以多做多少事!像妈妈那样,虽然在热情地工作,却常年为疾病缠绕的人,也应该有办法医治。她幻想自己成为医学界的权威,起死回生,救人性命,林回翠这名字就该是一服仙丹。说真的,哪个年轻人没有过这些十分美好而又重要的梦。要想使梦想离自己更近一点,现在最重要的事就是考上大学。这是回翠和她的同班同学赵得志一起分析出来的。

要是研究赵得志的家谱,可以发现他和林回翠有一点曲里拐弯的亲戚关系。赵得志因此常以兄长的态度对待回翠,高中同学三年,他处处照顾她。他虽然功课不怎么好,却有一定的活动组织能力,溜冰打球,都是好手。回翠不知不觉在许多事上都受到他的影响,她却总觉得是自己在影响赵得志,而且常常有意识地帮他改掉缺点,比如做工作华而不实,念书不肯刻苦,还有爱贪点小便宜什么的。

是礼拜三,下午自习以后,回翠在校园里背俄文生字,赵得志气喘吁吁地跑来,老远地便叫她:"林回翠,你在这儿哪!"

"真爱大惊小怪!"回翠心里暗想。

"告诉你一个消息!"赵得志急匆匆地把书包往地下一搁,"咱们学校有一批保送军医的,当然还要经过考试,可是考和不考差不多。"

"那要平均八十五分以上,我差着两分呢。"这事已经宣布过了,回翠很奇怪他又提起这事。

"呀,别打岔!"得志说,"可是可以走后门。钱伟芬你知道,原来也没有她,她妈妈托人去说——她爸爸地位高,认得人多你知道,说是一定会准的。军医说妥,再参加大学招考,不是有两个机会了吗?考试的时候,心里也踏实点。"

走后门,这实在是一种很形象的说法。回翠不觉往校园的后门看了一眼,看看和正门有什么不一样。

"你是烈士子女,你爸爸功劳更大。又不费什么力气,只要你妈妈去说一说。"得志热心地说。

这就是回翠现在的难题。据说军医的学习条件极好,比得上第一流的医学院。回翠就算顺利通过入学考试,也不一定考上第一流的,何况也很有可能考不上。而说一说就可以上军医,这真是现成的机会。女军医,就也算是人民解放军了吧?穿上军装多神气!然而需要去说一说,就是走后门。走后门,妈妈肯么?

回翠知道自己妈妈和小钱的妈妈一点不一样,小钱的妈妈什么都听她的,弄得她以为自己的每一个念头都是对的,任性得出奇。回翠的妈妈倒也不是不听回翠的,有时候也听,不过要看事情的具体内容,反正是不一样得厉害。回翠想来想去,要和妈妈谈谈,为了自己的志愿,能不能这样做一次,只做一次。

礼拜六,回翠心里打着鼓回家了。现在和弟弟看邮票,心里还在琢磨着。不一会儿,弟弟就发现她心不在焉了。"得!别看了。"弟弟呼噜呼噜把邮票收了起来,把送姐姐的塞给她,这是因为大丈夫说话算话的缘故,要依这时弟弟的心情,早就不给她了。

门呀的一声,是妈妈回来了,姐弟两人连忙迎上去。接过妈妈的手提袋和草篮。妈妈拉过弟弟替他整理着衣襟,一面问女儿:"你骑车回来,也该洗个脸。你们书温得怎样?紧张吧?"

回翠看见妈妈,说不出的高兴,倒把要向妈妈谈的问题全忘了。一面回答着话,一面把草篮中的青菜捡出来。"嘿!鲫鱼!"她高兴地叫了起来。果然,有几尾鲫鱼在篮底,还正喘着气呢。

"给你做萝卜片鲫鱼汤。"妈妈笑着说,"慰劳慰劳我的女儿。"

"慰劳姐姐！慰劳姐姐！"弟弟早又忘了他在生气,高兴地叫着。

"还慰劳我的小儿子。"妈妈爱抚地看着弟弟,"慰劳你的飞机模型在房顶上一蹲就是一天。"

弟弟抱着妈妈的手臂,笑得像什么似的。

母子三人热热闹闹吃过了饭,在前面屋里坐了下来。他们每礼拜六都是这样,快快活活在一起度过一个安静的夜晚。

这时回翠又想到了"后门"的问题,她几次想说,但都说不出口,真奇怪,怎么这样难呢？妈妈也看出她欲言又止的神气,不由得仔细打量女儿。见她上身穿着那件浅黄地印黑绿两色小花的衬衫,下面穿着蓝布裤子,两条长辫子快拖到了膝盖,脸上闪耀着活泼的神采,还透着稚气的庄重。十八岁的年龄,是不吝惜散布青春和希望的。妈妈觉得,每礼拜都发现女儿长大了很多。在长大的过程中,一定是有许多话要和妈妈谈吧。

这天晚上回翠没有谈,她想来想去,决定到明天再说,这样一决定,又觉得安心了。三人谈着各自的工作和学习的情形,谈着《红岩》,谈着等回翠考完试,要和一些朋友到香山去玩儿。快活的夜晚是过得快的,明天也来得一点不迟延。

次日清晨,弟弟就到少年航空俱乐部去了,妈妈在房里看什么材料,回翠提着喷壶,在院中浇灌着花草,那都是妈妈喜欢的。像铺地锦这种小花,只要一着土就死不了,妈妈常常夸它。正浇着,听见院门外有人叫着"林回翠,林回翠",紧接着进来了两个人。前面是赵得志,还是背着他的大书包,后面是钱伟芬,穿着玫瑰红的小方格子连衣裙,脚背上不见鞋带的凉鞋,那是她妈妈托人在上海买的,看去倒是挺精神。

赵得志说,钱伟芬的事已经说成了。钱伟芬十分高兴,先大声说:"哟,这花儿多好看!给我这朵吧,林回翠!"不等回答,伸手就摘了一朵红花。一面问林回翠跟妈妈提了没有,回翠说还没有,他们两人觉得很奇怪。三个人进到屋里,见过林妈妈,说了一些温习功课的情形。妈妈隐约听见了一些他们在院中的对话,心里想,回翠近来和这两个孩子倒接近,不知有什么计划,便用询问的眼光望着女儿。

女儿鼓起勇气,把钱伟芬的事说了。钱伟芬和赵得志都说,回翠也可以这样办。得志还说:"表姑,我是资产阶级出身,条件不行,像您家里这样,林回翠的前途好安排多了。"因为那点曲里拐弯的关系,赵得志总是开口闭口叫着"表姑"。

妈妈皱着眉头,注意地看着女儿。她知道女儿想当医生,要上大学,却不知道女儿为了自己在生活途中顺利走下去,竟有这样的打算。停了一会儿,她才问道:"回翠,这么说,你是想走后门么?"

妈妈也用"后门"这词儿。回翠脸红了,嗫嚅道:"钱伟芬也这么做的……"

妈妈看了一眼钱伟芬,心里很不舒服,真有些同志是这样为儿女奔走么?这女孩子,还没有开始生活的道路,就已经知道挑轻便道儿走了。她又看着局促不安的回翠,便接着回翠的话说道:"钱伟芬这么做了,林回翠这么做了,只要有个有点功绩的爸爸,就要求照顾,那学校光照顾还照顾不过来呢,还怎么培养人才?"妈妈声音变低了,有点沉重。"咱们经过多少斗争,牺牲了多少好同志,才走到今天这一步,有功绩的人太多了。"

赵得志说:"表姑,一般的人当然也说不上这个,还是得有名有姓的才行。譬如——林伯伯,"他想了一会儿,想出这个称呼,"林伯伯在抗日战争解放战争中都立过功……"他没有继续说下去，他看见"表姑"神色不对，那么锐利地看着他，像是要看透什么阴谋似的。

妈妈见赵得志不讲了，便移过眼光看墙上爸爸的照片。爸爸还是那样微笑着。在爸爸照片旁边还有一张两人的照片，这是一对男女青年，男的双眉很黑，脸上有种机智精灵的神气，女的穿着碎花袄，秀气，朴实。妈妈忽然指着相片问："这是林伯伯的警卫员和他的爱人，他们都在抗美援朝的战争里牺牲了，他们没名没姓，他们的子女，该怎么办呢？"

赵得志心想："哎呀，这位老太太，把全不相干的事都扯上来，你就管林回翠得了，管那些干吗呀？"

钱伟芬把头习惯地向后一甩，有几分得意地说："一般的人要进去确实难，可是咱们不一样，林伯母。我妈妈说，我能上了那学校，可省她不少心。"

林回翠怯怯地看着妈妈说："我是想学好本事……"

妈妈心里很不舒服，她定了定神，严厉地打断了回翠，说："不要跟我说这个，我知道你要学好本事。学好本事还是要为人民服务，对吗？因为这光明磊落的目的，就可以先偷乖取巧，是不是？我倒要问，难道你爸爸流的血，是给你用来要求照顾的吗？他们牺牲性命开辟的道路，是让你们走着这条路去钻后门的吗？他们流血牺牲，从不想到自己，你倒好……"她有些激动，脸也发白了。这时电话铃响起来，学院党委有事情找她，她拿着电话筒，停了一会儿，说："我就到办公室来。"用手拢了拢有些花白的鬓发，一面对女儿说，"你们再想想。"走到门前，又回头看怔在那里的三个人，却没有言语，仍自转身走了。

钱伟芬把一双小巧的脚在地板上点了两下，说："我们好心好意，为了你才跑你家来，倒挨一顿训。"

赵得志说:"你再好好求求老太太吧,她老人家说得当然也有理,可是你知道,问题是怎么能上得了大学。"

林回翠不言语。

赵得志又说:"可你妈妈也奇怪,干吗拉扯那么多人?什么警卫员也得管!"

回翠一下子红了脸,几乎是叫了起来:"你说得多轻巧,什么警卫员!他们不一样是为咱们牺牲了?我们有什么特殊?他们两个,"她指着那照片,"他们还是弟弟的父亲母亲!"

弟弟忽然推门进来了,他还不到一岁时,父母亲便都在朝鲜牺牲了。是妈妈把他抚养大的,而且妈妈也常告诉他自己的爸爸妈妈的事。他的性情比较刚强,胸中有一番道理,做什么事都很有主意。这时只见他竖着一双黑眉,直奔了回翠去,伸手便去掏她的口袋。"还我还我!邮票!"他声色俱厉地说。

回翠知道,这时她在弟弟心目中,是不配要这些邮票了。她觉得对不起弟弟,眼泪在眼里直转,她赶快把邮票找出来还给了弟弟,没有说一句话。

赵得志见林回翠也神色不对起来,不好再说什么。钱伟芬这时低着头,她也想什么呢。过了一会儿,便和赵得志两人走了。

到下午,妈妈也没有回来。她常常是这样,在党委办公室里忙呀忙的。在家里也是一样,找她谈问题、商量大事小事公事私事的人络绎不绝。回翠班上还有事,不能等她,给她留了个条子,写着:"妈妈,我是要好好想想,这礼拜中间我找时间回来和您谈谈。回翠。"回翠本来写的"向您做自我检讨",后来又改成了"谈谈"。

回翠到了学校,很快就发现了一个异常现象。大家都不理钱伟芬,吃饭时谁也不看她一眼,似乎根本没有这个人,好像有谁下了命令似的,可是回翠知道不会有人下这种命令。上晚自习时,和钱伟芬同座的小耗子挪到最后一个空位子去坐了,他的脸色很严肃。这种态度,群众的态度,实在是很大的压力,半天的工夫,钱伟芬看去显得憔悴多了。她只管低着头,谁也不理。回翠想叫她都没有机会开口。

回翠想,一定是大家知道了小钱走后门的事,大家还不知道她林回翠也想这么办来着。大家自然而然的憎恶,小耗子的脸色和小钱的神情,都使得回翠更觉得妈妈是对的了。"你爸爸他们牺牲性命开辟的道路,是让你们走着去钻后门的吗?"是呀,应该走着这条路去建设社会主义,为大家谋求幸福,而要凭了爸爸的牺牲去托人情,讲特殊,真是侮辱爸爸的牺牲,那是什么女儿啊!回翠生下来以后,一直跟着妈妈在后方。爸爸一直在前方打仗,只在小翠翠三岁时,爸爸受了伤,才在家住过一阵。那一阵时光多高兴啊!爸爸会把翠翠举得高高的,然后假装一松手让她掉下来,又赶紧托住。翠翠乐得两只小手乱扑打,那时她就会说:"长大要建设共产——"爸爸伤好了又回到前线,不久,就在前线医院里去世了。回翠记得,妈妈带着她,坐着牛车,在满是尘土的崎岖的道路上,没明没夜地赶,可是赶到医院,医院的人和爸爸的战友们却领她们到了坟地,爸爸就躺在那底下么?妈妈紧紧抱着她,望着天边,对她说:"翠翠,爸爸走的路,是要领着大家在地上建设天堂的。"而她,却在走着这路,为自己钻后门!

回翠在被窝内哭了。她其实也该受到小钱那样的待遇呀。她因性情比较内向,不大喜欢谈自己,有事总是想了又想,才向妈妈说说。这时她却觉得该和团支书谈谈,把自己的这些想法告诉他。

第二天,还是没有一个人理小钱。回翠觉得,不理她也不能帮助她,就和她说了两句话。小耗子直瞪她,倒没有说什么。连赵得志也不理小钱。回翠知道,在小钱这事上,赵得志一定起了鼓励的作用,可是现在倒像是他多正确似的!到了晚上,回翠找到时间,把心里所想的,一五一十都告诉了团支书丁春。

丁春说,这几天他也看出她有心事,但他知道到该谈的时候,她是会谈的。好在问题已经解决了,这是一次很好的教育,他也觉得大家对钱伟芬的态度,似乎是不大对,可是大家都这么憎恶这种行为,该怎么办呢?团支书也没拿准主意。

两人谈了许久,回翠觉得心里逐渐稳定下来,想这几天要安心好好念念书,补补因为那几天心神不定荒废的光阴。她还是想和钱伟芬谈谈,至于赵得志,她决定再不理他了,他是那种摸不清看不透的人。丁春说,等考完试,他去找赵得志去。

然而星期二这天,钱伟芬没有来,她妈妈给她请假,说她在家里温书了。据班里保送军医的两个同学说,他们这礼拜就考试,都十分紧张。回翠也不再想这事,只管安心读书。她想看见妈妈,打过几次电话,妈妈都不在家。没想到星期三这天下午,弟弟来了。

回翠正在教室里和一个同学念生物,小耗子刺溜蹿进门来说:"林回翠,你弟弟来啦!"林回翠让他吓了一跳,连忙跑出去迎接弟弟。弟弟见了她,有点忸怩,眼睛瞧着大树。"妈妈叫我看你来了。"

"你自己不愿意来吗?"

"自己也愿意来。"弟弟说着,笑了,伸手又往回翠口袋里塞了一个信封。

回翠打开一看,还是那几张邮票,还有两块水果糖。"又给我啦?"

"你还走后门不走?"弟弟一本正经地问。

"呀,你该先问清这个,再给我邮票。"

"不,妈妈说了,不能这样。应该帮助,不能打击。"

回翠让弟弟的正经神气逗笑了,笑得那样畅快开心,就像一切十八岁的女孩子那样,全世界在她面前都是好笑的。

弟弟说:"那天你们几个人和妈妈说话,我都听见了。我想,这姐姐,哪像共青团员呀!可是妈妈说,'就是党员,有时也要和自己作斗争的,问题就是有没有勇气和自己作斗争。所以说要思想锻炼呢!姐姐她,比较软弱,弟弟你呢,就太刚强了'。"

回翠不笑了,虽然弟弟那正经的大人神气还是有几分可笑。她思索着妈妈的话,又想起那天赵得志说的安排前程的话,她想,我们前程是好安排的,倒不是因为会钻营算计,而是因为我们能和坏的事物斗争,不管它是在外界,还是在自己思想里;是因为有这样的妈妈,有这样的弟弟,还有我们的班,这样坚决……

回翠和弟弟在校园走了一圈,两人都高兴得很。虽然弟弟不是第一次来,却又发现许多新奇的事。那开着粉红和白色花朵的荷塘中,竟藏着一只小船,其实那荷塘本身也不过有十只小船大吧。回翠送弟弟上公共汽车时,问弟弟,明天回去一趟能见得着妈妈吗?弟弟说,妈妈这几天特别忙,他得问问妈妈。

弟弟走了不多久,妈妈就打电话来了。在电话里问:"是翠翠吗?"回翠看看传达室里,有几个同学在寄信,便大声说:"我是林回翠。"妈妈笑了,说:"林回翠!你全想通了吗?""想通了,妈妈,怎么会想不通呢,通得厉害。""那天我也有点急躁,回翠,我对你是不是太严厉了?要知道,只要走一次后门,脚就会变滑的,会不安心在前人开辟的正路上走的。"回翠觉得眼泪直涌上来,又偷偷看看同学们,说:"妈妈,你是对的,还该严厉些,妈妈……"母亲又说,她在办公室待得很晚,还没见到弟弟。商量好女儿还是星期六回家,便挂断了电话。

回翠觉得心里很激动,又很快活,跑回教室时,同学还等着她温书呢。她一下子就投入到书本里了,思想十分集中,进度也特别快。一直到吃晚饭,才带着一种满足的心情,拿起小盆和调羹,不由自主地叮叮当当敲了几下。

"林回翠,你好像挺高兴。"同学说。

"我觉得轻松。"回翠笑说,她觉得像是感冒以后出过了汗似的。

又是星期六了,林回翠到车棚推车,准备回家。一出校门,碰见了赵得志,赵得志叫她:"林回翠!林回翠!小钱考垮了。你知道吗,人家当时就发现她成绩太不行,连她妈妈也挨批评了,正发愁等她爸爸出差回来怎么交代呢。"

回翠说:"你消息可真灵通。"

赵得志说:"我看她去了。"他望了林回翠一眼,连忙改口说,"我是先在路上碰见她,她可瘦多了。"

林回翠说:"我明天可是真要去看她,和丁春一起去。"便骑上车走了。

"林回翠!林回翠!"赵得志想了想,又叫她。回翠没理会,径自骑车走了。

笔直的柏油大道,两旁有一行槐树,一行杨树,还有一行什么树,长得这样高大茂盛,倒好像路是树的装饰。晚风拂面,槐花的香气直散开来,回翠轻轻踩着脚蹬,向前飞去。

　　到家了,那圆锥形的小松树像个尖尖帽似的,多么可笑啊,回翠忍不住轻轻拍它一下。她推着车,进了正门,大喊了一声:"妈妈!"弟弟从屋里跳出来接她的车。妈妈在甬道里看着立在门前的女儿,那年轻的眼睛十分明亮。妈妈知道,她可能考上大学,也可能考不上,但无论她碰到多么艰难的事,都不会再想到去走后门,而不管她做什么,都会有远大的前程。

1962 年 10 月
(原载《新港》1963 年第 2 期,
编辑部改题为《林回翠和她的母亲》)

知　音

因为要联系一些事,我到一个理科的系里去找他们的总支书记,但没有见着,说是他不知到哪个实验室去了。我慢慢走回家去,经过一座小山,山上树木虽枯,却仍然茂密。我从树后转出来,忽然看见一位先生站在山脚下石凳旁边。我走得快,几乎撞在他身上,连忙收住脚步。定神看时,见他穿着一件水獭领子的大衣,身材不高,却显得挺直健壮,头半侧着,露出一个衔在口中的烟斗。看来这是哪一位教授在这里习静,也许在思索什么艰深的科学问题。我想轻轻从石凳那一边绕过去,没走几步,却听到一个声音唤道:"任姐姐!"我四处看,附近并不见有谁会这样叫我,不免有些奇怪。

"你不是任东蓓么?"分明是这位先生在说话。我觉得自己不认识他,更是诧异,站住了看他。正面可以看出,这是一位老教授,戴着家常的厚绒圆帽,露出一点稀疏的全白的鬓角。头很小,脸自然也不大,面色却红润,精神也饱满,他嘴里的那根烟斗,没有冒起一点儿烟。

对了,对了,这是韩伯伯。笼统地说,韩文施先生,是一位大物理学家,他的这几年的研究成绩,是正式写在书本上的。小时候,我常和他的女儿小丹在一起玩。有一次,趁韩伯母不在家,我们把他家里的世界物理杂志几十厚本,在地上排了一长行,算是火车,找了个旧火锅当火车头。都弄好了,为了谁该头一个开火车争起来,两人都大哭。身材瘦小的韩伯伯从书房里走出来,面色照例十分苍白,含着并不冒烟的烟斗,对我们说:"谁开火车不一样么?问题是得有真本事作动力。动力,懂吧?好了,不哭了,爸爸来弹琴,你们坐着听。"他便弹起琴来,弹的是《雪橇》这首短曲。他的琴弹得并不好,不过自有一种感人的气氛。抗日战争开始,我们都迁往内地,却不在一个城市。小丹不久因病去世,便断了联系。解放后,经过院系调整,我家和韩家在一个住宅区,回家时常碰见韩伯伯,他总是客气地称我"任姐姐"。后来我很少回家,几乎没有见过他。我印象中,他不只身材瘦小,面色苍白,还驼着背,患着极度的神经衰弱,离了咖啡就不能活命。我小的时候,他看去就是未老先衰,我长大成人已久,他却变年轻了,难怪认不出来。

"认不出来了吧?"他微笑,神气很是高兴。

"可到底还是认出来了!"

我告诉他,最近打算在学校住一个时期,刚去找那什么系的总支书记,没有见到。

"哦,哦,你去找石青了?"

好像那名字是石青,我摸摸口袋,想再看看介绍信。

"不用看,"他拦住我,"我就在那个系。这几年,我们成立了不少新系。这石青,很熟了。"

他看着远天。远天一片晴朗,冬日的斜阳,还没有落山。他又看看我,微笑道:"石青这女孩子,曾经三次救了我的命。"

这位大物理学家有些特别的习惯。在他不想说话的时候,可以出神地看着请他说话的不管是什么人,一言不发,好似木雕泥塑。在他想说话的时候,他可以滔滔不绝地演说,哪怕没有一个听众。这时似乎是遇到后一种情况了。他又看看远天,开口说了下面的话——

"石青原是我教过的学生。那是解放前了,我教的都是低班课。她和你班次恐怕差不多。她功课不错,但不是最好的,她不大用功,忙着搞学生运动,开会,事情多得很。有一次,我请这一门课的全体学生到我家吃茶,那其实是教授自己搞出来的一种征求意见的方式。当时那些死读书的学生提不出什么意见,像石青这样的好些堂课没上,自然也不好提。大家坐着,僵得很。有个男学生,看见房间里有钢琴,便提议让石青弹琴。石青笑笑,看样子是不想弹,不过因大家都僵坐着,便轻声说'我弹不好',就坐下来弹了。钢琴一响,我知道是格里格的一个不著名的曲子。真奇怪,不弹肖邦,不弹莫扎特,却弹这一个,你知道这一个吗?小丹后来也能弹了,她很喜欢,也许因为我自己常弹的缘故。可我不过朋冬朋冬,一点也弹不像。石青弹得很好,她弹过以后,没有说什么,只坐在琴凳上看大家,显然她原没有打算弹琴,也并不想从这里的听众得到什么评论。我问她:'为什么喜欢这个曲子?'她有点窘,迟疑地说:'好像是喜欢那种追求什么的精神——'我遂把我收集的钢琴唱片抱了一堆出来。她从琴凳上站起来,跑过来看,说道:'听说韩先生很喜欢音乐,是真的!这一张好,这一张,这一张,还有这一张。'又笑着说:'像您这一辈的人,喜欢外国音乐的不多。'

"我说:'我不只受过封建教育,还受过资产阶级教育。又出身于吃洋教的地主家庭,是双料的。'她又有点窘,看来是不知道说什么好。那天我们几乎开了个音乐座谈会,她对音乐欣赏感受的能力并不下于对物理领悟学习的能力,我们谈得很投机。以后一个时期,她的学习成绩忽然特别好,简直出类拔萃起来,分明是用了功。我和内人说,要是小丹在,一定也会这样出类拔萃。可是没有多久,她的成绩忽然又下去了,几乎只是中等了。我很想知道是怎么回事。不过她从不上我家来,不像有几个热心留做助教的学生,三天两头往我家跑。

"就这样纳着闷呢,有一天她忽然来了。那是夏末秋初,是一九四八年吧,她来了,神色很平静,可是说出话来却很不平常。她说:'今天不过是第二次到韩先生家来,就有这样重要的事情请韩先生帮忙,许还会连累您——这几天当局要进行大搜查,校园外面都已经暗行封锁了。我因为爱搞点诗社唱唱歌什么的,也上了黑名单。想暂且在您家里避一避,估计像您这样的,这样的——教授,他们是不会来搜的。'她倚着钢琴站着,眼睛直看着我。我听了她的话,心里有些吃惊,也觉得很安慰。我明白她说'这样的这样的'的意思,是说像我这样从不参加政治活动,学术上也并不著名的老朽之人,当局不会注意。她来,就是说,他们还信得过我。她的活动,当然不只是搞点诗社唱唱歌。对我的信托我从不辜负,何况又是石青。我立即引她进到内室,让内人招呼她,安排住处。内人你是知道的,那时虽已年将半百,而且多年只在家管家务,倒始终保持着一种浪漫主义。她很喜欢石青,并没考虑收留她的危险,倒像是来了客人一般欢喜。我劝石青少搞点政治,多搞点科学,她说:'我并不劝您少搞点科学,多搞点政治。不过一定得弄明白为谁,为什么来搞科学。韩先生,您是以科学为生命的,您是不是考虑为什么活着?'

"我当时一愣,便说道:'我为科学活着。'

"她说:'可我觉得这好像有点悬空,这样我是活不下去的。

天地都在翻覆,怎么能钻在实验室里?那门迟早会被打破的.'她愈说愈热切,好像迫不及待地把她所了解的革命道理灌输给我。我不说话,空气有点僵,她只好换了话题。

"她来后第三天,各处就传着要抓人,有人来和石青联系,要她躲过这场风头以后,离开学校。这天学校里来了好些警察,还有便衣。搜了学生宿舍和好几处住宅区。听说搜得很彻底,什么角落里都搜到了,大箱子都打开看看,天花板上也打着手电筒照了又照。我想着怎样应付盘问,不免有些紧张。第二天轮到这一个住宅区了,却没有挨家挨户地搜,也没有搜我家。情况暂时松了一些;石青便要到解放区去。

"那天晚上情形我记得很清。石青要在第二天绝早天不亮就走,她的同志们决定她穿得愈阔愈好,送来一件蓝地白花的衫子,一件半旧的薄呢大衣,据说这大衣已伴送过好几个女学生了。我对她说,我相信她所从事的事业是伟大的,不过我还是希望她能搞科学,她会有成绩的,会给人类做出有用的贡献。科学是推进社会的最大动力。我当时说得很简单,她听了我的话,脸上的神色登时严肃起来,严肃得和她的年龄很不相称。她用双手握住我的手,说:'先生,我这一去,也可能就永远和科学告别了。不过我会永远努力不懈,在阶级斗争中推动世界——我要建设一个好环境,使祖国的科学更发达,使您的梦寐不忘的实验能够进行.'

"'你还记得我的实验?'

"'我常想着它.'

"'希望我们不只在音乐上是知音,在科学上也是知音.'我说着举起咖啡来,'现在不谈这些了,我最希望的是,你平安到达目的地.'

"'先生,我还想和您说,您千万不要跟着国民党走——'

"'我从来没有跟过国民党!'

"'可这是不可能的,您不可能既不跟这个又不跟那个。'她又显出那样天真的神情,若是没有这种神气,我也许会很生气的。

"'我跟着科学。'我说。

"她不言语,默默地看着我。这时钟敲四点,外面的黑夜稍稍淡了一些,她猛省地说:'该走了。'她和我们告别,说:'我不说感谢的话,我们会再见的。'我们开了门,眼看着她沿着院后小路走去,步伐很轻很稳,不一会儿,她那瘦小的身影被黑暗吞没了。内人忍不住哭起来,我们关了门,对坐着没有说一句话。

"没多久,我就遇到不跟这个就得跟那个的问题。那时局势愈来愈紧,国民党节节败退,他们当时的中心工作,就是搞撤退。有一个在国民党内相当得势的官儿,是我留学时的同学。他劝我跟他们到台湾,他说他相信我会搞出点什么。他一定设法给我安排最好的研究条件,对我的实验给予最充裕的物质保证。这本是无须考虑的事,难道有谁还会热衷于物价一天几涨,挨家挨户的逮捕搜查么?不能跟着他们跑!可是他说到实验,我竟有点活动。那时在教授当中,只要不是素来反动透顶的,大都已经明白正义是在哪一边,自己应该怎样走,可是我平常太脱离现实,在这个问题上居然还费了考虑。我和朋友商量,和内人商量,结果当然是不去。这么多年也没见安排什么'最好的条件',甚至于不充裕的物质保证也没有。倒是石青那几句要使祖国的科学发达的话还是可信的。她那一直往黑夜里走去的小小的身影,我现在还记得很清。能够使人这样舍身以赴的事业,毕竟是有希望的吧。留下的这边砝码上站上了石青的身影,就更加重了分量。

"于是我便装病,那做官的同学又来时,我说病体沉重,不便远行。他那天还带了吉普车来给我运书,见我躺在床上,将信将疑,还纠缠了一阵。忽然一个电话叫他马上进城,他放下电话,神色有些慌张,问我:'文施夫子,一言为定吧,去,什么都唯君之命是听。'

"'不去!'我斩钉截铁地回答。

"'那好吧,后会有期!'他匆匆和我们握了手,小跑着往外面走去。

"而此公竟不能和我'后会'了,他前几年得了精神病死在台湾。以他那样久惯官场神经十分健全的人还得了精神病,像我这样原就神经衰弱的要是去了,恐怕早已呜呼哀哉了。而你看看我现在!"

他抡动手臂,做出一个太极拳的姿势。又问我:"站得冷了吗?走走吧。"我们便沿着小道缓缓走着。

"很快就解放了。有许多新措施新改革,很热闹。我那时也有苦恼,譬如说研究的时间少了,要开许多会。但这些对我一贯的生活方式,还没有大的影响。是一九五一年吧,学校搞了一次参加土地改革的活动,特别希望老教授们参加,我可又碰上难题了。不去呢,好像特别落后似的。去呢,我虽然也一般地能说点政治是第一重要的道理,但不参加土改,未必就搞不好物理。再说我要是下乡,咖啡怎么办?失眠怎么办?新的校长对我们挺关心,一再说,不去就不去,谁也不能因为不去就算是落后了,可去呢,一定有好处,不会白去。

"我和内人又商量了几天,眼看明天报名就截止了,我们还思前想后,在凉台上考虑呢。这时有一个纤细的身影从暮色中移过来,走上台阶一看,是石青!她没有怎么变,还是短头发,尖尖的下巴颏儿,笑盈盈地望着我们。内人大声叫起来,一面慌慌张张找手绢儿。石青说她进城后就南下,最近才回到北京,在市委工作,就想来看我们,不想忽然通知她调到我们学校来工作。我和内人都由衷地高兴。我笑道:'我又该动员你搞科学了。'

"'可我是来动员您去土改的。'她笑着说,脸上还是带着那种极天真的表情,'我也去呢,这是多好的锻炼的机会。'

"'你还没锻炼好么?'我很诧异。

"'难道人会有好到不需要锻炼的时候?'她也很诧异。

"她说:'不去倒没关系,不会有人说什么。不过您损失太大了。过去了的运动,以后不会再有了,您却放过这样惊天动地的事,看都不去看一眼!走马看花,总比不看好。常年待在书房和实验室里,也该活动活动了。'又对内人说:'师母放心不放心?去的人多着呢。'

"她说话比以前流利多了,像个做政治工作的了。说来说去,她的这些家常话,就在去的这面加了砝码。我决定去看看,还带着咖啡和安眠药。

"你也参加过土改,我用不着说了。我觉得真惊奇,好像久居在斗室之中,忽然间,四面墙壁都哗啦啦倒下了,我才看到广大的、现实的世界!我常觉得,我们搞科学的人有最强的头脑,是最聪明的人,这时我才发现我们很可笑!我们成年论辈子钻在物质组成的最微细的部分当中,却把巨大的生活忘掉。看看农村的情况,看看那些只靠科学无法做到的,对社会基础的推翻和建立。也看看地主的剥削,农民的苦难,我想起从小以何为生,不由得满身不寒而栗。

"还不想这斗争竟真刀真枪地临到我头上来。本来是不让我们晚上随便出来走的,地主势力想尽办法搞破坏,斗争非常尖锐。可那天晚上我忽然想要和土改团的团长谈谈,我就出去了。那夜月色十分明朗,我循着两边是竹篱茅舍的街道,慢慢走着,不觉又优哉游哉起来了。正在这时,忽然有一只大手抓住我的衣领,紧接着一把亮闪闪的匕首朝我咽喉刺来,真是千钧一发!猛听得一声尖锐的叫喊:'是石青!'那匕首停住了,迟疑了,接着把我往地下一推,人就跑了,我模模糊糊听见一阵脚步声响,就昏过去了。

"后来知道,那些反革命分子早计划暗杀土改团里的人,好破坏土改,他们选择了我。他们说我经常一个人胡行乱走,说我吓吓也就死了,好办。还说:'杀他个搞科学的,让他们给共产党发明玩意儿!'你看,他们倒知道科学和政治的关系!"

韩伯伯说到这里,显然有些兴奋,停住了。我故意问:"那咖啡和安眠药呢?"

"哦!哦!都扔了,都扔了。至于第三次,是一九五八年。那时,石青已经是我们的党总支书记了。她鼓励我提出我的实验计划。我有了实现自己多年幻想的机会,真是全力以赴,恨不得一天有四十八小时才好。就在我紧张工作的时候,有些人说开闲话了,我实在不知道他们动机何在。他们说我拼命想出风头,说万一出了人命该由我抵偿。一听这些,真有些沉不住气。那时已经快十二点了。可我的脾气是慢的时候火箭也拉不动,急的时候绝缘体也挡不住的。我准备敲上半个钟头的门,谁知到了石青家,灯还亮着,她正在灯下演算习题呢。我把事情一说,她半天没有说话。好一会儿,才说:'先生,我真没想到您会为这些话介意。'

"我清楚地觉得自己脸红了,也没有再说话,起身便走。一路上心乱如麻。难道我对自己,对自己的知识,没有把握么?我实在是个软弱的人,每一个个别的知识分子,都是软弱的人……

"次日清早,石青便来了。我们对坐着,半晌,她说:'党委全力支持这次实验。技术方面的事,我们可以,也必须尽量做得有把握。'

"我忽然想起她在我家住的几天里,那样热心地、雄辩地宣扬自己的真理。这时她却没有说什么多的话,又停了半晌,说道:'如果一定免不了有危险的岗位,就把它分配给我吧。'她认真地看着我,脸上带着十分严肃的微笑。"

"实验不久就开始了。我的命根子——"韩先生微笑着。看见已经到了我家门口,便"哦哦"了两声,一手把我推进院门,自己向前走了。

过了两天,是一个温暖的颇有春意的下午,我正在房中看书,听见有人在外面叫:"任东蓓!任——东——蓓!"我一面去开前门,一面猜测是谁。这声音似乎很熟悉,却又很陌生,这种叫法,也是十分遥远的了,想不起来了。我开了门,看见一个瘦瘦的女同志,穿着黑色的棉制服上衣,蓝布裤子,围着浅豆沙色的围巾,露出一张小脸,年纪约在三十上下,但脸上有一种兴高采烈的天真的温柔神情,脸很白,下巴颏儿很尖,正笑盈盈地望着我。

"你是任东蓓?哦,你戴上眼镜了!你前天来找过我是吧?我是石青。"

"我们——在哪儿见过——"我踌躇地看着她。

"当然!当然!任东蓓,鬼!鬼!鬼!可记得么?"

"你是谢青娥!谢青娥,大青鹅,想吃芒果不下河!原来是你!"我大叫起来,一把抓住她的手,像小时候那样,两人大笑着一连转了好几个圈子。

就在这几个圈子中,我眼前涌现了这么多这么多的事。那是抗战时期,我在四川的一个县里上小学。因为躲轰炸,学校搬到深山古庙里。我和谢青娥——石青的友谊,就是在那时建立起来的。我们同班同学中,有一个"公主",是当地一个特大富绅的女儿。那富绅在当地和土皇帝一样,那"公主"娇生惯养成一个霸王性子。我和她一班,心里有点害怕。我想她要真欺负我,我就告诉老师。老师当然也不可靠,不过又怎么办呢?没等我计划好,有一天,发生了这样的事情。

在上晚自习前,大家趁着暮色整理内务。"公主"大概吃腻了从家里带来的珍馐美味,想吃豌豆饼,那是一种用油炸过的豌豆做的小饼,在离这古庙二里左右的小村庄有卖的。她把脸盆往床底下一推,一面说:"谢青娥!你去买豌豆饼!"这时大家都看着一个小小的女孩子,她也是这学期新来的,我平常没有注意过她,只觉得她脸上有一种聪明相,不大爱说话,喜欢念书。"公主"分明是在试这些新来的学生,看服不服管,听不听使唤。只见谢青娥自管叠着自己的被,一声不响。

"你是聋子?喊你,听不见?"“公主"有点生气了。

"喊你做事情!""你莫装傻!""公主"的几个"侍从"也响应。

谢青娥叠好了被,慢慢地看了"公主"一眼,便往外走了。她的床位在里边,"公主"的床位在中间。也许那一伙以为她是去领钱吧,都没说话。谁知她走过"公主"的床位,头都没有侧一侧,却加快了脚步,一直往门外跑去了。

那"公主"用力推着最靠近身边的一个"侍从",跺着脚喊:

"追她回来追她回来！姨娘养的！"这是那一伙小姐们通用的骂人的话。这时舍监进来催大家去上自习了，"公主"当然也不能提出那时要吃豌豆饼，只把一个"侍从"推得几乎摔了一跤。

下了自习，大家都睡好了。"公主"等舍监走了，便猛然坐了起来，一下子把被窝踢得老远。下了床，掏出一大堆芒果来，抱着分给大家。"吃芒果！喂，起来吃芒果，缅甸运来的。莫要出声音！"大家都坐起来了，几个"侍从"高高兴兴地吃着，还叽叽咯咯地笑。一般的同学都闷声不出气，各捧着一个芒果，我也分到了一个，坐在被窝里发愣。

"公主"她们又嘀咕了一阵，忽然一起唱起来了："谢青娥，大青鹅，想吃芒果不下河！"一面故意举着芒果，原来她单单不给谢青娥，还跟大家说："唱呀，大伙儿说！"谢青娥也坐起来了，瞪大了眼睛，下巴颏儿更尖了。她看看大家，用牙齿紧咬着嘴唇，猛然用被蒙着头，又睡下了。

我忽然觉得怒气直涌上来，我手里还捧着个芒果！我把它举得高高的，大声说："臭芒果！哪个要吃！"就用力摔了出去。啪嚓嚓，芒果在屋角摔得稀烂。那伙小姐们都吓蒙了，呆了一会儿，"公主"首先冲到我床前，朝我喊着："任东蓓！鬼！鬼！鬼！""打鬼！打鬼！打鬼！""侍从"们也大叫着拥了上来。我想她们要打我了，便放声大哭。忽然有一双小手拉着我，原来是谢青娥到我床上来了，她那聪明的脸儿上满是泪痕，因为兴奋而格外光彩的眼睛，直瞧着我——

我看看眼前的石青，还是那聪明的脸儿，因为兴奋而格外光彩的眼睛，再想想儿时的情景，忍不住笑了。她大概也温习了同样的往事吧，也笑着，过了一会儿，才说道："一转眼有二十年了吧？"

"你这些年怎么过的?我没想到在这里遇到你,原来石青就是你!我们好像是生活在古时候,就不会通通消息!"

"我来学校后到你家来过,可你那时老出差,谁也不知道你在哪儿。"

我们前言不搭后语,乱七八糟地说了许多别后的情形。我提起韩伯伯前两天还和我谈起过她。她说:"韩先生么,他搭救过我。""可他说是你搭救过他——"

"那不是我,那是一种力量——你知道吗?"石青微笑,我们的谈话渐渐上了轨道。"他可真是冒着风险救我。国民党反动派大搜查的时候,我在他家躲过几天,他们很担心,为我担心。先生很有意思,他失眠得很厉害,却又一会儿也离不开咖啡。晚上,他叫师母和我去睡,他就坐在客厅沙发上守着,叼着他那并不冒烟的烟斗。后来我动身往解放区去,我就是顺着你们这住宅区墙外的小路走的,那时都是乱草,我还掉进一个水坑里。我过了青龙桥,天已渐渐亮了,有两个同志在那里等我。我们踩着大大小小的乱石头,走了好久,走到一块高粱地里,正是青纱帐起,一眼望去,绿蒙蒙的。我们钻啊,钻啊,高粱上的露水弄湿了我们的头发和衣裳,因为着急,又一个劲地出汗,分不清是汗水还是露水。好不容易钻出了高粱地,同伴告诉我,往西北不远,有的村庄已经建立了我们的政权,是我们的势力范围了。我一听就哭了,眼泪流了满脸。你知道我从小没有母亲,而我现在就要生活在母亲的怀抱里了,而且这母亲不同寻常,不同寻常。她是大家的母亲,她的力量会给一切需要的人打开枷锁。我眼前闪过韩先生坐在客厅里的身影,我要让他老人家也认识我的母亲。

"后来解放了,热热闹闹过了几年,新的沸腾的生活填满了时间。后来我又被派到学校工作,学校正在组织去参加土改。我和韩先生一起去了,去的是南方。刚到的头几天,他只坐在人家楼上,捧着本大厚书念,有时抬头看看外面的水田,赞叹道:'真绿,真绿!'老实说,我真是很不满意他。他的那种漠然,那种冷淡,使我禁不住想知道,在他那小而圆的头里,究竟有着多么深的阶级的烙印。后来有一次,我在他住的那家人家楼下开片儿会,一个叫云嫂的妇女述说自己的身世,说她如何被地主霸占,如何在夜里偷偷和自己的亲夫相会,亲夫如何被地主谋害,用布包着头,倒扎在水塘里。她愈说愈痛,不由得号啕大哭。这时先生从楼上下来了,站在人群后面,满面怒容,脸色也不那么苍白了。我那时来不及分析先生的情绪,只顾安慰云嫂,叫她慢慢说下去。她后来再也说不下去了,只是哭。忽然先生说话了,手里还紧捏着烟斗,他说:'这不是普通的加法的问题,这种仇恨,是应该用立方计算的!'声音那么大,连楼都似乎震动了,大家都瞠目看着他。我连忙解释说:'韩先生是怜惜云嫂的遭遇,他说——'可我一时也想不出该怎样'翻译'这两句话,把他认为已经是最浅显的话说得更浅显些。先生却坐下了,和妇女们谈起来,他本是南方人,你知道,大家虽然常常瞠目对他,却也渐渐彼此明白了。一个姑娘高兴地说:'我们以为你先生没有心的,只有脑子,原来你也有心,和我们一样!'

"这话给他印象很深。他把这些天的情形连同这句话琢磨了许久,找我来了,要求像一般青年干部一样参加工作。他也和团长谈了,便和我分在一个片儿。平时抢着串连人,开会通知人,算土地账,写汇报总结,和县上的干部也很亲密。但他不大守纪律,想什么时候出去就什么时候出去,看见月色好,必想抽空出去遛弯儿,飘起细雨,也定要出去走走。那时斗争发展很快,地主反革命势力也在挣扎,在筹划阴谋。我们早得了消息,加强了保卫力量,一再通知不要随便一个人出门。那天夜里,我们开会回来,看见房东嫂嫂气急败坏地跑过来,一把拉住我说:'先生出去了,不见了!'我们急忙分头去找,正好赶上!

"先生只是受惊了,醒过来,见我在旁边,第一句话便说:'我明白你说的为科学而科学有些悬空的道理了。因为我们不只有脑子,还有心——我们可要好好搞点发明——'他的话,正是从心里说出来的。我当时什么话也说不出,我觉得,母亲正在打开每一个人的枷锁!"

石青停住了,我才想起给她斟茶,一面问:"说是还有第三次呢,到底这次是谁救了谁?"

"什么第三次?"石青有点奇怪,"我们毕竟开始了那个实验,这是在党的坚强领导下筹划进行的。计划十分周密,准备十分完善。我也在里面找了点事做。我们在基础工作上花了不少时间,现在终于开始了。"

她看见屋角的钢琴,便走过去抚弄着说:"许久不弹琴了——你知道吗?韩先生在这次实验中说,他从前把这实验当成终身的理想,而现在,这只是大理想中的一个小小的部分,前面的路还长着呢。他这几年的工作真抵得上几十年。"

"也应该用立方计算吧?"我说,一面打开了琴盖。

"你连加减乘除都闹不清楚,还立方呢。"她笑道,坐下来,弹起琴来了。她的手显然是生疏了,但是有一种热情,在琴声里回荡,似乎还是在追求什么,向往什么。

一曲终了,我们忽然发现房间里多了一个人,是韩伯伯。他摘了帽子,露出全白的头发,脸却是这样健康的红,真可以说是鹤发童颜了。他笑容满面,说:"好久没有听石青弹琴了,又是这个曲子。我出来散步,循声而至。我奇怪是谁在弹,任东蓓从来不弹这个的。"

石青站起来,说道:"这些年,兴趣改变得多了。简直不曾想过弹琴。"韩伯伯看看石青和我,说:"哦!哦!你们原来就认识。"

我笑道:"您没有推算出这一点?"

也许现在比过去更有意思,过去的话题并没久占时间,他们很快谈起了现在的工作、实验和教学,还谈到政治学习和目前科学青年中的一些思想情况。我看着石青站在琴边,忽然想起"知音"这两个字,忍不住说:"韩伯伯,您和石青,好像在政治上、科学上,都是知音了。"

韩伯伯从嘴里拿下了烟斗,想了一下,郑重地说:"我努力。"

"我也努力。"石青紧接着说。

"再弹一个什么吧。"韩伯伯指着琴。于是那追求什么、向往什么的热情和着琴声,回旋飘荡,向校园中、田野里,以及更远更远的地方飞去……

1963 年 2 月

(原载《人民日报》1963 年 11 月 26 日)

弦 上 的 梦

一

大提琴的深厚的如泣如诉的声音在空中飘荡。这声音一时悠扬婉转,一时低回呜咽,如秋风飒飒地吹着落叶,如冬云黯淡地凝聚在天空。渐渐地,愈来愈轻,愈来愈细,好像就要失去,再也找不回来了。忽然间,琴声又激昂起来,充满了渴望,流露了内心的希冀与追求。

"这是慕容乐珺。"音乐爱好者可以分辨出拉琴的人,因为慕容的琴声,总像向你心窝扑来似的。

慕容乐珺是一个艺术学校的大提琴教师,她终生与大提琴为伴。多少年来,她只要一拿起琴弓,自己就似乎化作了大提琴的一部分,和琴一起在发着声音,抒发着乐曲的各种感情。今天她随意拉着琴,一首没有完又换一首,总是觉得心神不安。后来索性把琴放开,走到阳台上向远处眺望。

这是一九七五年九月的一天,正是日落时分。夕阳的光辉把远处的红楼绿树镀上了一层金色,这光辉也照着乐珺夹杂在黑发中的白发,使那根根白发显得格外分明。她虽已年过半百,容颜还很清秀。她向街的尽头看去,一有年轻女孩子出现,就留神看是不是向自己这幢楼走来,但最终都不是。

乐珺要等的人,是她的一个好友的女儿。这好友和她也有一点亲戚关系,但这种关系从来不能说明任何问题;他们还几乎发展成为人与人之间最亲密的关系,但那并没有成为事实。他们只是好友,也永远是好友。现在一方已经永辞人世,这种友谊也并没有中断,而是延续到他的女儿身上了。

"她,"乐珺想,"是怎样的呢?"

在那抗日烽火熊熊燃起的年代,他和许多有志青年一起奔赴延安去寻求理想和未来。那时是燕京大学音乐系学生的她,则随着父母到了内地,以后得到一种助学金,到了国外,新中国成立后才回来。不久父母相继去世。她在社会主义祖国的怀抱里,全心地投入祖国的音乐教育事业。

在社会主义祖国的怀抱里!那五十年代的日子,是多么晴朗,多么丰富啊!乐珺觉得自己虽然平凡渺小,可就像大海中的小水滴一样,幸福地分享着海的伟大与光荣。

天色渐渐黑下来了,她回到室内,继续沉思着。

解放后头几年,他在国外工作。六十年代初调回北京做文化交流工作。她听他做过几次报告,每次都深深地为党的政策所吸引,为他对党的忠诚所感动。她也见到过他的妻子,那是一位好同志,好妻子。她曾想:"也一定是一位好母亲。"

至于他们的女儿,乐珺在她小时虽也见过几次,印象都不很深。只有一次,她使乐珺终生难忘。那是六十年代中期斗争最激烈的年月。巨大的风暴考验和锻炼着每一个人,也把人世间最卑鄙最污浊的丑怪之物都翻了上来。有些人挖空心思批判文艺方面的"黑线专政",像乐珺这样有一技之长、小有名气并且去过国外的人,当然也是批斗对象。有一次"造反派"头头们把文艺界的一些"牛鬼蛇神"集中起来开批判会,乐珺也叨陪末座。台上黑压压站满了人,好几位名家身穿各色纸衣,被推来拽去,被逼着挨个儿到麦克风前报名,说自己是走资派、反动权威、坏人之类。正闹着,有三四个年轻人把一个中年人连踢带打推上台来,一面喊着口号:"打倒贩卖封资修的文化掮客梁锋!"乐珺心上一惊,侧眼偷偷看去,见确是梁锋站在那里。那些人要他去报名,他缓步走到麦克风前,一字一字地说道:"梁锋,中国共产党党员!"话音刚落,几个人跳上台去,打了梁锋几个耳光。血从他的嘴角滴下来,落到地上。会场上每个人的心都揪紧了,满场静得连呼吸都可以听见。这时候,一个女孩子的清脆而痛苦的声音突然喊道:"爸爸!我的爸爸!"

会场登时一阵大乱,有人喊:"不准打人!"但是也有人向叫"爸爸"的女孩子冲过去,把她一把拎出会场,一路拳打脚踢。乐珺虽然弯着腰,却全看见了,只是看不清女孩子的模样。有好几天,她一直在想着这个叫"爸爸"的女儿。心里感到又酸痛,又温暖。

这个喊着"爸爸,我的爸爸"的女儿,现在要来了。

门外有人叫慕容。乐珺答道:"是小裴么?"站起身向前迎了两步。进来的是大提琴专业的一个支委,大家都叫她小裴。小裴是比较年轻的老干部,六十年代初就是大提琴专业的支部书记。多年来,她一直是乐珺的知心朋友。她脸儿圆圆的,眼睛圆圆的,身材也是圆圆的。她其实和乐珺年纪相仿,但到现在还是"小裴"。

"从楼下过,就来看看你。梁锋的女儿这几天要来,是吗?"

"说的就是今天,就是现在,可还没有来。"

"我说她准是个好孩子。你记得——"小裴两眼直望着窗外。

"我刚刚正想着那次批斗会。"乐珺温柔的目光望着小裴。她还想起那时每次学校开批斗会后,小裴总要关心地悄悄和她说几句话(其实小裴的遭遇更艰险得多):"坚强点,这是考验!""这不算什么,不要怕。"话虽不多,每次都给乐珺很大力量。

小裴血压高,很容易激动。现在她克制着自己,沉默片刻,对慕容说:"慕容啊,你用心好好教她吧!"

"我真想教出人才来啊,可教材能扩大一些吗?"

"照我的想法,教材完全应该扩大,可谁敢做这个主?我看咱们国家出了纵火犯,他们要把好人都整死,还要把几千年的文明和几十年的社会主义统统烧掉!"小裴声音有些发颤。

"怎么对付这些纵火犯呢?"乐珺小声问。

"看吧。谁知道!等到忍无可忍的时候——"小裴用力敲着沙发的靠背。她们谈了一会儿,小裴说要上医院看她的偏瘫老头子去,对乐珺皱眉一笑,走了。

黑夜已经降临。乐珺站在窗前,望着窗外树丛中唯一的枫树,邻近的灯光洒在树上,依稀闪出一些红色。

她又思念起即将到来的小客人。

"她,究竟是怎样的呢?今天,她不会来了吧——"

这时,就像回答她的思念似的,有人在敲门。

乐珺"请进"两字还未说完,人已经进来了。她身材苗条,举止轻盈,一面走进来,一面很急促地大声说话:"是慕容姑姑么?您这儿可真难找!我一路问了多少人啊,起码十个以上!您这儿真黑啊,可我进门看见这把琴,就知道我走对了。我是梁遐!"这就是乐珺等待的人。

电灯开了,乐珺看见梁遐是个很美的姑娘。她上身穿着米色外衣,里面是黑色高领细毛线衣,下身是深灰近乎黑色的长裤。一头蓬松的短发,有些像男孩。脸儿又红又白,唇边挂着微笑,眉毛很黑,很整齐(不少人以为她是描出来的),一双真正的杏眼,带点调皮的意味(后来乐珺知道,那其实是一种嘲讽的神情),正瞧着乐珺。

"她也打量我呢。"乐珺心想,一面伸出手来和梁遐握手,说,"我正等你。"

二

梁遐十九岁的生命,以一九六六年,也就是她十岁的那一年为分水岭。十岁以前,她是爸爸妈妈的宝贝,一只系着红领巾的小燕子。天空和大地仿佛都为她而存在。那幸福的、美好的日子! 梁遐现在有时想起来,觉得那似乎是一个梦境。在突如其来的疾风骤雨中,她的童年忽然结束了。

也不知道怎么回事,她的爸爸梁锋本是一个单位的负责人,一下子便成了阶下囚。一天夜里,月正圆,花正香(那夏夜的香气啊),忽然来了许多人,把她的亲爱的爸爸揪走了。自从那一夜以后,梁遐觉得世界上再没有什么可以让她奇怪的事。紧接着妈妈也被隔离审查。小遐一个人在家里(如果那还叫家的话)给爸爸妈妈做饭,挎着篮子出去送饭。她记得爸爸爱吃面和饼,妈妈爱吃糯米做的东西。她有时太累了,来不及做得很多,就自己什么也不吃,但是从来没有误过一次送饭。直到爸爸死去了五天,她还一直给爸爸送饭。还是一个好心的人告诉她,不要送了,没有人吃了。后来她有时想,那用心血做出来的五天的饭,不知落到哪个王八蛋的肚子里!

她有一个姨妈,是她妈妈的一母同胞的妹妹。梁锋夫妇被关以后,他们的一些暂时幸免的老战友都让梁遐住到自己家里去。但当时的"造反派"头头不同意,说梁遐只能住在姨妈家。而她姨妈不知出于一种什么心理,竟主张梁遐一个人住,只允许她常去她家汇报自己的情况,聆取教训,还帮着打扫房屋,做做针线。梁遐当时是小学四年级学生,因为和父母划不清界限,在学校也屡遭批斗。她在批斗梁锋时大叫"爸爸"以后,梁锋单位的高音喇叭在很长一段时间里每批"大特务梁锋"时,必提到"狗崽子梁遐"。

那些日子啊,那些沉重的日子!何况梁遐还是个孩子!那时她常常做梦,总是梦见身上压着一块大石头,怎么也掀不掉。她就哭啊哭啊,哭醒了,也还是觉得那样沉重。渐渐地,她学会用嘲讽的笑容对待生活,而把沉重的仇恨深深埋在人世的冰霜之下。幸亏她妈妈隔离的时间不太长,出来以后把她带到干校。后来妈妈分配在她原籍南方的一个小县城工作,在那里遇到一个被赶回原籍的教大提琴的老先生。妈妈说,总得学点什么呀,学什么呢,就学大提琴吧。两个月前,妈妈病逝。正好有要为梁锋落实政策的消息,(可惜妈妈死时还不知道!)说要开追悼会,梁遐便到北京来了,住在姨妈家。她想见见慕容姑姑,请她教琴,这就是她今天到来的前因。

当时梁遐接话道:"我来晚了。在姨妈家收拾好碗筷,出门就晚了。"她向四周看着,这是那种一间一套的单元房子,乐珺已在这里居住多年。靠窗放着她父母留下的硬木大理石面书桌,靠墙摆着一架柜式钢琴,琴旁靠着她那把大提琴。一张两扇画着花卉翎毛的屏风遮住了她的床。屏风外面放了两张单人沙发,当中是一只小圆几,几后放着一个大落地罩灯,杏黄色的大灯罩的边缘微微翘起,柔和的灯光使得室内显得十分安静。

"姑姑!您这儿真舒服!前几年没有人住进来吗?"梁遐跟着乐珺走到厨房,接过乐珺手里的热水瓶,给自己倒茶。又问道:"姑姑您要吗?您这厨房也方便,做起饭来准得好吃。"说着自己清脆地笑了起来。

乐珺告诉她,前几年有人住进来过,用屏风、书柜从当中隔开,一对夫妇在这儿住了几个月,后来可能觉得实在太不像话,才搬走了。

"我们是扫地出门!"梁遐用幽默的口气说,嘴角掠过一丝微笑,"爸爸妈妈都关着的时候,我住在一个阁楼上,可也挺舒服的。妈妈出来以后老是生病,阁楼上下太不方便了。有好几次我背着她上下,不过也没有几次。"

乐珺看看梁遐那细细的身材,想不出她怎么背着她的妈妈的。想问问她母亲的病,又怕惹起孩子难过,话到嘴边,又咽下了。

可是梁遐似乎懂得了她的神色,马上说道:"妈妈的病很多,病了许多年,从头到脚都有病,病得我都成大夫了。她最后是肺炎死的。有好几次我都以为她要死了,可她活了下来。这次我还真没想到。"梁遐的口气像说着什么和自己无关的事似的。这样的口气,使乐珺真想上哪儿去痛哭一场。

"你学了几年琴了?喜欢音乐是吗?"乐珺的眼光落在大提琴上。

"呀!我才不喜欢音乐呢!"梁遐又十分使人意外地回答。她的睫毛浓密,一双眼睛黑沉沉的,有些使人莫测高深。"一点儿也不喜欢。这些年,好像只有拉拉琴什么的才算是一技之长,才有个出路。我十四岁才学,也是三天打鱼两天晒网。其实我

81

也喜欢在农村干活,可是妈妈身体太坏了,不能跟着我,只能我跟着她。"

"现在跟着谁呢?你这飘零的孤儿!"乐珺在心底深深地叹息。

"爸爸妈妈常说到您,我好像认识您好多年了。慕容姑姑,妈妈说您能教我拉好琴。"

梁遐的眼光充满希望,但在希望的后面,有一种冷漠,好像在说:"你不教也没关系!"

"你不喜欢,拉它做什么呢?"

"混饭吃呗!"梁遐又清脆地笑了。

若是十年前,乐珺听到这样的话,一定觉得是对音乐事业的亵渎。但现在听来好像也很自然,只是不知该怎样回答。

"先拉点儿什么我听听吧。随便什么。"乐珺沉默了一会儿,说道。

梁遐走到墙角去拿琴。在墙角有块凹进去的地方,用花布幔子遮着,那是乐珺搁乱七八糟的地方。梁遐走过去时,顺手把幔子揭起,向里面张望,一面大声说:"呀!姑姑,您存这些破烂干吗?哪天我来帮您处理了!"她放下布幔,拿起琴,坐好后略一凝神,便开始拉起来。

她拉的是圣桑协奏曲第二乐章。她运弓并不自如,触弦也不得当,但是拉着拉着,便有一种感染的力量,先是感动了她自己,然后便感动了听者。她可能并不完全理解圣桑乐曲的意义,但她的琴弓是拉在自己的心弦上,虽然技巧很差,大大减弱了情绪的表达,可还是流露了心弦的颤抖。飘扬在空中的不只是乐器声,而是音乐。

"这阿遐乐感很好。"乐珺一面听,一面想道。她知道这在音乐学生中是很难得的。

乐曲不长,一会儿便完了,但那音乐的力量还在心中回荡,久久不去。

梁遐放开了琴,向乐珺询问地望着。

"最主要的是要有音乐。"乐珺高兴地、不无几分兴奋地说,一面拿起琴弓。"你握弓的姿势不大对。食指吃弓要深些,你看。"就这样,乐珺给梁遐上了第一课。

三

此后梁遐每周来上一次课。不上课时,她也常来谈谈说说,帮忙做这做那。她绝顶聪明,什么都一点就会,似乎知道得很多,不管遇到什么话题都瞎说一气。可是有些尽人皆知的事,她反倒茫然。有一次遇到乐珺的一个同事谈起一些小说,梁遐便急忙地说:"我看过《拍案惊奇》!《十日谈》也看过。谁还没看过那个!"她当然是抓到什么书就看的。可是说起鸦片战争时,她倒问了:"什么是鸦片战争呀?没听说过!"原来她在中学时从没有上过历史课。她似乎很自私,对自己的事考虑得很周到。乐珺明白,这些年若不是她自己周到地考虑一切的话,又有谁会替她考虑呢!可是她也积极热心地为别人办事,很有些舍己为人的意思。有一天乐珺想学一学打针,她主动地让在她身上打。"我不怕疼!"她极其平淡地说,"你们怕疼,是因为你们挨打挨得还不够!"

她好像把什么都看穿了,对报纸上的革命词句更是嗤之以鼻:"连总理都要给批成大儒,还打算让人相信呢!"但她相信一条:"我就信总理能对付这些王八蛋!"当然这也是乐珺衷心相信的。

"那个女的,白骨精!那些破事,想瞒谁!还做他妈的美梦呢!""她让看什么《恩仇记》,她报仇?我就不报仇么!"说时嘻嘻哈哈,也不知她是真是假。她发议论不论场合,没有界限,什么都说,有时颇使乐珺发愁,怕她捅出什么乱子。

小裴本是乐珺家的常客,很快便和梁遐熟悉起来。渐渐地,乐珺发现,她有时居然能使梁遐收起嬉皮笑脸的态度,变得颇为严肃。

一天,小裴来听梁遐拉琴,听完后向乐珺问道:"你不是要扩大教材吗?为什么不用多扎尔练习曲?你也太胆小了!"

梁遐正在收琴,听见小裴的话,漫不经心地插嘴说:"您说姑姑胆小,您胆大吗?"

"那可不敢说。"小裴笑道,"不过我想,既然每个人各长着一个头,那就是为自己拿主意的。"

"我也长着一个头,可我有时嫌它太沉了。"梁遐说,"裴阿姨,要是您愿意要的话,我把这个头送给您吧,那您干革命就会非常胆大。您可不要怕呀,它会指挥您把一切都搞得天翻地覆!"正说着,她忽然又咯咯地笑了起来,"'革命'两个字倒好听,可他们害死我爸爸,也说是革命!"

"那是反革命!"小裴冲口而出,声音颇为严厉。"阿遐,你不能总是嘻嘻哈哈,你应当时刻记着你妈妈对你说过的话,你会忘么?"

一瞬间,梁遐的脸色变得那样严肃,她紧紧咬着下嘴唇,黑沉沉的眼睛睁得大大的,看定了小裴。她的这种神情,乐珺还是第一次看到。可是,不大一会儿,她的脸上又恢复了那种冷漠的、嘲讽的神气。"哎,管他呢!咱们张罗吃饭吧。我做饭的本事不小,姑姑说我是——什么来着?对了,能化腐朽为神奇。哈哈!"

就这样过了一阵子。

有一次,乐珺问起梁遐以后打算怎么办。

"管它呢!"梁遐还是这句话,扬了扬她那弯弯的黑眉,"过一天算一天呗!反正姨妈还没有轰我呢。她一时不会轰的,因为说要给爸爸落实政策,她也好捞点什么呀。"她一面说着一面走过去掀起花布幔子,又打量了一下那块凹进去的地方。

过了不久,姨妈终于下了逐客令。那时已是初冬。那一天该是梁遐学琴的时间,太阳已经偏西,还不见她的踪影。乐珺暗暗思忖:"出了什么事么?"她忽然觉得很惦记阿遐。

门嘭的一声响,梁遐冲进来了。她肩上背着一个大书包,装得鼓鼓的,手里拎着一个大网兜。她脸红红的,分明很激动,一面大声说:"姑姑,您等我了吧?我和姨妈吵架了。"

"吵得天翻地覆!"她把东西往墙角一搁,转身坐了下来,用手绢扇着自己。她眼睛亮晶晶的,似乎还在闪着怒火。嘴角上却带着笑,还是那种嘲讽的,又加上了轻蔑的笑。"真可笑!"她说,索性咯咯地笑起来。

"不要这样笑。"乐珺轻轻说,走过去抚着她的肩膀,"什么事,慢慢说给我听。"

梁遐停住笑,半晌才说道:"姨妈说我爸爸的案翻不了。爸爸是走资派,畏罪自杀。我是坏人的女儿,学什么也没用。我住在她那儿,给她惹麻烦。姨父新近升了副部长,她说她那里是部长们住的地方,平常人最好别来,首长安全要紧!可真叫我恶心!"

乐珺确实也有一点想呕吐的感觉。她看定了眼前的梁遐,不知她要怎么办。

"慕容姑姑,我要住到您这儿来!您收留吗?您害怕吗?"梁遐站起身来,大声问。

乐珺没有立刻回答。她怎么能不怕呢?任何一件小事,都可以无限上纲,成为"反革命"罪名的口实。可是,这个可怜的孩子,她怎能不收留?怎能不关心她,帮助她?更何况她是梁锋的女儿!

梁遐先是看出乐珺的犹豫,她那小巧的嘴边又浮上一丝嘲讽的微笑。紧接着她又看出了乐珺犹豫后的决心。没等乐珺说话,她便走过去拉开那花布幔子,把书包、网兜拎了过去。"姑姑,我早调查好了,这里正好铺一张床。"她不由分说把里面乱七八糟的东西一件件分门别类摆开。"姑姑,您上那边坐着,小心灰,灰真多啊!"她说着打了一个大喷嚏,"您看,是吧?我早就说要给您收拾这块地方,真应验了。"她又高兴地咯咯笑着,清脆的笑声在满屋子碰撞。

梁遐在尘土飞扬中一面笑,一面说,还不时哼着大提琴乐曲的主旋律,旋风般跑来跑去,一会儿工夫就使得这一小块地方大为改观。她把箱子叠成两摞,两摞箱子中间摆满了各种东西,全都整整齐齐,几乎每一寸空间都用上了。然后在箱子上放上两块旧木板,铺好乐珺找出来的被褥床单,虽然嫌窄,却俨然是一张舒适的床了,床旁剩下只能挤过去的一点地方。她又在厨房找了一块剩了一半的破案板,架得高高的,可以坐在床上写字。她在破旧东西中找出了一个小横幅,纸边都卷了,上面是普通的楷书,写的是一首诗:"君自故乡来,应知故乡事。来日绮窗前,寒梅着花未?"她低声念了两遍,又举着打量了一会儿,忽然大叫道:"诗是谁作的?好诗好诗!字是谁写的?好字好字!怎么不挂出来呀?"

"挂字画,不是修正主义或者复古主义或者什么主义么?"乐珺也半开玩笑地说,"我这屏风也是今年才摆出来的。老实说,我就是怕惹麻烦。"

"我就是不怕惹麻烦!"梁遐说,一面还在端详这幅字。看见最后落款是"乐珺录王维诗于G城雪中",又大叫起来:"原来是姑姑您写的呀!无怪乎我说怎么这么好看呢!"遂不由分说挂在自己床头。挂好了又站在床脚看,高兴得直拍手,"姑姑您在哪儿写的?什么G城?在哪儿呀?"

"在瑞士。"乐珺看着这幅旧字,觉得很是感慨,"我一个人在那儿学音乐,非常想家。有一天我把《自新大陆》听了十来遍,每到第二乐章骤然出现的那几处停顿,我都喘不过气来。就是那天,我写了这幅字,字真难看——"

"您说的这些好像有点爱国主义。"梁遐冷笑道,"可这些都打倒了。"

"我确实没有弄明白,"乐珺说,她走到桌旁坐下,"我实在是想念祖国的山山水水,一草一木,因为这是我生长的地方,是我的父母,我父母的父母生长居住的地方。我庆幸自己是中国人,要不然怎么也不能体会一首二十字短诗的无穷味道。要说这都是错的,剩下的还有什么!"她那清秀的脸好像浑浊了,她转过脸去看着窗外。

"写那首诗的,叫什么王维来着,他是不是法家?"梁遐忽然做了个鬼脸,问道。

"你还不如问我贝多芬是不是法家,也可能我还知道点儿!"乐珺又好气又好笑,觉得自己说话太多了,可还是要再说几句,"我学的是洋东西,确实想用洋东西为自己的国家做点事——"

"自己的国家！这自己也是个人主义,自私自利,反革命修正主义!"梁遐一口气说下去,不觉又咯咯地笑了起来,"你这行还算学着了,现在还不就是吹拉弹唱最吃香!"

乐珺觉得这种吃香很不是味儿,但不想再多说了。

梁遐把最后的一些破烂都安排完毕,她的小天地算是收拾好了。她高兴地叫道:"真像一条小船!"

她爬上床去,又说:"姑姑,我就在这小船里待着了。要是您愿意一个人的话,我就像白天的耗子一样,一声儿也不出!"她一面说一面拉好幔子,刚拉好又钻出个头来,笑道:"我这是躲进小'船'成一统,管它春夏与秋冬!"说完又缩进去,果然半天没有一点声音。

"得了,不用演习了。"乐珺不由得也笑了,走过去拉开帷幔,见她半靠在被子上,舒服地闭着双目,一张又红又白的脸上有一大块灰尘。"你自己也收拾收拾,晚上咱们上课吧。你既然暂住在我这儿,就抓紧时间多学点。"

梁遐对"暂时"两字轻轻笑了一下,不过这次并没有嘲讽的意味,而是用微带怜悯的眼光看了乐珺一眼。

晚上从八点半开始,她们上大提琴课。梁遐先回琴,她拉得很平稳,指法比两个月前有进步,握弓的姿势也有了样儿,声音出来了。乐珺正在改正她的一个揉弦动作时,有人敲门。

乐珺起身去开门。进来的是一个陌生的青年,身穿草绿色军服,但没有领章帽徽,一望而知是那种过军服瘾的二等兵。只是他眉目端正,脸上有一种沉思的神色,显得与众不同。他一眼便看见梁遐持琴坐在那儿,但先对乐珺说:"您是慕容阿姨么?我找她。"他对梁遐微笑。

梁遐好像没有看见这位来客,两眼盯住了乐谱。过了一会儿,才说:"姑姑,这是毛头,他是我表弟的朋友。咱们还是上课吧!"

"哦,毛头,是小名?"乐珺弄不清他们的关系,也不想弄清他们的关系,只不经心地说了一句。

"老实说,他大名叫什么,我还不知道呢。"梁遐一面说,只管拉起琴来。

青年人委屈地看着乐珺。乐珺则看着梁遐,想了想,说:"这样吧,你们出去走走,外面空气很好的。"说着自己坐到书桌边,扭亮了台灯。

这回轮到梁遐委屈地看了看乐珺,没好气地和毛头一起出去了。

第二天乐珺到学校去了。她把梁遐的事告诉了小裴。小裴十分高兴,说:"她就该住在你这儿!"别的几个熟人听说后,立刻分成两派。一派极为同情梁遐,认为这样的年轻人本该有学习的机会,可是现在弄得孤苦伶仃,成了无业游民!小裴睁圆了眼睛说:"这种现象真不知是谁之罪!"一位钢琴伴奏教师还提出乐珺应该收她做女儿。另一派当然也同情梁遐,但却觉得她这样住着总不是个事。查户口怎么办?再说她万一在外头搞了什么活动,乐珺蒙在鼓里,将来连累就大了。乐珺听了大家的话,觉得心绪烦乱。不过因为小裴说得很坚决,乐珺觉得她至少可以这样确定:如果有人来非要梁遐走不可,她可能没办法留,但如果没人管这事,她大可不必让她走,能住多久就住多久。

过了些时,乐珺觉得和梁遐一起生活还是很愉快的。她能干麻利,殷勤体贴,老是兴致很高。乐珺常想到格里格的《自然精灵舞》,觉得梁遐就像那些精灵似的。不过阿遐常说自己是

"唯物论者"。"本来嘛,什么都是逼出来的。您换在我的处境试试,只要不是白痴,还不就什么都能干了!"

天气冷了。乐珺要给梁遐做一件罩衫。梁遐说:"这个自己还不会做么!"遂到小裴家去用缝纫机。她去了一天,回来时脸上神情颇为严肃,好像在思索什么问题。

"阿遐,不舒服么?"乐珺关心地问。

"没有。"阿遐在摆弄那些剩下的花布头,"我在想裴阿姨。她家的伯伯不能动有三年了吧?她天天到医院去照顾。她自己血压那样高,还在工作,还认真地读那些大厚本的马列主义!她说从前在延安时穿草鞋走路,每一步路都觉得那么有意义。她说有个朋友说,在他印象中,解放区的每个人都对自己的事业有着强烈的责任感,都像是负责干部!"

"那样的日子多好啊!"一种热切的神气使得梁遐的脸亮了起来,"我爸爸开过荒,妈妈纺过线。我也愿意穿草鞋走那样的路——可从来也没有谁让我负过什么责任,连学琴——连活着也是非法的!"她突然拿起剪刀,低着头咯吱咯吱狠狠地铰着那些花布头。

乐珺知道梁遐脸上这时又只有冷漠和嘲讽了。她那年轻的心,是覆盖了厚厚的冰霜啊!乐珺用手抚摩着她那乌黑发亮的头。有人敲门,接着进来了两个青年,头戴半尺多高的卷毛绒帽,裤腿向外翘着,虽没有正式成为喇叭,也有那么点意思。梁遐一抬头,马上跳起来,连堵带推地说:"出去,出去。"一阵脚步响,门,又关上了。

这些朋友也是梁遐让人头痛之处,不知怎么会有这么多朋友,几乎三天两头有人来找她。凡是乐珺在家时,她都援毛头之例,把客人带走。可是乐珺出去上课或开会,有时就有些嘀咕,不知自己家中会发生什么事。因为来的男朋友多,乐珺有一次婉转地提醒梁遐,交朋友要谨慎,不要过早谈恋爱。梁遐起先注意地听着,听着听着忽然大笑起来,笑得几乎直不起腰。

"您不用操心,姑姑,我才不随便谈恋爱呢。这些人,我谁也看不上。我将来——要嫁个大官儿!"她说着又笑起来,一脸的调皮相,好像那大官是什么好玩的玩意儿。

过了一会儿,她绷着脸,故作严肃地说:"可也许我要抱独身主义,像您似的。真的,姑姑,您为什么不结婚呢?"

"你说呢?"乐珺不想回答。

"我猜您没有什么主义,只不过没遇到合适的人就是了,对不对?"这阿遐,可真是聪明人啊!

梁遐住过来后,乐珺对她督促很严,每天让她练弓法,练音阶,并且换了教材。作业中没有曲子,可她为了好玩,偷着拉。一天乐珺回来,听见她在拉马斯涅的《悲歌》,声音悲凉已极,不由得站在门外一直听完了才进去。

乐珺常常在想:"像阿遐这样乐感很好的人,为什么不能名正言顺地进音乐学校呢?"

乐珺还常常想,什么时候能昭雪梁锋呢?难道他就冤沉海底,真的"永世不得翻身"了么?她觉得,昭雪梁锋和梁遐有个好的学习环境,这之间有着内在的联系。可这要成为现实,究竟要到什么时候?

梁遐还是嘻嘻哈哈过日子。她每天除了练琴、会朋友,就看些莫名其妙的书。这些书她多半是躺在她的"船"里看的。乐珺一次偶然看见她在看一本手抄本小说,吓了一大跳。于是又委婉地问:"你怎么看这些书?"

"有什么不能看的!"

"我只看看封面都害怕——"

"你什么都害怕!"梁遐又咯咯地笑了,"我爸爸妈妈都关着的时候,我常挨批斗,有时还挨打。后来我跟着大点的孩子打群架,人家打我,我也打人,觉得挺过瘾的。这书里不是说杀人吗,杀个人有什么了不起!"

乐珺真不知说什么好,只管望着她那年轻的脸儿。这张称得起美貌的脸上,虽是兴高采烈,也总有一种嘲讽的神色,使得她的神气显得有些冷漠、痛苦。

"不过我这几年大了,再也不会去打群架了——没意思。"梁遐一本正经地说,"您放心,姑姑。——可我也不能从早到晚拉琴呀,总得看点什么书吧。没有好书,就看坏的。这和没有好的吃,就吃坏的一样呗。人活着,不就那么回事!"

梁遐一面说一面看看那锁着的书柜。那里面,乐珺锁着几本劫后余生的文学名著。

"你说得不对。"乐珺勉强地反驳她。

"我也知道不对。"梁遐淡然一笑,"能凑合着过下去就得了,也许有一天真觉得活不下去了,我倒要变一变人生观、世界观什么的。这些词儿毛头顶爱说的。"

"毛头看什么书,你也可以跟着看。"这些时,乐珺知道毛头是个深沉的青年,读了许多文史、哲学方面的书,在他工作的厂子里有"秀才"之称,但他从不肯参加那些"理论班子"。他的父亲是个靠边站的老干部,对梁遐很关心。

梁遐不置可否,仍只是淡然一笑。

乐珺想了一下,便打开书柜门,让梁遐自己挑选。

梁遐本来高兴地看着那一排排的书,看着看着,忽然低声说:"爸爸以前有好多书。他无论工作到多晚,也要看一会儿书才睡的。可惜我那时太小。我,我好恨啊!"她转过身,一手抓住书柜边,黑沉沉的眼睛里几乎射出火来。"爸爸!我的爸爸!"还是那清脆的、痛苦的声音,"我怎么也不相信爸爸会自杀!爸爸那样乐观、有坚定信念的人会自杀?杀了人还说人是自杀!!我真希望有鬼,姑姑!要是有鬼多好啊!爸爸的鬼也该托个梦,我们好知道他是怎么死的!"她并不去拿书,只是站在那里,灼热的眼光盯住乐珺。"姑姑,你说有那一天吗?妈妈叫我无论如何要活到那一天!"

乐珺实在受不了她那目光,很想说:"你哭出来吧,阿遐!"一面自己止不住眼泪扑簌簌掉了下来。她想,就算真是自杀,若不到实在活不下去的地步,一个人能自杀么?逼得人能够杀掉自己!那境遇该有多么严酷,多么凄惨啊!她只希望能和梁遐一起痛哭一场,更主要的是希望梁遐自己痛哭一场……泪水啊,把她嘴边那嘲讽的微笑冲洗掉,把她心头的冰霜融化掉吧!

但是梁遐冲进她的"船"里,只在书柜边上留下两个深深的指甲印。

四

日子过到了一九七六年春节,那一月的哀痛还紧紧地压在人们心上。春节到了,可是春天在哪里呢?人们只觉得寒冷、沉重、忧心忡忡,因为失去了心坎上的擎天柱,担心着社会主义晴天会塌下来。心灵上痛苦的深渊,多少纵横的热泪和深刻的思念都难以填补啊!

乐珺在一月初曾到干校短期劳动,噩耗传来,她真觉得天昏地暗,日月无光。她很担心梁遐,怕她会出什么事,曾写信叫她报告自己的情况。信发出后又怕梁遐说什么出轨的话,又赶快告诉她别写信了。不过梁遐已遵命写了信来,信很短,只有一句话:"我要负责了!"字写得剑拔弩张,好像随时要从纸上冲出来似的。

乐珺回来后,发现梁遐变多了。她很少说话,也很少咯咯地笑了。乐珺从来就觉得她那清脆的笑声比哭还要使人痛苦,而现在她似乎另有一种方式来对待更深沉、更尖锐的痛苦了。她在思索,思索怎样来负起责任。有时乐珺要她练琴,想让她在音乐中休息一下,但甚至在音乐的世界中她也会突然放下琴弓,就像悲痛把音乐也劈出一道深渊,无法跨越。这二十多天来,她似乎长大了不少,嘴边嘲讽的微笑很少出现了。眼睛里看不出表情,愈显得黑沉沉的。神色总有些木然,好像是重重心事,来不及反映在脸上。她的朋友少多了。大概是因为她那些朋友实际上是两类人:一类是吃喝玩乐的朋友,一类是有一番抱负的朋友。现在那吃喝玩乐的一派人在梁遐的生活里消失了。乐珺发现了这一点,问她:"你那几位时髦朋友不来了?"她眨眨眼睛,浓密的睫毛向上微微翻卷着,目光里是个大问号,好像她并不记得曾有过一帮"时髦朋友"似的。

那些手抄本她是再不看了,但对好几本文学名著也没有表现出多大的兴趣,有时却居然在读马列主义的经典著作。这使乐珺颇有些诧异。除夕的下午,小裴来转了一下,正巧遇见梁遐在看《关于正确处理人民内部矛盾的问题》,旁边还有一个笔记本,写了密密麻麻的字。"是学习心得吗?"小裴伸手便拿过来看,只见上面写着:"××反毛泽东思想若干例""武斗的罪魁祸首""无名冤狱的策划者""青少年的刽子手""卖国贼汉奸",以及"上海滩头野心家真传"等等,不觉大吃一惊。再仔细看内容,觉得写得不只有理,而且有力。小裴紧紧抓住梁遐的手,说道:"阿遐,我没有看错了你!"

梁遐微笑了,那是正经的、纯真的微笑。

乐珺向笔记本上看去,看到大部分是梁遐的笔迹,也有些是毛头写的。她愈看愈觉得有道理,都是真话。难道真话不该说么!可说真话是惹祸的!她询问地看着小裴,似乎问小裴,应该怎样对待。

小裴笑道:"把纵火犯的真面目揭得好!你们写的就是我们想的,连她在内。"她指着乐珺。

梁遐对乐珺说:"姑姑,我早知道您也是这么想的,不过就是不敢说罢了。"

乐珺叹息道:"敢说,又上哪儿去说呢!"

小裴痛苦地说:"要说话,只能背诵他们规定的词句!"

梁遐没有再说话,她的笑容渐渐变得冷硬了,脸上又出现了嘲讽、痛苦的神情。

乐珺担心地望着她。小裴用力地说:"阿遐,要敢于斗争,也要善于斗争啊。"

到了晚上,乐珺和梁遐对坐在昏暗的灯光下草草地吃晚饭。乐珺很想知道那些写好的材料用途如何,阿遐打算做什么,但她看到梁遐不想说话,便没有追问。

沉默了好久,梁遐一面慢慢地挑着碗里的米粒,一面说:"今天我去买米,两个老大妈在说,办什么年货?总理都不在了,还过什么年!"她望望乐珺,索性放下碗筷,坐到一边去了。

有人在门上轻轻敲了三下,在沉思中的梁遐像飞箭一样从椅子上射到门边。门开了,是毛头。毛头神色颇为紧张,但还是彬彬有礼地招呼乐珺,然后对梁遐说:"出去吧?"

"什么事？出了什么事？"梁遐急切地问。

乐珺亲切地说："毛头，你坐下。天这样冷，不要出去了。有什么事慢慢说，好吗？"

毛头看看乐珺，又看看梁遐，慢慢地说："阿姨不要害怕，我父亲今天没回家，隔离审查了。"

"为，为什么？"乐珺问。

"他们用什么口实？"梁遐冷笑道。

"欲加之罪，何患无辞！"毛头说，"而实际原因是——"

这当儿，梁遐敏捷地把剩饭菜都折到一个锅里，端到厨房去热。等她转回来时，毛头开始说道：

"爸爸前几天跟我说过，有人要陷害总理。爸爸说，他们怎么能这样做！他只要活着，就要保卫总理的清名，就要说话！今天上午，你姨父坐车来把爸爸拉走了，假惺惺地说要他去部里开会。爸爸托邻居告诉我说他被拉走了，连个字条也没留下。"

"那我还好些，我还亲眼看见爸爸让人抓走！"梁遐喃喃地说了一句。

"我跑到他们机关去问，一个人爱理不理地说，隔离审查了，不能见！现在过春节了，要封门，知道吗？就把我一把推了出来，关上了门。"

乐珺心绪十分烦乱。这些年来，多少人被那些家伙弄得妻离子散，家破人亡！多少人丧失了青春的岁月和宝贵的、只有一次的生命！多少人被剥夺了工作、学习的权利！多少人再也找不回那比生命还宝贵的理想！那些杀人放火的坏蛋，现在连人民心中的民族英雄的伟大高洁的形象也不放过，纵然他为自己什么也没有留下，连骨灰也撒进了祖国的山山水水，简直是超越过生命还在奉献着自己！要把他也"批倒批臭"么！乐珺觉得浑身战栗起来。

梁遐则简直是在发抖了。突然间,她迸发出一阵大笑,声音有些凄厉,但还是清脆的。乐珺不由得抓住她的手,手是冰冷的。"阿遐!"乐珺痛苦地叫道。

阿遐笑道:"白骨精快现原形了!你们说,是不是?"她笑着,轻轻推开了乐珺,一手扶住桌子,一手紧紧地捂住胸口。

毛头说:"是有些图穷匕首见的意思。"他冷静地看着梁遐紧捂心口的痛苦姿势,听着她那又凄厉又清脆的笑声,一动也不动。等她笑过了,才又说:"我们也要继续审查他们!总有一天,我们要痛痛快快地批判他们,审判他们!"

"要是我爸爸活着,也会像你爸爸这样做的。我知道!"梁遐直望着毛头的眼睛。

毛头没有说话,在屋里走了两转,说还要到别的朋友家去告诉这事。临走时紧紧地握了乐珺的手说:"阿姨保重!"

他走到门口,梁遐忽然叫道:"你还没有吃饭!"毛头摇摇头,开门走了。乐珺知道毛头的母亲在一次批斗会上患急性心肌梗塞逝世了,毛头现在也没有了家!他的父亲受冲击后一直没有工作,每天看书、看病、看朋友,和老战友们自称为"三看干部"。但是表面的闲适并不能掩盖他们胸中真理的火焰,那终究是要爆发出来,燃烧起来的。哪怕粉身碎骨!是的,梁锋若是活着,一定也会这样做的。成百上千经过革命斗争考验的党的忠诚干部,都会这样做,成千上万正直善良的青年和人民群众,也都会这样做的!

"一个钱串子!"梁遐在门边叫了一声。果然一条许多只脚的棕黄色虫子在地板上爬过来,爬得很快。"姑姑,您踩呀!"梁遐又往门外看了一眼,关上门,走过来说:"就在您脚边。姑姑,您只要想,这就是您最恨的妖怪,就敢踩了!"梁遐自己不去踩,却只管看着乐珺。

"这就是那人妖!"乐珺果然想着,一脚把钱串子踩死了。

"我手中如果有刀,也敢用的。"梁遐平静地说。

五

不管人世间的灾难多么沉重,时间还是飞驰向前。人们经过了悲痛、惶惑、焦虑等重重磨练,现在已经看清了现实。

清明节前一天,夜的黑幕沉沉地笼罩着天安门广场。可是,各种各样的花圈在黑暗中发着光彩。那一圈圈、一层层,把多少红心热血编织进去了的花圈啊!有的像房屋一样高大,有的小如一个拳头,从人民英雄纪念碑一直摆到长安街上。这是古今中外从来没有过的,人民为自己的民族忠魂设置的灵堂!那松墙上遮满白花,如同下过雪一样,路灯上挂着大花篮。空中悬挂着气球,气球下面飘着"永垂不朽"的大字幅。人们摩肩接踵,但没有喧哗,没有嚷闹。万头攒动的人群如同聚积着大波巨浪的海洋。人们已经忍无可忍,悲愤已经饱和。冲天的波涛就要掀起了!真理的火焰就要燃烧成熊熊烈火了!

乐珺想,如果正气看得到的话,这里表现出来的便是那沛乎塞苍冥,使人把生死置之度外的正气了!她知道梁遐是每天来的,来抄诗,来瞻仰献给总理的花圈。现在,梁遐和她一起一步步走向纪念碑,把一个小花篮挂在一棵小松树上。小花篮中全是纯白的花朵,花朵上撒了银色的纸屑,如同凝聚了的泪珠在闪光。

梁遐记起在一月份,她常在这里踯躅、伫立。当时广场上不时响起哭声。曾有一个中年妇女,是教员、售货员,还是女工?黑暗中看不清楚。她踉跄地走过来,一面忍不住地哭着喊:"总理啊,我们可怎么办哪!"这一阵哭声好像霎时间传遍了肃穆的广场,梁遐当时仿佛听见到处都在回响着:"总理啊,我们可怎么办哪!"她自己的心也在哭泣着,叫喊着:"总理啊,我们可怎么办哪!"

乐珺觉得梁遐颤抖了一下,她顺着梁遐的目光,看到英雄纪念碑上那巨大的横幅"倘若魔怪喷毒火,自有擒妖打鬼人"。虽然灯光暗淡,每个字却都在喷射着通红的光焰,要把那几个妖魔鬼怪的原形照得毫发毕露,叫它们统统化为灰烬!看哪!这么多的人!这就是人民啊!人民已经在行动了!

她们走到抄诗的人群中。多少人如饥似渴地抄着那火热的诗句,远处的人看不见,近处的人就大声念。有人没有带纸,便有人把笔记本拆开分给大家。很多人的脊背成了后面人的桌子。大家都十分心甘情愿为旁人提供方便,因为大家都是为了同一目的而来,因为大家心中都有同样一座永世不可磨灭的无字丰碑!这时梁遐虽也在注意地看,却并没有抄。她是在观察什么,神情这样严肃,乐珺简直不敢和她说话。

忽然毛头挤过来了,他的神情也十分严肃。他小声在梁遐耳边说话。梁遐不等听完,马上拉着乐珺回家。

一路上,乐珺心里充满了悲愤和焦虑。她不再害怕,但是非常担心。她为阿遐担心,为毛头担心,为那些念诗的姑娘、小伙子担心,为广场上成千上万的人民担心。回到家里,她在桌旁坐下。书桌上摆着一张总理年轻时的照片,那是小裴她们洗印的。她多么想和小裴谈谈,但小裴在三月中因心脏病不得不住进了医院,她所承担的是太多太重了啊!

梁遐在她的"船"里收拾什么,过了一会儿,出来倒水喝。她显得十分镇定,还颇有些高兴,只是脸色雪白。她问道:"姑姑,喝水么?"见乐珺不答,便走过来。

"我要和你说句话。"乐珺看着梁遐,"我猜你们是要去张贴什么。我想,那是不是太危险,太危险了。"乐珺停了一下,"你还这样年轻,一定得活下去,活到那一天!要知道你家就剩你一个人了啊。"

梁遐的神色比任何时候都平静,她郑重地说:"姑姑,我不想瞒您。可我想就是为了那一天,为了能做国家的主人,能掌握自己的命运,我们得说话!得让那些王八蛋知道我们是活着!您明白我从来是什么也不怕的!"

乐珺心头猛然一震,停了半晌,流着泪说:"阿遐,要是非去不可的话,让我去吧!我已经老了,不过我会做好的!"

"您去?姑姑!"梁遐睁大了黑沉沉的眼睛,看定乐珺那善良的、清秀的、满面泪痕的面容。她眼圈儿红了,抽噎起来,但她尽力忍住了哭声,只有大滴的眼泪不听管束,噼噼啪啪往下掉。

"阿遐!"乐珺泪如泉涌,一把将梁遐揽在怀里。她的眼泪淋湿了阿遐的头发,阿遐的眼泪浸透了她胸前的衣服。

阿遐多么想尽情地放声痛哭一场!但是她没有时间。她仿佛听见战鼓在敲,战号在响。仇恨和热爱的火焰燃烧在她心里,融化着她心头的冰霜。她很想告诉乐珺,这一个多月来,她已经在电车上、公园里散发了一些传单。有的论述道理,有的只有一句话:"打倒祸国殃民的白骨精——江青!"没人注意她,她不会出事的。但她又想,处于乐珺的地位,最好还是不知道。便改口道:"我哪儿也不去!您上哪儿去呀!"

"我说的是真话。"乐珺仍在抽噎,认真地说。

"我也说的是真话。"梁遐很快擦干了泪痕,说,"姑姑,您现在需要休息,您精神太紧张了。"她说着走过去收拾床铺,又倒了一杯水,背转身放进两粒安眠药片,递给乐珺。一面劝说她先躺一会儿。

乐珺喝过水,不一会儿就觉得昏沉无力,只好先躺一会儿。她见阿遐还是穿着那件黑色细毛线衣,在屋里轻盈地来去,便说:"应该多穿点。你要当心自己。"一面心里想着,"难道我真的老了?"

她睡着了。她不知道阿遐临走前,因为怕连累她,把一切收拾得干干净净;她不知道阿遐临走前,怎样抚摩过那把大提琴;她不知道阿遐曾在门前回过头来,看着遮住了她的床的那两扇屏风;她也不知道阿遐怎样坚定地、几乎有些兴冲冲地,轻轻打开房门,走了——

梁遐走了。这一夜,她没有回来。第二天,第三天,她都没有回来……

小裴出院不久,一天晚上,便来看乐珺。这时已是夏夜了,从窗户中可以看到繁星满天。两人相对无言。过了一会儿,乐珺从抽屉里拿出一个小本子,翻开了递给小裴,说:"这是阿遐写的,是我昨天找着的。"

小裴接过来看,只见那页上写着八个大字:"国仇家恨,不共戴天!"字迹还是那种剑拔弩张的劲儿,但却一笔一画深沉有力。"是不共戴天啊!"小裴几乎喊了出来。她这次病后,脸上总有些疲惫之色,这时忽然都消失了。她把这八个字看了半天,十分坚定地说:"你不要太难过,慕容。我相信阿遐一定会回来,总会有那一天!"

乐珺沉思地点点头,说道:"我想应该这样——可毛头都有了下落,知道关在哪里了。她怎么一点消息都没有呢?"

"还在继续打听,总有办法的!"小裴紧紧握住那个本子。

乐珺轻轻叹息道:"这些日子,就像柴可夫斯基第六的最后那些乐句,好像无法继续下去,随时会断下来——"

"断不了的!"小裴回答,"我们一定会奏出一部辉煌的、胜利的音乐。不过老实说,这大半年我们一直为你担心。所谓'追谣'时就有人在阿遝身上做文章,可咱们什么也没说过呀,是不是?这两个月,从部里来指示,让审查你和阿遝的关系,我们说,没什么可审查的!"

乐珺忽然站起身来,大声说道:"若是真要审查我和梁遝的关系,你告诉他们,她是我的女儿!我认她做我的女儿!"她那清秀的、显然是消瘦了的脸庞十分明朗,眼睛里闪着坚定的、火热的光。

小裴跳起来,双手握住乐珺的手。

这天夜里,乐珺做了一个梦。她梦见一次音乐会,她自己在演奏,大提琴发出辉煌胜利的乐声,听众中有一双黑沉沉的眼睛,随着她的琴声流动。这是阿遝!

忽然,那在台上拉琴的不是她,而是梁遝。梁遝用熟练的手法拉出了激昂的直向人的灵魂扑来的旋律。她的眼睛里流着欢欣的胜利的眼泪,满台明亮的灯光照着她那一身白纱上缀着银星的衣服,照着她晶莹的泪珠一滴滴流落在银光里。琴声回荡,冲出了剧场,响彻了天空。那是激昂的、雄壮的、胜利的音乐!这音乐是每个人用自己的心弦拉出来的,是人民用自己的心弦拉出来的!"爸爸!我的爸爸!"梁遝忽然叫了起来。她那清脆的声音混入辉煌的音乐声中,飘向了云端。原来在高高的人民英雄纪念碑上,出现了梁锋和许多许多名字,一时间光华万丈,与日月争辉。这些名字有的熟悉,有的陌生,也还有很多没有写在上面。他们都是极为平凡的人,而他们又都是无比伟大的英雄。他们在我们亲爱的社会主义祖国前进的曲折道路上奉献了自己。虽然牺牲的方式很不相同,但他们都有权利活在亿万人民心上,从而永垂不朽!

人的梦,一定会实现;妖的梦,一定会破灭。这是历史的必然。

1978年6月初稿

1978年秋改稿

(原载《人民文学》1978年第12期)

全息照相

"你干吗哪？"母亲苍老沙哑的声音从塑料布一边传过来，她正在自己床上叠着潮湿的衣服。虽然快到中午，天色还很暗，阴沉沉的，快下雨了。"刚从医院回来，还不躺着！这病不是三两个月能好的。"母亲说着，掀开塑料布，探过头来。她的脸像一块揉皱了的褐色的布，迟钝的目光使这块布更加黯淡。她的眼睛有病，视力很差。但她对儿子的一切，能感受到，闻出来，全不用看。"别琢磨了。让歇，你也不好好歇着。"

果然儿子坐在床前小板凳上，望着放在床上的一张纸发呆。那是病假条，上面写着，姓名：沈斌；年龄：成；病情诊断：乙型肝炎；处理：继续休息壹个月。

沈斌已经休息三个月了。他第一次拿到"乙型肝炎"的假条时，觉得就像要被腰斩似的，一截是他的工作，一截是他的躯体。本来无法分开，可要斩断了。他怎能离开那些仪器，那些每天抚摸拂拭的各种镜片、各种框架，还有那四脚包着厚橡皮的全息台，甚至那长长的黑布幔子。有些装置移动起来很费劲，他现在还留着那费劲的感觉。他用力吸了一口气，空气中全是霉味。从地下泛起了阴冷的湿气，他两腿又疼又麻。在这样的环境中能长到这么大，就是很费劲的。沈斌觉得这种费劲很好受，那是奋斗的胜利。但是他失去了奋斗的基础,他病了。

三个月前,他把假条交给老高时,老高正在亲自摆一套拍全息照片的装置,那本是他的事。他抱歉地立正站着,好像犯了什么错误。那时他已很长时期吃不下饭,嘴里苦腻,两腿发软。

"放心休息,譬如上楼,上不去就歇几次。"老高是这样说的,说话时露出残缺不齐的牙,缺豁处黑洞洞的,里面似乎很深远。沈斌在抱歉中又加上了感谢,老高连他上楼都看见了。"我不会浪费光阴。"他想,可没说出来。

当时他在实验室门前站了一会儿。长窗掩着黑布幔,从缝中透露出几缕特别白亮的阳光。全息台上拍照用的实物是两只玻璃小兔,侧着眼瞧他。备用的实物还有金鱼、假花等,但他特别喜欢这两只小兔。老高摆出的也是它们,使他很觉安慰。

休息了一个半月后,他精神好些。因为想了解乙型肝炎到底是怎么回事,看了些书。一次在门诊时偶然看见医生桌上摆着一本英文的《内科学》,医生正对护士说,里面有一节是讲乙型肝炎的。护士说,看不懂。他记下书名,到处找书找字典。那医学名词好长啊!他译出那一节送给医生,说供大家参考。医生惊奇地看着他,连说:"有点用,有点用!"

那点"工作"像是一种黏合剂,使得斩为两截的他慢慢在合拢。以后的黏合剂就是物理学方面的了。他看看母亲,摇摇头,把继续休息的假条塞进衣袋,卷起床上的铺盖。铺板就是桌子,他就在这床桌上黏合自己。他从悬空的木板上取下一本本书,一会儿,这三尺见方的地方几乎全堆满了。写字时稿纸都得折起来。霉味和阴冷的湿气充塞着沈斌的美好天地。出身城市贫民,学历不过初中毕业的他,没有师友提携,没有环境熏陶,能在科学的门廊上徘徊,是多么不容易啊。高等学府里有些人士认为实验员的角色是低下的。对沈斌来说,他只恨自己的能力还不能填满这一位置。

母亲撤回塑料布那边了。一行行英文字好像不通风的塑料布,把他紧紧圈住了。他几乎透不过气,眼前有些发黑。大概是那新假条在作怪。

真对不起老高!还得老高和别人分担他的工作,可他也要工作的。他睁大眼睛看着"案"上的书,恨不得伸出手去把书里的字往头脑里塞。

恍惚间老高在黑布帐幔前上物理光学实验课。"全息照相就是记下物体发出的全部光信息,包括光振动的振幅和位相两方面。"他用手指着架子上的一个玻璃片,上面正照着一束粉红色的鲜艳的光。"看照片里的小兔,立体感很强。前面兔子的耳朵挡住了后面兔子的左眼,请侧过来看,那只左眼露出来了。"同学们好奇地睁大眼睛。一个女同学轻轻说:"就和真的一样。"老高说:"对了。因为记录了光的全部信息,不只是物点和相点的关系,就和普通照相大不一样了。"他说着又拿出一块准备好的破碎照片分给大家。沈斌也拿到一块,真奇怪,在这一小块碎片里,还是看到两只完整的小兔,只是模糊了些。老高有条不紊的讲述,一下子就把同学们引进科学的世界了。沈斌从心底敬佩老高,不知他的精神世界有多么深远。在黑暗中,老高矮胖的身影显得那么坚实,他本人好像就在发着光。

越来越黑的天幕,逼近了小窗。天幕下出现了老高的身影,他一步步向这小屋走来。"高主任,您来了。"虽然老高一再声称自己是老高,母亲总是称他高主任。沈斌眼看着他走近,直到听得母亲招呼,才猛省地站起身。

两人习惯地往"小花园"走,坐在几块破砖砌成的凉凳上。

因为屋里实在无处坐,沈斌闲时用枯树枝扎了一道短篱。这时篱上爬满羽叶茑萝,开着红与白的星状小花。好在虽是城市,已近郊区,花朵从绿叶中直直地翘着头,并无人来干涉。

沈斌刚休息时,实验室的同志们常来看他。后来时间长了,人各有事,都不大来。只有老高住得近,又是主任,隔些时总来转转。每次老高来,沈斌都觉得好像有一柄温度恰到好处的熨斗在心上熨过。他没有告诉老高他在干什么,他不好意思。那多少有点好高骛远、炫耀自己的味道。现在他一连串问着实验室的情况,只有长期脱离集体的人,才能体会出有一个自己所属的集体是多么可贵,才能知道本来该自己负责的事——哪怕是扫厕所呢,由别人代劳而不需要你关心时那种空虚的苦味。老高和气地慢慢说着,照旧露出残缺的黄牙、缺豁处的黑洞。等他看见沈斌从口袋里掏出的新假条时,忽然紧闭了嘴。

沈斌戴着黑边的深度近视眼镜,和他的年龄、学问都很不相称。有人甚至考察过他戴眼镜的年限,是给眼镜落实政策之先还是之后。看来这眼镜连矫正视力的作用也未能发挥,更莫说增添别的什么了——它竟不能使沈斌发现老高在留神地打量他,好像要重新招考。

停了一会儿,老高才问:"听说你自己在翻译东西,搞自留地?"

沈斌听不出这话是幽默还是不满。一提起他现在的"工作",那能使他的灵魂完整的"工作",马上兴高采烈:"真的,我译了一篇医学材料,交给了医生——"

深度近视的眼睛,这时也看清对面的脸色了,阴沉得和天色一样。沈斌的心向下沉落,忙接着说:"还有一篇光学材料,"这是本行,也许能起安慰作用,"我拿给您看——"

老高按住了他。"你的本职工作是实验员,"他好像看见沈斌心中的辩词,果然一语中的,"只应做好实验室工作。有病,不得已嘛。接着请假,拿着工资,搞自己一套,不大好——"他还想说当初凭成绩录取,得罪了许多人,讲原则确是不容易。虽说实验员地位低,现在年轻人能有这个位置就不错了。还有当服务员,当扫街的呢。这时一阵药香飘来,他又紧闭了嘴,想着要不要到医院调查一下。

"可这材料,您看有用没——不光对咱们实验室。"沈斌还想去拿他译的文章。

"我上午还有事。"老高又一次按住了他,自己可站起来了。他把假条放在眼前看了看,塞进皮包,"你有这个位置,也不容易了。好好休养,多好呢。"他还是说出了这句话。他看看天,又看看眼前的短篱,红白两色的小星在阴沉的天空下很是醒目、刺眼。"这花儿好看。分我点种子。"他随口说着,走了。药香弥漫,一直陪他飘到小巷拐角。

沈斌又坐在自己的床桌前了,又呆望着那一摞摞书,一摞摞纸。还有他和母亲节衣缩食买的一部英汉科技字典,一部日汉科技字典,他都细心地包上塑料书皮。床板上的一块块黑斑,使他想起夏天伏"案"时流下的汗水。他下意识地用手摸了摸,不湿。可他觉得心里湿漉漉的,真有点像要哭。

"喝药吧。"母亲又从塑料布那边叫他了,"咱们这样人家,谁又求什么功名呢,你就是从小没闲惯。可身体还是要紧。"

身体当然要紧。他若是一般肝炎患者,一定彻底休养,争取完全恢复健康。可他得的是乙型肝炎啊。据说这一类肝炎还没有彻底痊愈的先例。他可能永远只能少量地工作了,那就得早点开始。不过究竟有用没有呢?他不清楚。

"沈斌！信！"沈斌很少得信，先吓了一跳，才领会到有信来。等他拿到一个纸卷，看到是从北京寄来的，他从头到脚都凉了。八成是"退稿"！打开一看，竟是一本铅字印的《物理学资料动态》。他哆哆嗦嗦地掀过一张张纸页，找到了自己译的那篇文章。它有用！沈斌手里举着还卷成一筒的刊物，怔怔地望着篱上的红白小花。望了一阵，拔腿就跑。

天眼看就下雨了，地下的潮气越加浓了，空气中有润湿的腥味。

"你带把伞！"透过小窗，母亲那呆滞的眼光什么都看见了。

沈斌跑了几步，又回来叮嘱母亲：不要等他吃饭，他们不知得讨论多久。不要洗他的衣服，他会洗的。街道上有事就去吧，钥匙放在老地方好了。老高一定明白他，明白他工作的意义。用处当然很小，像一根细线。可是光透过线般细的缝，还会变宽呢。

他跑出了小巷。他就是在这陋巷里长大的，像一粒深埋在泥土中的小石子，前些年的强烈风暴居然没有把它刮到远方。他和母亲没有权势，没有精神和物质的任何财产。风暴把他疏漏了。他留在小巷里，把所有属于自己的时间用来自学。下雨了，泥路上很快有了积水。千万别下大，雨大了小巷会变成河。水会淹没他的床脚，耗子在水中游来游去。他从小就和那些耗子一起玩。他曾下决心让这小巷变一变，消灭那些耗子朋友。这是整条街的愿望。龙须沟还多着呢。身上湿了。这次不是汗，是雨水。

沈斌跑到学校，一直冲上楼。快到顶时，忽然觉得楼梯在打转。他自知体力不支，忙抓住栏杆，靠了一下。楼梯旁会议室里，老高正和人说话："我知道沈斌的问题。这是他译的资料，我也刚看见——肯定有名利思想,至少是不安心实验员工作——到资料室去好了。"那当然是合乎原则的。

沈斌原来觉得靠一下就有力气,可猛然间精疲力竭,几乎从楼梯上栽了下来。他才知道哪怕他做的事再有意义,只要不在分内,他是没有好报的。看到的事物若只记录了光点的对应,那其实是太狭隘、太片面了。他曾莫名其妙地逃过种种灾难,但他逃不过习惯中狭隘、片面的衡量和估价。他还得抬起头,还得继续上楼。他那继续休息的假条呢?

门开了。老高迎面走下来。他张开嘴,露出缺牙的黑洞:"你来了!怎么不在家休息?"

沈斌紧紧握住手里的杂志,那是进楼时才从衣服底下拿出来的。他再也不想给老高看了。在眼前这黑洞后面,可以看见实验室的门开着,黑布幔子还在窗上。他很想走进实验室,看看那些仪器:透镜、光具架、全息台,还有那两只小兔。人类发明了全息照相,光的信息可以全部记录下来。可什么时候才能把人的灵魂的信息全部记录下来,真正互相了解呢?

"你真得好好休息。"老高推着他下楼,"争取快点好。休息过了半年,要扣工资的。这是规定。"他低声推心置腹地说,"最近还要评级提薪。你工龄不够,可以先议论议论,有个印象,为以后准备嘛。你看,连底都交给你了。"他们到了楼下,"——不过,你来有什么事?"

沈斌觉得他们之间隔着什么绝缘体。眼前的黑洞越来越大。他还是想着黑布幔子、全息照相。若是每个人所处的那一点位置,能像全息照相那样,总是在整体中出现就好了。可是全息照相需要具有相干性的光源,所以只在有了激光后,才能发展全息技术。而有多少人具有这相干光源呢?

"我没有事。"他又看见那黑洞。他知道老高已经很不容易了,连装假牙的时间都没有。他怕自己要哭出来,赶快跑出楼门,大雨瓢泼般浇来,雨水像小河般从他脸上流下。他可以放心地哭了。

"你干吗哪?"校门口站着他的母亲。她那照说什么也看不清楚的眼睛正看着他。她自己打着伞,伞上的水流下来,形成一圈透明的、流动的璎珞;手里还拿着一把伞,向他举了举。

沈斌赶紧把杂志贴胸藏着,擦干了眼泪,大步向母亲跑去。他觉得有足够的力量。那瓢泼般的大雨,是不足道的。

1980年5月

(原载《北方文学》1980年第9期)

米家山水

一

一层层青山,一丛丛绿树,都笼罩在迷茫的雾霭之中。隐约间,一条小路蜿蜒而上,通向云端,看不见了。是上天去了么?山下一片绿水,峭岸的石缝中几株斜柳,长长的柳线,拂着水面。朦胧的绿意泛在山水之间,就连那尚未着笔的空白处,也透出十分的清幽。

"萌!萌!"一个清脆的声音打破了寂静。米莲予喘吁吁地冲进山水之中。这幅画不很大,却已占了大半个墙壁。另一面墙边支着大画案,足睡得下一个人。案头一张小砚桌,堆着画具。在笔、墨、纸、砚、山、水、石、柳之余,一张小几塞在墙角,萌正在上面写着什么。

莲予忽然停住了脚步,一手习惯地捂住胸口。她的心噗地往下沉落了一截,头也发晕,便靠着画案定了定神,随即像没事人一样,高兴地说:

"萌!你知道么,想不到的好事!"充满欢喜的声音,飘向了渺无人迹的山水。她对这种没有反应的反应早已司空见惯,等喘息定了,只管走过去靠在萌的座椅上,伸手掩住他的稿纸。纸上许多奇怪的字形,像出自儿童幼稚的手,有着掩饰不住的天真,那是甲骨文。"对不起,打扰一下。通知我出国,上北欧,友好访问。听见没有?"

萌抬头对她微笑,他脸上的神气傻乎乎的,和甲骨文的神气有异曲同工之妙。他知道,行万里路,对每一个艺术家都是有诱惑力的。对莲予来说,北欧更是她心神向往、梦魂常到的地方。照说她应该对大英博物馆、巴黎或罗马的画廊更有兴趣。但不知怎么,却是"海的女儿"的家乡使她迷恋,她不止一次梦见海的女儿,萌曾问:"她说话么?"莲予眉尖轻挑,笑说:"她欢迎我去拜访。我要画她,当然不是临摹铜像。"

现在有了机会,怎禁得莲予高兴呢?"说话呀!你!"她轻轻推了他一下。

"果然。"萌看着她那小小的光彩的脸儿,汗水在颈上渍出一片红印,又转脸看墙上未完成的画。莲予恰好遮住了那片空白。他便从她身旁伸出手去,指了指那白得耀眼的地方。

莲予懂得他的意思。朋友们总说她是他思想的翻译。她从农村调回她的母校省艺术学院,已经两年多了。两年来她作画很勤苦。她画的是写意山水,泼墨模糊,烟云一片,再加上她那淡淡的着色,虽然功夫不深,却有浓郁的诗意和一种灵韵。许多人喜欢,便有点小名声,随之而来的是各种会议、交流座谈等等。她患风湿性二尖瓣狭窄,不能额外工作弥补占去的时间,作画进度大大减慢,萌很为她担忧。

"你怕我画不出来了么?"莲予站起身,打量墙上的画。她常常这样打量未完成的画,有时对着白纸会成半日地出神。这幅画只画了半个上午,轮廓尚未打就,已经挂了好几天了。

"我这几天忙着上课。"她解释地说。习惯地拿起大笔筒里的一支中狼毫,掂了掂,又放下了。晚上时间反正不多了,她不能熬夜,明天再说吧。对了,她的衬衫掉了扣子,长裤也开了线。邻居笑她这样热天还穿着长裤,笑她的邋遢样儿配不上她的内才。要是不用穿衣吃饭多好啊,这些事在他们这小家庭,已压缩到不能再压缩了,可她还得找衣服。

像每次一样,她把所有的衣服翻了个个儿,找出一件白衬衫,一条浅灰色西服裙,那是朋友的旧物,她折了一截,缝了半天。等到收拾停当,已经汗流浃背。萌还在写着,好像世界上存在的只有甲骨文。

"你这手不停挥的人!停一下吧,该散步了。"她招呼他。这是他们的生活制度之一。他们住在六层楼上,楼顶的平台便是这些高处居民的活动场所。星星在柔和的夜空上一闪一闪,似乎在亲切地微笑,笑他们两人时来运转。多么幸福,又多么可怜,生活中的普通菜肴对他们都是珍馐美味,难免大惊小怪。他们各自做过操,照例倚栏站着,看一会儿夜景。

这城市不很大,但灯火璀璨,也很可观。一条有小长安街之称的主干道横穿过城,两侧华灯好像开在墨海中的莲花。他们照例看到这两行灯熄灭了,几座新建的高层住宅楼的灯火立时分外明亮。他们沿着墙栏走回去,对面楼中一个雪亮的窗,吸引了两人的视线。

窗中有一个人,头发很长,光着背,背上的汗闪闪发亮。他正用全身的力量在挥舞什么。他举起它来了,那是一支大笔,笔的黑影投在墙上。莲予觉得它比普通的笔大得多。

"刘咸又在画了。"莲予轻声说。没有回答。"猜猜我正想什么?"这是她经常出的试题。

"《海的女儿》里面说,人类有一个灵魂,它会一直升向闪耀的星空。"

"几分钟前可能是,现在不是。"莲予的兴奋显然低落了。她仍望着那支大笔,那笔上凝注着心血和汗水。萌知道刘咸是艺术学院另一位有才华的国画教师,是莲予中学、大学的一贯同学,也是一贯对立面,"文化大革命"中更是势不两立。萌低头看墙栏外的两座楼间的深谷,微笑着说:"你想跨过去,告诉刘咸?"

莲予拉拉萌的臂肘,轻轻握了一下,这是五分。她一直看重刘咸的才华。她也看看楼间的深谷,黑洞洞的,摇了摇头。

从外面进来,房间里更觉闷热。热气占据了本来就小的空间,挤得他们无处存身。坐在小几旁,萌很快便忘了一切。他还要工作至少一个小时。莲予看着壁上的大画,山水间仿佛飘出了清风和水汽,有点凉意。"应该画一座冰山。"她想着,暗自笑了。这时她倒庆幸自己生长画门,又学了画,可以"画饼充饥"。

通知她时,说得颇详细。主谈人是莫副院长。学生称他"我是外行"。莫副院长很有口才,洋洋洒洒地从外事工作重要性说起,直说到这次外事部门指名派她,一方面因她近来有些成绩,另一方面因她的父亲米颢的画,现在国外时兴起来,派她可以证明我们也是重视米颢的。莫副院长义愤地说:"我们专把金子扔进垃圾箱,一旦外国提及,才立时又奉为宝贝。"莲予不无辛酸地记起遭受磨难时椎心刺骨的想法:"生在姓米的人家真是不幸。"她简直为这永不能更改的事实绝望极了。那时连宋朝的米家父子,明末清初的大小米都拉扯在她身上。虽然她根本闹不清宋明清各朝代的米有无血缘关系,她也不想专学米家山水。但她既姓米,又以画为业,她是跑不了的。

现在这米字的姓氏又成为通行证了。莲予的画风格别致,淡雅不俗,也真有了点米家山水的味道。沾染上北欧风光会怎样呢?祖先们可没有那样宽阔的眼界。她又看了看自己的画,不知为什么,眼前总有一支黑黑的大笔在晃动。那是刘咸的笔,也许刘咸更该去的,他的技巧远比她高明。她在山沟小学什么都教的那几年,刘咸留在学校,他虽忙于造反,可从未放下画笔。当然,莲予画中的灵韵是刘咸没有的,而刘咸画中的气魄也是莲予没有的。

莲予架好折叠床,躺了下来。她的床有一半在画案下面,每晚正好研究木板上的纹路。大大小小赭色的圆痕总使她想起在其中生活过七年的大小山峰;许多歪斜的裂痕便是崎岖的山间小路;木板上还有一条相当深的斜沟,莲予以它比拟人与人之间的隔阂。在"文化大革命"的各种斗争中,这种隔阂达到深不可测的地步,不然怎么叫"史无前例"呢!但在深沟两边的人,在是人这一点上并无二致。就连眼前的亲爱的萌,原也站在另一边。

浪费的光阴太多了,要是过去的时间全是从画笔上流走的就好了。莲予可从不遗憾自己最初分配在山村,有时还莫名其妙地后怕。要是不分在那里,岂不是遇不见萌了么?那真不可想象!那可爱的、神圣的小山村,那纯朴的劳苦的人群,那使两个人的生命合而为一的小山村啊,它叫天门庄。在木板上是一小片深黄色,位于天门山上,那是最大的赭色圆形了。出了公社,得在树丛里、山沟里钻啊,转啊,有的石级直上直下,险过华山。比较起来,这些木纹太不够复杂了。奔波一天,才到天门山顶。山顶通道很窄,两侧峭壁陡立,青天一线,据说是二郎神用斧劈的,这是小山村关于自己家乡的小小神话。可惜二郎神庙也被"革"了"命",只剩得断墙残壁,还有个立旗杆的石头座子,旗杆早不知哪里去了。莲予常到这里来看落照。西面山低,落照的绮晖变幻几乎是在脚下进行的。一个雨后新晴的黄昏,山谷中云雾蒸腾,翻滚流动,好像整个山谷活了起来。太阳的余晖照得山谷中一片通明,亮得耀眼,不一时亮光褪去,云霞仿佛经过染色,团团缕缕,片片层层,尽是最娇嫩的粉红、鹅黄、浅紫、淡蓝,底层透出一片树木的深绿。山谷是这样鲜丽活泼,真让人想跳下去。

莲予向前走,想去摸一摸,最好能捞几片云霞,看看能不能握在手里。忽然一只强壮的手臂拉住了她。

那便是萌了,当时的小学校长。

"我不能喊,一喊你准会掉下去。"萌说,"我曾想在这里自杀。""我可没想自杀,不过是看看。我还以为遇上强盗了。"莲予确实以为遇上了强盗,但她一点也不怕。

"我不是强盗。我是二郎神。"他们两个都笑了。笑声和着涂满彩色的云雾,在山谷间滚动……

萌仍在伏案工作,翻纸页的声音从热气中传来。他原是站在斜沟那一边的。"派性"张大了嘴看着他们。莲予很惊异这位二郎神怎么会拥护"蒋沈韩"。这三个姓连在一起的专有名词,在这一地区,等于全国范围的"王关戚"。莲予对这两个专有名词都深恶痛绝。

"'派性'纵贯中国历史,"历史系毕业的萌一再说服她,"中国的大救星是团结。"

她可不是容易被说服的。他们在各自想象的信仰里纠缠了许久,隔着"鸿沟"狠狠对望,几乎成为信仰上的罗密欧和朱丽叶。"罗密欧"轻轻收拾了文稿,走到画案前,原来那是他的床。

他摸摸她的头发,关了灯。星光洒进窗来,照着那一大幅未完成的山水。

二

她曾画过许多幅未完成的山水。有那么一天,画画渐渐成为罪状。尤其是画山水的,因为用士大夫的闲情逸致腐蚀无产阶级,更是罪上加罪。大家都辍画,大声嚷闹,挥动着小红书。她那时正在临摹古人的《江干雪霁》图卷,山石用披麻皴,树亦写意,江口有松,上垂古藤。草屋中的朱色短榻十分鲜艳,到现在还红在她心里。她舍不得搁笔,她挣扎,偷着想画完这一幅。可是她画不下去,无论怎样也画不下去。勉强落下的笔迹像是打翻墨盂的污痕。她明白这是因为她失去了精神支柱。从生下来,就渗透在她每一个细胞的对祖国的热爱,使得她每个细胞都要发疯。祖国已成了一个大监狱,她也只有在偶失束检的梦魂中,去亲近一下祖国的山山水水了。她不甘心,放下临摹,自己开始一张,又开始一张,但没有一张能完稿。她搁笔了,去参加武斗,倒安心得多。她无权参加群众组织,派头头仿效募兵,叫她帮着准备碎砖破瓦。那样的信任,真使人感激!能不积极超额完成任务么!碎砖破瓦的用途是和刘咸一派隔楼对峙,互扔互砸,回复到洪荒时代。

木板上怎么没有可以比拟破砖头的斑点?真的,许久没有想起它们了。扔着砸着,她从后勤变成前锋。她看见老莫在对面楼上捡砖头,他那时便是什么部门的领导,一开始便亮相在造反派一边,和刘咸等密切串连,属一个总部。她看见刘咸向她瞄准,嗖地一块砖头飞来,打中了她的左腕,血流出来,滴滴答答落在地上。她跑下顶楼,教室里的许多张画稿便成了绷带。血迹浸透了墨迹,使她不停地想起古画中的朱砂短棁。

派友们说刘咸是有意想打断她的手腕,让她不能握笔。"既生瑜,何生亮"的慨叹和派性一样纵贯中国历史,遍布各个行业。不过莲予不相信,她有根据。那是什么呢?

她真没想到有一天她又能以画为生,不仅是以之糊口,而且以之滋养着自己的灵魂。温柔的星光照在墙上,那幅山水更显得朦胧缥缈,淡泊悠远。这里凝聚着她自己的心血、祖先的托付和祖国山水的精魂。她每天画啊,画啊,让生命从笔端流在纸上,发出光来。真的,房间里这样亮!他们搬来快一年了,还没有挂上窗帘。

没有挂窗帘才好呢!"亮晶晶,亮晶晶,小星星。"那是母亲的儿歌里唱着的。莲予从画案下看见的一窄条天空,就有好多颗星,每一颗都在发光,不曾想打断别人的光芒。

莲予轻轻敲着木板,萌不做声,已经睡着了,他睡得晚,却总是先入梦乡。

海的女儿,这时也在望着星空么?不过,那里的时差是多少,莲予想不出来。

三

米莲予讲课,常有校外的人来听,诸如中学教师、爱好美术的青年等。有人喜欢她的画,有人则以为她不知什么时候会透露点"祖传秘方"的绝招。她却有自知之明,总是抱歉地一再声明,最好少耽误大家的时间。这次她讲的是皴法。她先从"笔墨"二字讲起,讲了简短的开场白。然后在黑板上写了"披麻皴、乱麻皴、芝麻皴、大斧劈、小斧劈、云头皴、雨点皴、弹涡皴"等十六种。每一种都先讲解,后示范。因为人多,她特意把纸挂在黑板上,用大笔做出夸张的动作。虽然这都是国画的基本知识,满屋静悄悄的,没有人咳嗽一声。

最后她表演了两种父亲以前偶然用的方法:"吹云"和"弹雪",作为余兴。父亲去世时她尚未正式学画,这只是闲看,记得而已。她先用湿笔润纸,得出湿度不同的底子,再用湿绢沾了轻粉,轻轻吹在纸上,便显出浓淡,成了云层,又用小竹弓夹上粉袋在纸上弹,几下便得满纸密雪飞舞。莲予忽然高兴,略一凝神,不过淡淡几笔,便在雪中画出一树墨梅。梅朵迎着浓密的雪花,有的全绽,有的半开,有的含苞。几个学生不禁鼓起掌来。

莲予抬起眼睛,看见刘咸也聚精会神站在人群中。他们要看她在案上作画,都围拢来了。她画完了,觉得头晕,心里乱糟糟像有许多针在扎,便坐下来,等着下课。

下课前莫副院长总要总结几句,这是凡有外人听课时的例行公事。他说的无非是本院培养青年教师的经验,每次都是同样内容。有一个学生不耐烦,曾故意向他请教"八大山人"是哪八个人。他说:"我是外行,说不全,只知道一两个。"当时哄堂大笑。他便得了"我是外行"的雅号。

好容易下了课。莫副院长叮嘱莲予下午到友协分会开会,去以前到学校来一趟,他准备了一份材料,是介绍本院情况的。莲予想到炎炎烈日下的奔波,便问能否现在带着。回答是他中午还得再看看,润饰一下。她不明白为什么得她带去,也只好答应了。

她出了校门,想起竹弓、粉袋都忘在教室里。她经常忘记小东西。萌说她没有一次出门不再回来取东西的。她回到教室,见刘咸还在,正看着那几样小东西。

"吹云、弹雪,画论里有记载。"他随意地说。

"是吗?哪一本?"

"《山静居画论》有几句。"

《山静居画论》?还回来的残存的书里好像有这书。萌整理过,莲予却没有看,她老是太累。也许这次旅行机会真该让给刘咸,他会看到更多的东西,吸收更多的东西。她每晚看见刘咸在火盆般的屋里作画,都有这种想法。

莲予一天的活动,直到晚上十点。回到家时,真不想再动一动。"你受不了。"萌说。她懒得回答。她的每根血管都像负担着千斤重物,躺了好一阵,才减少到八百斤。

"我们应该下决心做手术。"萌说。他每次都说我们做手术,好像不止莲予一人有病。

"医生说我可以的。"莲予微笑,眉尖轻挑。心里想着父亲遗画的编目、说明、翻译等问题。事情很多。"不过我可以的。"她加上一句,萌知道她说的是可以出国,不是做手术。

可怎么这样累呢?中午骑车到学校,莫副院长说他也要去,材料他自己带。莲予又骑车去开会。不久莫副院长坐着小汽车来了。在会上讲了很长的话。真佩服怎么有些人能有这么多的话说。他说了很多艺术学院的情况,说自己如何与米颠是忘年交。说莲予如何有才,只是身体不好,需要照顾。莲予觉得自己所以这样累,纯粹是他的好意闹的。

萌又进入了他的小天地,与世隔绝了。笔尖在纸上的沙沙声使莲予想起天门山顶树木的低语,风从狭窄的通道吹进来,拐到二郎神庙已很柔和,他们尽量挤时间并坐在断墙上。最初常常是在"派性"中纠缠、挣扎。"你为什么拥护'蒋沈韩'?"莲予总是愤愤不平地质问。当然也问不出所以然。她愤愤然一阵后便默然看着晚霞。渐渐地，他们不是空手坐在这里。他拿着一本来历不明的《说文解字》，她拿着没有打开的画夹。他们已经相当程度地返璞归真了。最终使萌跨越了鸿沟，还是莲予无意中激起的。

据说有人信奉独身主义，主要是为了躲避耳边的絮叨，其实这是最可爱的女子的最可爱处。莲予没有打开画夹，她闲着，舌头活动起来，她又想起来了："你为什么拥护'蒋沈韩'？"她的怨气一股劲儿往上升，眉尖扬得惊人的高。萌实在说不清为什么最初拥护一个什么东西叫蒋沈韩，大概因为响应号召吧。响应号召在那些年，已成为奋发上进的人的本能了。九一三事件以后，他淡漠多了。他只想看《说文解字》，再看看落日，再看看莲予。可他连这点安静也得不到。他发火了，把《说文解字》小心地放在草地上，一把抱住了莲予，在她耳边吼道："我拥护你！还不行么！"莲予说："把人家耳鼓都震破了。"哭了起来。

木板上的深沟两边，还有千千万万颗心呢。那不光是平面图，而是纵贯中国历史啊。历史太长了，莲予无法去问自己被安上的老祖先。她回想，中学时候，已经为派系所苦了。刚入学时，依照性别自然地成为两派，男女授受不亲，互不搭话。后来渐渐混杂编队了，但是体系依然分明。那时尚不知"文化大革命"为何物，当然无所谓流毒。莲予为自己的一派推出来争夺荣誉。另一派的代表则是刘咸。木板上模糊的一块，是那幅写意小卷吧，那是莲予十五岁时画的。烟云吞吐，林壑幽深，有着说不出的韵味。外行人还以为是哪位名家的手笔，其实那是莲予第一次分清云和水的画法。学校决定用它参加全国少年美术创作评奖。在运走前三天，画被割破了，还少了一块。她看见画上纵横交错的刀痕,还有那一块缺陷,直哭得泪人儿一般。许多人劝她不要介意,说以后还会画出更好的作品。她其实并不是哭这一幅画,她哭的是她看见人生中的可怕的一面,那是什么,她也说不清楚。

当时都说是刘咸干的。有一天刘咸在教室外等着莲予,手里拿着一把剪子和一张画。"米莲予,我来声明,"他说,"不是我干的,可那是他们为我干的。你把我的画铰了吧。"他说着递过剪子,把自己的画打开,等着她剪。莲予不知所措,想了一会儿,说:"我干吗破坏你的画!我希望你们也别破坏我的画!"那时刘咸的头发也很长,乱蓬蓬的。她一面只管走,一面想:这真是何苦呢!

对了,这便是根据了。虽然他以后并未拿砖头来请她瞄准。

萌从上古时代走来了,一手拿着一杯水,一手拿着安眠药。莲予渐渐迷糊了。童年时又是怎样呢?不幸得很,在她还是妮妮时,班上就分了派了。她和另外一个功课好的孩子,俨然是两派的头头。如果妮妮得了第一,这一派的孩子走起路来都格外神气。妮妮不爱做功课,情愿爬到桑葚树上坐一下午,吃得满手满嘴紫黑,有时衣服也染成桑葚的颜色。可是她为了给自己一派争气,总是努力争那第一名。一次她不慎得了第二,竟有一个孩子偷偷撕破了第一名的卷子。妮妮也没有拿出自己的卷子请那第一名撕啊,真有意思!要是星星也这样打来打去,天上岂不只有一团漆黑了么?人类的灵魂该升向哪里呢?

"亮晶晶,亮晶晶,小星星。"那是母亲教的歌。每晚母亲都站在妮妮小床边,总结一天的功过。每逢她恨声不绝地说"我再也不和谁谁好了"时,母亲总指给她看窗外的星空,那闪烁的、温柔地眨着眼的伟大的星空!无数颗星星同时在发亮——

"你说我不去了,好么?"萌弯身看她是否入睡,她忽然睁开眼睛,问道。

"我确是不大放心。"

"身体倒还能支持。我只想如果刘咸去,收获会更多。"

"也许——准能让他去么?"

"还能派谁?没有别人了。可是海的女儿等我呢。"莲予轻挑眉尖,一脸的笑意。

"她永远会等的,不变心。"萌说。

四

又是一个黄昏,萌回到家中,见莲予安闲地坐在藤椅上,正在打量那幅未完成的山水。那山水的清幽和着莲予娴静的姿态,使得萌遍体生凉,一天的暑热,都关在门外了。他走过去,拿过莲予手中持着的书,见是一本画论。

"顺手拿的。"莲予对他一笑,"我该读点书。"

"奇怪我怎么这样闲在?"连问题也是她代他问了,"我不去了。知道么?"

"哦。"这是回答。

"莫副院长和我商量,说考虑我的身体,打算换人。我说我正想提,下不了决心。这样倒帮我忙了。"她兴高采烈地说。

"等我们做了手术,自由自在去旅游。"萌也兴高采烈起来。他在做梦。

"我正式建议刘咸去。要带着爸爸的画,我们都准备好了。我还建议就说他是爸爸的学生,当然,如果他愿意。其实有个刘家山水不也好么!不必只是米家山水。"

萌很赞赏她的议论,轻轻拉起她,在狭窄的房间里跳起舞来。如果告诉别人萌会跳舞,还跳得不错,谁也难以置信。可萌和莲予每逢什么喜庆事儿,总要跳上几步,转几个圈。也许萌觉得那比说话简单些。他们都如释重负,十分轻松。亲热地互相望着,好像久别重逢,想尽管望下去。

"我来做个菜,你今晚别工作,行吗?"从他们搬到这里,莲予就说做个菜。起先是庆祝新居,后来遇到两人生日也要说一说。但都是精神会餐,连那饼也懒得画的。萌对她的豪言壮语置之一笑,他的目光落向了砚桌上堆积的笔墨纸砚。那方松皮石砚,石色墨绿,看去如同古松皱皮,摸起来却十分光润;磨起墨来如漆如油,着笔腻滑,不黏不涩。莲予的同事们常说,这砚台本身便在涌出灵感。

萌捧起砚台,到厨房去冲洗了。"亲爱的画童——"莲予总在心里这样叫他。她也拿起一大束画笔,一支支冲洗。然后根据大小式样,吊在一排排笔架上,有的则插在大笔筒里。他们感到那样宁静,那样喜悦,那样满足。画上清风习习,心头火光熠熠。他们正为创作准备献上自己的灵魂。这小房间,此时是极乐世界。

有人敲门。进来的是刘咸。他说莫副院长要那份北欧美术材料,托他次日带去。然后好奇地问:"听说你不去了?身体不行吗?"

莲予等他宣布他去,但他只说些别的话。莲予一面翻找材料,一面问:"莫副院长要材料做什么?"

"他去!你不知道么?这一回,'我是内行'!"刘咸脸上露出了尖刻和不屑,他的这种神情莲予还是第一次看见。

刘咸拿着材料走了,萌和莲予都有些惶惑。是为了刘咸不去而莫副院长去,还是为了那尖刻和不屑的神情?他们对看了一下,笑了。这和他们有什么关系?他们共同的小天地多么宽广,他们各自的创作天地更是像宇宙一样,神奇、美好,没有边际。

莲予舒畅地睡了一觉。天刚黎明,她发现萌已在小桌前就座了。她伏在他肩上,看那天真无邪的字,那是一篇关于甲骨文的文章,就要脱稿了。那幅未完成的山水,已经平铺在画案上,洗涤一新的笔砚,件件神采焕发,像在向她招手。

莲予提起笔来,凝神半晌,先在空白处画上一片松林。随着她的笔墨,远山缥缈,近水潾潾。还有那柳丝松针的绿,都融在一起,满纸泛起又幽静又活泼的生意。简直静到骨子里,如同入定的老僧;又活泼得如那不可捉摸的思想,使人想起仙女嫦娥的衣袂。莲予在想:要不要添上一双上天的人形?那是他们要攀上天门庄——不必了。她和萌宁愿化作山水中的泥土,静悄悄地为人铺平上天的道路。

朝霞绚烂,照着小房间里一片宁静自得。这是中国文化的最高境界。莲予一笔一笔地画着,她会画出许多张不只完成而且成功的画,而且她终究会在温柔地照耀着全世界的无边的星空里,同海的女儿见面。

1980年4月初稿,7月改稿
(原载《收获》1980年第5期)

青琐窗下

这小院坐落在小山坡上,一片黄栌林之间。若在秋日,黄栌红得如火,是校园中一景。这时树木零落,一派萧索的冬意笼罩远近。林间显出一条小路,那是似乎随意搁置的大方砖形成的,从坡下大路分出来,斜插上坡,弯弯曲曲,通到一个月洞门前。

愫茵正在门前从信箱中取信。这是晚邮。早邮总有几份报纸,还有国内外信件、刊物,信箱塞不进,邮递员就把它们放在箱上。傍晚一般有一两封信,便老实地躺在信箱里。愫茵一手握锁,一手插进钥匙,觉得身上的热气像是一下子给铁锁吸尽,手几乎粘在锁上。

"一家一封。"她轻轻自语,一手取出了三封信,一手忙锁好信箱,然后习惯地望着坡下远处夕阳。夕阳下是一处结了冰的湖面。虽然已是薄暮,还有不少穿大红衣服的身影在冰面如飞燕般掠过。她睁大眼睛用力看,然后垂下眼睛,捋一捋花白的鬓发,循着继续向月洞门内延伸的大方砖,向屋子里走去。

大邻居周甲孙的信是他两地分居的爱人从南京来的,小邻居马晔的信不多,寄信人天南地北都有,这一封是从近在咫尺的某科研单位来的。愫茵自己家的信是政协来的,无非是什么通知。"要是开会就好了。"愫茵想。

屋门上挂着厚厚的棉门帘,有好几处棉絮探出头来。说明愫茵实在没有精力料理、更新家中设备。她进门先在小几上拿起剪子,站着剪开了信,随即惊喜地转过身。

"李先生!李先生!"她对着室内最避风的一个角落,提高了声音。

角落里有一张木床,上面堆着棉被、毡子和大衣。仔细看时,就会发现这些东西下面有一位又干又瘦的老先生,他半坐半卧,手里拿着一块夹着纸张的硬木板,凝神望着。

"李先生!"愫茵走到李先生身旁,大叫一声。她曾是李先生的受业弟子,结婚已四十余年,还是不改尊师的旧称呼。而且对有些"出身"学生的夫人直呼师长大名,一直采取腹诽的态度。

李先生从木板世界里给拽了出来,抬眼询问地望着愫茵。

"政协通知,下下星期一开会,要开十天呢。"她把通知在李先生面前一晃,"住在丰台的一个宾馆。"

"丰台?"李先生放下木板,把手互插在袖筒里。

"反正准比家里暖和。"愫茵走到窗下坐了,把通知放在书桌上抚平,用一个似乎是古董的小铁壶镇住,又拿过台历翻看开会的那一天。

这几年,很多人发现李先生的这一变化——从嫌会议多而变得热衷于开会。尤其在冬天,有供膳宿的会,他总是偕夫人出席。其实原因很简单,虽然饭食可能不合适,十天的会却意味着十天的温暖,也许他的慢性气管炎会好一些。以前他常常笑愫茵:"房子不必那么暖,洋人穿房子,我们还是穿衣服。"及至一次患肺炎住进医院,才发现温暖的重要。"那是因为吸进的空气也是暖的,和冷的不一样。"他像发现了什么化学元素似的郑重地说。

近两年来,经过朝野人士的呼吁,学校对老先生们够照顾了。每栋房屋原来都有小锅炉自烧暖气,"文化大革命"中小锅炉和主人们一起被彻底砸烂。去年专门重新安装锅炉整修暖气,费了不少人力物力。可是费力虽多,却收不到预期的效果。照李先生看来,这正是现在举国上下的大问题。

暖气片有的冰凉,有的稍温,这就是大修的成绩了。为这几家锅炉,还配备了一位锅炉统帅,专门领导怎样烧好锅炉。那就是在职的有门路者当统帅,找临时工干活。统帅批准把整块木板拿来烧,发了小型鼓风机,一鼓就是三四个小时,愫茵看着怪可惜。她以为烧火无非是撅净炉灰按时加煤,只要认真做到就行。曾有一位孙姓小师傅来烧过几天,家家虽还不能温暖如春,室内温度却至少提高了几度。不知怎么,几天后这能干人不知去向,令人思念不已。愫茵慨叹自己不是统帅,只有幻想权,思念权,没有现行管理权。那统帅是个魁梧人物,站在当地,威风八面,若要绕过去,确需费些周折。

暖气大修后的这一小区中,各家采取不同手段对付寒冬。不太老而又比较会活动的老先生在外宾招待所交涉了一间"书房",太老不能出门的老先生在房间里加生煤炉。李宅则还是既定方针,勉强凑合。

说真的,愫茵早失去了几十年前理家的那种豪情。近年不少人恢复了"文革"前的住房,恢复了用煤油拖地板,重铺上蛀坏了的地毯,当然也有新买的。不少人家重整家园时,和"文革"中搬进来现在又请出去的邻居不欢而散。李氏老夫妇没有讨论这一问题,可是不约而同地认为周甲孙和马晔不必搬迁,在这小院中愿意住多久便住多久。

"周甲孙,该给他一切条件!"李先生曾说。

"比我们有用。"傃茵叹息。

"那倒不见得。"李先生不服气,"不过,就是该给他一切条件。"

李先生虽常常不服老,却明白地觉得自己一年比一年怕冷了。几十年前,北京的天气哪有这样温和,房檐上冰凌一挂就是整个冬天,可是现在连温和的冬天也受不了。

不要说他,连傃茵也是一年不如一年。这会子在窗下刚坐不久,就觉得窗隙中冷气逼人,使她脸上疼,喉咙痒,连声咳嗽。

"你又在窗户底下坐了。"李先生轻声埋怨,又拿起那块木板。

傃茵站起身,目光随着冷风停在窗上。这窗不挡风,却很好看。当中一块长方形玻璃,四周留出约两寸半的边,用有雕花的细木条镶嵌,拼出各样图案,再安上小块玻璃。现在木条与玻璃渐渐分家,虽然修过也不能严丝合缝,冷风便当仁不让地透进来。

"这窗可能该换了。"傃茵又自语。这种雕窗雅号"青琐"。《世说新语》中有"于青琐中窥之"的句子,她还给马晔讲过。"不过,一定不给换。行不通。"事实上,就是换一块玻璃,也是难于上青天的。

马晔从院子里走过来,肩上挂着冰鞋,脸儿红扑扑的,在夕阳光辉中显得精神焕发。傃茵拿起他的信,贴在窗上。

"李奶奶,谢谢您。"马晔掀帘子进来,立刻大声说,"这屋子太冷了,应该生个煤炉,我说过我管!"因为煤厂今冬送煤特别难,凡用煤者得自己去推。马晔这句"我管"是有分量的。那意味着至少两周一次排队,拉平板车,还有无数的口舌纠纷。据说煤厂人员热心改办旅馆,所以无人送煤,愫茵曾怀疑住过煤厂旅社的旅客是否会变得黑一些。

"你专心念书吧,别为这些事操心!"愫茵说。

"万般皆下品,唯有读书高——我溜冰溜得肚子咕咕叫。"马晔看看缩头缩脑的李先生,下意识地把手放在暖气上,立刻又抽回来,"真是'饥寒交迫'!"

马晔的父亲原是图书馆职员,三年前死于肺炎,显然与寒冷有关。不久母亲也去世,剩了他孤身一人。以前他就住在李家院内,这一间房是分给马家的。现在他已是物理系研究生,学习很紧张。李氏老夫妇对他很照顾。只因马家是回民,饮食上没有办法。他天天到校内民族食堂用餐。食堂设在一座楼的地下室里。阴湿霉暗,号称"坟墓食堂"。菜饭中经常有螺丝钉、半大不小的石子,甚至还有玻璃碴子。照周甲孙的说法是:在这青琐窗下生活的几家人存在饥与寒两大问题,饥寒交迫!

"还有两地分居呢。"愫茵往往笑着加一句。

这时马晔放下冰鞋,接过信坐在南窗下旧沙发上:"我来当会儿火炉吧。"

"火炉要加煤呀。"愫茵说。

"那就到'坟墓'去。"马晔忽然抬起眼睛,停住拆信,"您知道周甲孙要当副总务长么?"

"什么?甲孙当总务长?"愫茵惊异地提高了声音。

李先生也听见了,放下木板:"什么总务长?"马晔忙起身走近又说一遍,特别加道:"是副的,正的不够格,不过是第一副,管事!"

"那可不行!"李先生猛地坐起来,"络合物化学那摊科研怎么办?那'无机化学进展'谁来教?"

马晔也不知道谁来教,伸手抓了几块愫茵端过来的饼干。

是啊。愫茵想起这两个月间,校长和党委书记来过几次,找周甲孙,也顺便看望李先生。看李先生,是逢年过节的事;找甲孙,可没有过。

"来给我相面的。"甲孙笑嘻嘻说,他总是笑嘻嘻,"相一相我命该如何。"

周甲孙是这么一个人,什么事都在笑嘻嘻中做了。李先生记起四九年刚建国后,学校组织南下工作团,号召教师学生随军南下工作。甲孙当时上大学二年级,完全像个孩子,比现在的马晔小多了。他也这样背着一双冰鞋——真奇怪怎么还有时间溜冰——笑嘻嘻站在书房门口:"李先生,我参加了南下工作团。"他把冰鞋一甩,险些碰到条几上一个青瓷花瓶,"已经发榜了,贴在二校门。"

当时李先生什么也没有说。

二校门者,是大校门内一个装饰性的门。愫茵得知后,特地去看。见榜前万头攒动,很多人满面喜色,那就是榜上有名的了。大部分是学生,也有先生。照愫茵当时看来,他们似乎不觉得正处在人生的一个十字路口,需要徘徊,踌躇,需要抉择。党号召,祖国需要,那就是了!就去!榜上有许多熟人的名字。周甲孙在第二排第一个。

正看着,甲孙从门后转出来了,背着一个鼓鼓的大书包,笑嘻嘻地。"家里怎么说?"愫茵关切地问。"我父亲说,历史掀过新的一页,总要花点力气的。"他的父亲是小学教员。

有两个人招呼甲孙,他从人丛中穿过去。啪的一声书包掉在地下,好几本书掉出来。"哎呀!"甲孙蹲下去用手护着,一面抬头对愫茵稚气地一笑。愫茵觉得眼睛有点发胀。

李先生反对周甲孙南下。甲孙是好学生,这样岂不废了学业?但是他不敢说。考虑又考虑,找了甲孙来。先表示充分认识南下是革命需要,是伟大事业,然后以商量求教的口气问:"共产党想必也需要学者吧?"

当时甲孙的颜色不像现在的马晔那样富有青春活力。他的脸色是灰白的。直到现在也是如此。因为脸色灰白,头发显得格外黑,乱蓬蓬竖在头上。他不开口,李先生简直想揪住那头发,狠狠摇他一摇。

半晌,他终于说:"我没有想那么多,也不需要。我只觉得,化学抓不住我了。"

化学抓不住他了!那时的李先生和这时的李先生都在叹息。

五六年国泰民安,许多辍学参加革命工作的人又回来上学,甲孙也在其中。化学又抓住他了。他上完本科学业,又随李先生做研究生,论文题目是:稀散金属的分离和提纯。尽管那些年风狂雨骤,他也没有少参加政治运动,他总能以学习为主,成绩斐然。在全国人从六十年代的噩梦中醒来以后,他第一批评定为副教授,近日要升教授了。

可他要去当副总务长。

"他去了,准能办点好事。"马晔看完了信,把两张信纸一晃,"后勤工作不搞好,怎么现代化!这是研究所朋友来的信,有个西德学者来开个小座谈会。是昨天。发信太晚了,其实应该打电话。"

"只是电话不灵。"慄茵微笑。他们家的电话似乎专为捣乱而设,打通的经常错,要打的总不通。

"周甲孙去解决电话不灵,暖气不热,食堂不好的问题?真是笑话！"李先生把木板放在一旁，拉一角毯子盖上，好像那是件活物。然后慢慢下床，披上大衣。愫茵忙把床边一个安乐椅上靠垫拉拉平，让老人坐下。

"为什么是笑话？比这够得上是笑话的事多着呢。"马晔说，"后勤这么糟，要是周先生去办好了，岂不功德无量！"

愫茵立刻想起那魁梧的锅炉统帅。后勤部门里可能有许多勤奋工作的人。可也像任何部门一样，有许多人站在路当中，比大象还难移动，因为大象是孤立的，而这些位大象的鼻子是缠在一起的。

"他也很可能一事无成。我毕业后如果留校，我就申请当总务长。"马晔一本正经地说。

"说得容易！还得人家让你当呀！"愫茵仍微笑，望着马晔完全没有了稚气的红扑扑的脸，心中奇怪，怎么又觉得眼睛有点发胀。

"是呀，还以为我热衷于那个'长'字，好以权谋私呢。现在就有人说周——"马晔看看已经很不高兴的李爷爷，缩住话头，"我要吃饭去了。带馒头不带？"

愫茵到厨房去拿装馒头的口袋，那是给来做钟点活的姑娘预备的。厨房外另有一个小院有两间小房，是原来设计的"下房"。周甲孙就住在这里。这时小院里站着一个人，身材魁梧，正在察看甲孙门上的锁。

"王师傅来了。"愫茵忙招呼。

"来了，来了。"王师傅转过他那宽大的背，面带笑容，"怎么样？暖气热吧？"因为想到他自己那精心经营的暖烘烘的家，话中不免带有自豪感。

暖气不热。为这一问题，愫茵已"反映"多次了，没有用，实在懒得再说。这时,好一阵没有出现的王师傅在眼前,便习惯地说那已说了不知多少遍的话:"设备修得差不多了——当然还有毛病,截门装倒了——可哪能修得那么好呢。问题在人烧,那位姓孙的师傅烧得好——"

"要是他死了呢?你家就不烧暖气了?"王师傅仍然面带笑容。

真是的!如果工作得好的人都死了——愫茵怔住了,慢慢把馒头口袋卷来卷去。

"那几年你和李老一块搓煤球,也搓了不少日子吧?这煤的事总明白点了。今年煤缺,先保证你们这一片。一般的户,春节兴许都挨冻呢。"他说着,眼睛瞟着甲孙门上的锁。

"可能因为甲孙要当总务长了吧。"愫茵想着,轻轻哼了一声,脸色沉了下来。可马上又自责,现在竟惯于把别人想得很坏,以小人之心度君子之腹。而且确实买煤难,该知足了。王师傅并不看她,自管穿过厨房,走到正院。一阵寒风,吹动了秋天留下的干枯蓬蒿。他巡视一周,目光落在青琐窗上。

"这窗户好看,可准得透风。"他似乎自言自语,"房子太差劲。"

"要是又保暖,又能保住原来的风格就好了。"愫茵亮出自己的想法。

"什么便宜都让你们占了。"王师傅仍是满面笑容,"明儿我再来。有事找老周。"说着从正门走了。

愫茵站在院中,见夕阳已沉,西天一片淡红。"溜冰的人都回去了罢。"她忽然想。这时屋子里的谈话一声高过一声。"不知道您心目中八十年代青年是怎么回事。只热衷于出国?跳迪斯科?——我其实已经不算青年了,三十岁了,我不想只做一个书呆子。天下人管天下事！"

"我没有要甲孙做书呆子。他在化学界前途无量。我以为以他的才干，整天和总务杂事打交道，未免太可惜了。"

"万般皆下品，唯有读书高！"马晔高兴地叫起来，"根源还在这儿。如果让周先生当校长，是不是就不屈才了呢？"

灵光一闪似的，李先生忽然想起来："其实我在南山大学就当过总务长！那时还没教你呢，我说。"他对走进来的傈茵说。像许多年来他在家里一直是"李先生"一样，傈茵的代号是"我说"。

"我也听说以前总务长都是教授当。"马晔说。

"就是。可那时我才二十多岁，不比甲孙现在，他的时间太紧。那时候事情简单得多，南山有发达国家的一套管理办法，不像咱们这里，什么都推不动，花几倍时间也办不成一件事。其实——"李先生直起身来，两眼放光，一口蓝青官话越说越快，兴致勃勃地要开讲历史，这一讲半小时绝收不住。马晔连忙从傈茵手中接过口袋，拿起冰鞋，说：

"我进'坟墓'去了。您也快吃饭了吧？"他笑着，朝傈茵调皮地眨眨眼睛，走了。

从坟墓里获取生存的食料，傈茵每次听着总觉得可笑，可是又笑不出来。

"就是的。我也当过总务长。"李先生垂下头，喃喃地说。

傈茵说："甲孙总会和你商量的。先吃饭。"说着到厨房端粥、拿面包片。厨房小院里站着两个人，一个是魁梧的王师傅，一个是同样高却瘦弱得多的周甲孙。两人正在说话，大概是路上遇见的。这时暮色已重，两个人加上暮色，把小院填得很满。

"我不坐，没空。"王师傅说，"就是那句话。你别以为管总务容易。化学实验做不下去了？另开个头？要想伤筋动骨，你一个人玩得转？我先把话递在这里。"

"我怎么是一个人？总务处人有的是，还有您，王师傅。"甲孙还是笑嘻嘻的。

"我说你是不是有神经病？张罗把老婆调来吧——那么多人问题都解决了。新盖的楼房奔一套——这小屋老婆来了转得开身吗？每天清清静静干你的活，消消停停等着升教授。现在瞎折腾什么——你吃饱了撑的！"愫茵忍不住听下去，"虽然说过两年还可以回去教书，可兴许就这两年里，你闹得吃不了兜着走！"

王师傅的话似规劝似恫吓，亦庄亦谐。对了，甲孙其实和王师傅很熟。在干校时候，他和很多人都很熟。李先生曾说，看来甲孙不只会对付他那络合物化学，也会对付人。那时干校地址在一块从湖水夺来的土地上，是硬填出来的，不知费了多少人力物力。还造了一座大堤抵挡湖水。人站在田中仰望湖水，水上帆船似乎在天上。日与鱼鳖为邻，也说不定什么时候就要与鱼鳖为伍。那时除了白天干活，晚上还得看电影。几个样板戏，翻来覆去地看。有时半夜吹哨集合，排队看电影。一位老先生坐在小板凳上，看着看着，李玉和还没有牺牲，他先倒下了，再也没有醒过来。在一次防汛加固大堤的紧张斗争中，周甲孙和几个工人把电影场地挖了一半，把土运到堤上去了。这一半一下雨立即成了一个池塘。后来看电影每次只能出动三分之一的人，剩下三分之二可以睡觉。

"周甲孙和毛主席革命路线不一心。"在背对背的各种会上酝酿着这精神，不知怎么没有照规律从背对背变成面对面。不过甲孙是最后一批离开干校回城的。

"哎呀!"傃茵轻轻叫了一声。她忘记拿抹布端粥锅,烫了手。她吹了吹手指,连忙用托盘端了饭菜进屋,把面包片放在电烘炉里。烤面包片和粥,是李先生每餐必备食物。等李先生在饭桌前对着前门坐好,面包咔嚓跳出烘炉,周甲孙从前门进来了。

"甲孙!"李先生高兴地叫了一声,好像他是刚从月球上回来似的。

周甲孙神色有些疲惫,脸色更显灰白,头发这些年来倒总是伏贴地躺在头上。他先向傃茵声明已吃过饭,自己倒了一杯茶,坐在书桌旁。三个人一时都无话。

"那个坟墓食堂,一定得搬迁。"甲孙忽然没头没脑地说起来,"得把制药厂的一个车间搬到储料所去。现在离西院住宅太近,污染太厉害。那就得整理储料所。能腾出房子来,我看过了。再把灯泡厂搬过去。灯泡厂占的仿古大厅,就可以做民族食堂。我要叫它外表金碧辉煌,里面饭菜适口。伊斯兰教留学生都可以就餐,还可以做一个参观点。"

"从坟墓变为天堂。"傃茵轻轻自语。

李先生还是无语。望着甲孙出神。他想起五十年代末期他们一起制备出光谱纯金属铷时的兴奋劲儿。甲孙熬了几个通宵,眼睛陷下去了,人还那样精神。厚密的头发向上指着天。现在他那竖立的头发都倒下了,稀少了,可是兴致还这样好——

"这样搬动可不是一句话的事——"甲孙还是笑嘻嘻地,"我想,还得帮助学生搞勤工助学,培养自立精神,也好对付上涨的物价。"他询问地看着李先生。

李先生把面包掰开揉碎,慢慢嚼着。半晌说:"你想得很好。那'稳定常数'的题目呢?"

"我晚上做！这两年怕不能上课了。研究题目我不会放下的,研究生也照常带。"甲孙站了起来,"这窗透风越来越厉害了。"说着端茶坐在床沿上。那安乐椅是谁都不敢坐的。

"哦,你的信。"慄茵把信递给他,他便放进袋里。不当着人读家信,是他的礼貌、习惯,也是对和亲人谈话的珍视。

"要是离开了教学、科研,就不知其中甘苦,也就无法为它服务。"

"你的立场已经变了,考虑问题的出发点已经变了。"李先生试探着啜了一口粥。

"我这人也在变,什么都在变。"甲孙望着那透风的雕窗,"您还记得南下的光景么？"

"我记得你的书包掉在地上。"慄茵插话。她也记得自己眼睛发胀的感觉。

"是么？"他似乎不记得了,他有许多更重要的事要记,"当时也不是没有一点犹疑。毕竟是完全不同的生活道路——可是一切美好的观念都在走这一边,那样明白,无须太多考虑。现在呢,不出校园,我却犹疑而又犹疑。事情不那么清楚了,什么事似乎都可以两面说。我不敢来问意见,我知道您的意见。"

李先生指了甲孙一下,又放下手去摸面包。他的意思是:你有你自己的意见。

甲孙默然。一会儿说:"学校让我担任这角色,很不容易。有人怕我捅娄子,一旦触犯后勤王国,学校的大钟就得停摆。也有人因为我只是个平头老百姓,认为轮不到。"

真的,甲孙还是平头老百姓,而李先生却在前年入党了。开了会,登了报。他有些得意又有些沉重。除了奉公守法以外,他还能做出什么事足以当得这一光荣称号而无愧呢？慄茵说他是先专后红的典型,这个词现在也不大听说了。

"一个人也许不顶事,可要是每一个人都来管呢?而且人应该有多方面的发展,把食堂从坟墓迁到天堂的复杂过程和制备光谱纯金属铷一样吸引我。"

"那天支部会上说过要关心你入党——"李先生缩住不说。因为会上还有人说周甲孙主意太多,入党后不会做到思想一致。有人说他这些年表现冷淡,不积极靠拢组织。李先生并未为他分辩。

甲孙看着李先生,看了一会儿,自己笑了一下,说:"我看,我还是先解决怎样做一个人的问题罢。"

李先生垂头看着自己的碗。甲孙站起来摸摸口袋,说:"粥凉了,我先回去。"

真的,粥凉了。愫茵呆坐了一会儿,才端粥去热。她看见小屋灯亮着,甲孙坐在窗下,大声地念:"无论压在多么重的石头下面,一颗种子总能发芽。"他反复地念,好像朗诵。他是在读妻子的信,这也是习惯。愫茵有时听见,总很抱歉。这时她想,他的妻子是学哲学的,如果是学植物的,更可信些。

等又给李先生盛好粥,愫茵却愣愣地望着垂在雕窗两侧的在昏暗中轻轻飘动的窗帘。

"你不吃吗?"李先生关心地问。

愫茵不答,然后忽然说:"自从嫁了你,我就没有溜过一次冰。"

李先生听不见。随着一阵冷风,马晔冲进来了,大声说:"布告贴出来了。任命周先生为第一副总务长。"随即又大声评说,"这叫人想起第一副总理,第一副部长,看来一个大学里的一个部门副职也不少!"他大声笑。只有他这样年纪的人,才能这样笑的。

　　正好周甲孙从角门出来,走过院子。廊檐下的灯照着他瘦削的双肩承着过大的头,头上躺倒的头发已见花白,有几根被冷风吹起。他踏着地上的冰碴,发出嚓嚓的声音。人渐渐走远,声音也消失了。

1985 年春

(原载《人民文学》1985 年第 5 期)

一 墙 之 隔

一墙之隔,两般天地。

这原是一间大客厅,"文革"时用苇子墙隔成两间,一大一小。很宽的落地窗也隔成一大半一小半。窗外一树丁香,从两边房中都能看到树顶积雪般盛开的花。一簇簇花挤在玻璃上,现出许多小小的白十字。

大间中的她原来常站在窗前欣赏这些白十字,有时会折几枝插瓶,桌上便也落上几朵白十字。现在这书桌早久违了花朵,让大大小小的药瓶、血压计、听诊器占据了。她已不能站在窗前,而是卧床不起了。

时光不知怎样就会走到了这一步。她躺着,时常落入昏沉,那是为抑止疼痛打杜冷丁的缘故。如不打针,她是很清醒的,清醒到可以做数学题,一点一滴计算自己的痛苦。

"啊!"她在床上发出不清楚的声音。窗前的白落在眼前,如云似雾。她想翻身,却动不了,两腿开始疼起来。杜冷丁的麻醉作用过去了。"喂!"她用力发声音,又忽然停住。对了。他说过要去取日本寄来的药。那位远房表姐倒是热心人。他们听说这名为"威灵仙"的药,抱着姑且一试的心情写信相求,倒真寄来了。而那几位遍布世界各地的近亲,却没有消息。她那如同黑沉沉一潭死水的心底,只知忍受各种折磨,这时漾起一点微光。

记忆之门在各种压迫下一直慢慢关着,还没有完全关拢。她在拼命挣扎抵抗。不时有这样那样的往事从门缝里探出头来,问:"喂,是这样么?"

"喂!是这样的么!"一个身材颀长的少妇系着花围裙,围裙镶着荷叶边,很精神地支棱着,人也是很精神地在厨房里转来转去。她那时在这所大学的图书馆里工作,专管外文报刊。对她这种有海外关系的人来说,实在是天大的信任。尽管说照学历她该教课,以后当教授,她却知足,为国家的兴旺高兴,无论在办公室或厨房,都抬头挺胸,迈着快步。她摆好碗筷,新煮的小豆粥冒着热气。吃粥对他们来说是一种奢侈,因为太费时间。她在桌上放了两种酱菜,那时的酱菜可比现在好多了。因为记起反修防修、警惕腐蚀等等经常念诵的话,撤下一个碟子,又想这两样都是他爱吃的,便又摆上。如此反复几次,他还没有回来。

"是这样的么?"她没有记错。他一直到次日凌晨才回来,从外面的黑夜里带进一团黑气。

门开了。他轻轻走进来。这时是白天,天空晴朗得叫人想大声嚷嚷。他却是个灰色的人,驼着背,几乎和床上的人一样憔悴。"你醒了?"他微笑,郑重地放下手中的木盒,取出药瓶,凑到她跟前。"药来了!这药肯定有效!方单上说了好多治愈的例子。"

"看看。"她努力辨认瓶上的字,觉得那些字东一撇西一捺的很乱。

"有信,说这是秘方呢!"他说着,心往下猛地一沉。信里说的是这药只是麦芽,不过不会吃坏就是了。"表姐说,要是见效,还可以寄。"这话倒是真的。

两人对望了一下。她那黯然无光的眼睛闪了一下,像要看清什么。两人都想起一个月前服用的五毒散。那是用鲜活毒虫制成的。她喝下时觉得像是蜈蚣爬进了喉咙。当然是心理作用。为了抵抗癌细胞,就是活吞蜈蚣也情愿。不过她还是吐了。他抖抖地拿着汤匙劝她再喝。"为了我。"他说。她喝了,没有吐。

五毒散不像宣传的那样有效。这威灵仙呢?日本来的,总先进些吧。他小心地打开药瓶,仔细洗了药杯、小勺,一口一口喂她。

居然顺利地服用了规定的数量。她想微笑,却只动了动嘴唇。她想告诉他不难吃,却吐出一串呻吟。服药用的力气太多了,她闭着眼睛,没有力气睁开。

"是又疼起来了?"他俯身问。时间到了,他转身准备注射。他打针的熟练程度已足以在任何一个注射室服务。

注射时他总要找些闲话来说,好分散注意力。虽然似乎愈来愈不需要这样做,他还是说几句。

"我碰见小黄了。"小黄是他们的紧邻,那小半间的主人。"小蓝生了一个儿子,他正去接她。小黄高兴极了,逢人便告诉。他还抱着一把丁香花呢。"他看见一滴眼泪顺着她的眼角流下。没有儿女,是他们的终生遗憾。也许愈接近死亡愈感到生命不能延续的空虚。

他还碰到一个园林科的人,问她的病,并且说一位老花匠在一周前去世了。他才想起是许久没有见到那老人了。信箱中有一件讣告,逝者是他们两人都认识的。这些就不必说了。

"我去收拾甲鱼,"他找话说,"能喝一两口汤也是好的。"

昏沉缓慢而沉重地压了上来。她很想顺从地睡去。可是他带着一团黑气夹在记忆的门缝里。

"你怎么了?"她用支棱着的围裙荷叶边擦擦手,想给他一杯热水。黑气裹挟着他转了几个圈,忽然都不见了。在空缺处出现了一个细长的问号,瘦骨嶙峋的问号,像是瞪着眼在看她。

"问我么!我还问你呢!"真的,他们的生活以后就和问号为伴了。人们说他是特务,因为他少年时曾自己组装过收音机。人们说她是特务,因为她的家人全在海外,而她留下来肯定是有任务的。大家举着问号透过那半个圆圈,像用放大镜似的互相观察,观察别人,观察亲人,也观察自己。

他们都被关起来。后来关人的人也被关。渐渐都觉得没意思,放他们回家住。她觉得他迟钝了许多,身上还裹着那团黑气。他觉得她狡猾了许多。她一回家就把那条镶荷叶边的围裙剪成几半当抹布。一条围裙也成了批判的一个项目,屋子的灰正在该擦呢。

丁香花谢了又开。他们白天到各自的小单位学习,汇报思想,晚上写思想检查。渐渐地,他被吸收参加实验室的一些工作。而她被从外文期刊部调出,负责三个厕所的清洁。形势不断在发展,为了鼓舞士气,许多地方都开宽严大会,当场解放一些人,严办一些人。这个学校及时学样板,在操场上开会,杀气腾腾。大家的心都悬在嗓子里,不知谁会给揪出,说是可能要枪毙!

她没有想到活靶子就是自己。几个彪形大汉抓小鸡般把她推搡上台。她倒清醒了,和现在一样清醒。

在口号的声浪中,她听见主持会的人让他上台揭发,紧接着有人嚷:"晕倒了!晕倒了!"是他晕倒了?

"是这样的么?"她浑身像刀割一样,疼在骨头里。她没有力气举起那问号。

有人代他念稿子。揭发的三项恶攻罪名太一般了,没什么新奇。后面一段她记得清楚:"我揭发我爱人是经过思想斗争的。她走了,我再没有家了。谁给我端茶送饭?谁给我缝补衣裳?到老来,谁和我做伴?"

就凭这句话,她原谅了他。

她拖累他太久了。可是她真去了,谁和他做伴呢?

到真要结束人生的旅途时,是没有人能做伴的。一切只能自己忍受。"威灵仙!威灵仙!"她用力叫,能听到的还是一声呻吟。他正好走过来,见她半睁的眼中满含泪水。"是有抗药性了吧?放佛乐吧?"没有回答。

佛乐很单调,反复宣唱南无观世音菩萨几个字,好心的朋友送来时,他心下暗自不以为然。毕竟都是无神论者啊。不料她听时感到很大的安慰。似乎不是那样孤独无助了。至少还有观世音菩萨做伴呢。

"南无观世音菩萨,南无观世音菩萨——"缓慢悠扬的佛号声透过苇子墙,飘散在那小半间。曲调虽然懒洋洋,那宣唱的声音却是年轻的,圆润光亮的。

"回家了,回家了,宝宝回家了!"一阵笑语声。门开了,小黄两手满提着东西,小蓝抱着婴儿,走进房来。

"你瞧你!出门的时候不记得开窗!"对于妻子的嗔怪,小黄照例采取"我改过,我改过"的态度,现在更要她高兴,忙一个箭步跳过去开了窗。佛乐顺利地飘进来,听得清楚多了。

"观世音菩萨?"小蓝皱眉,"怎么样?"她盯住苇子墙。

"白师母不大好。"小黄期期艾艾地说。

小蓝轻轻叹息,说:"有什么咱们能帮忙的?"接着努努嘴。小黄不解,说:"近来看望的人少多了,病的时间太长。"

小蓝又指指放在墙边的摇篮床,小黄明白了,立即把它搬到大床的另一边,哪怕这里离门近,有风。最要紧的是远离不祥的病床。摇篮床上有半截粉红的有皱边的小篷,是爷爷奶奶给的。小蓝说,男孩应该用浅蓝色的,女孩才用粉红的呢。不过她也算明白人,只和小黄嘀咕几句,没有多说。

丁香花为了欢迎新生命,送进一阵淡淡的香气。这两家都是为了这几株花树,迟迟不肯搬到公寓房子。几朵小小的白十字挤进了纱窗,小蓝简直想去亲亲它们。

"快上床!"小黄严厉地命令,"小心着凉!"

一个和天一般光亮的慵懒的微笑,软软的手扶过来。一切安置好了。小蓝倚在大枕头上,得意又满意地透一口气。"我太累了,这辈子的力气都用完了。"她望着身边的婴儿,握着丈夫的手。小黄望着她们母子,满心的喜悦简直要胀开来,这间小屋盛不下!这喜悦似乎比得到小蓝还要多,本来么,又多了一个人呀。

"你睡睡,我去热鸡汤。"小黄叮嘱,"千万别下床。"

小蓝久久凝视着婴儿,用两个手指轻轻摸摸那细嫩的额。他睡得沉稳安宁,世界对于他还是一片混沌,不用费心关注。他能吃能喝,一天天长大;他会在院子里奔跑,该上学了,也许不是个好学生。可怎么办?犯了错误,就打他。

想到这里,小蓝忽然心酸起来。

过一会儿,她睡着了,接着刚才的思路,做了一个梦。宝宝长到十来岁了。身量很高,面目却是模糊。不知在学校里犯了什么错,老师把他说哭了。回家来对墙站着,只是哭。倒是说一说为什么,也好找老师评理去。无奈就是问不出具体的事。她摸摸宝宝的头,别是发烧了。宝宝在她一碰之下,忽然缩成一个婴儿,发着高烧,哼哼唧唧,红头涨脸的,喉咙里呼噜呼噜地响,是肺炎?听说小孩长大总要得好几次肺炎。万一痰堵着,可不得了。她和小黄抱他上医院,公共汽车过了好几辆,都挤不上去。出租车跑过好几辆,小黄原有一个理论,那车不是平常人坐的。这时无须争吵,他们决定截出租车,可一看见那贴在玻璃窗里的价钱,小黄总是不抬起手来。他要等最便宜的。等着等着,宝宝大声哭起来,似乎是好了。接着她忽然觉得本来是沉甸甸的怀抱轻了,抱着的宝宝不见了,哪儿去了?哪儿去了?她大声叫,忽见他坐在篷车里,向白师母的病榻飘去,她挣扎着去追,却总差一点儿抓不到。

"我在这儿,在这儿。"小黄抚着她的手,"他在这儿。"牵着她的手摸一摸仍在熟睡的婴儿,"你太累了,容易做梦。"

"我梦见将来了。"小蓝醒过来了,睁大眼睛,做了一个夸张的表情。

她怔了一会儿,问:"咱们这个月的工资还有多少?"小蓝似乎马上要预备出车钱来。

"别愁这个,好好养着。跟你说,我正想着加把劲调到公司去呢。"

公司是系里办的,还是一样分量的人,公司比教书的工资多出十倍。真不知这个道理怎么能讲通,小黄还没有听见谁讲得很通。

"你的课不是没人教了吗?"

"管他呢,"小黄脸色暗了下来,"我总得把儿子养大。不能让他缺了什么。"

小黄说着端过鸡汤来,放在床前几上。小蓝的眼光在丈夫和儿子脸上转来转去,忽然扑哧一声笑了出来。

"真是太奇妙了!"小蓝深深吸着鸡汤的香气,"你们俩怎么这么像?应该说他真像你。真太奇妙了!"

本来几天的婴儿是看不出模样的。小黄俯在摇篮床上看了又看:"我想他准像我,这是必然的。"抬头笑着问,"你说他学什么好?"

"大学总要上,可不能教书,专家当不得。"小蓝想了一下说,"他可能比你会挣钱,不愁养他的儿子。"

这回是小黄笑出声来,说:"从前的人清高到不肯说'钱'字,你现在钱钱的说得挺脆。"

"本来么,没钱能过日子?喝西北风等着各取所需的理想社会?"小蓝朝苇子墙一努嘴,"像白先生他们真够清高,病成这样,他们那一代人,以后不会再有了。"

"就不知宝宝将来怎样?"小黄自言自语,自己一笑,"对了,你说的,比我会挣钱。"

墙这边讨论着将来,墙那边只有过去。她昏沉沉的,还在用最后一点力气撑着那扇记忆之门,以免立刻落入永恒的黑暗。佛号轻轻地、缓慢地飘在空中,她听起来,全变成了另一个曲调。曲调十分优美,有一种悠然自得的欢快。这悠然自得带她回忆着青春。那时他们都是平庸的音乐爱好者。经常在合唱团里唱歌,是那种出席不嫌多,缺席不嫌少的角色。但他们唱得认真投入,目不斜视。相当长的时间他们只专心唱歌,没有认出对方就是自己在世上寻找的那一半,直到唱这个曲调那天,在众多的脸庞间,众多的声音里,忽然目光相遇,声音相伴,彼此认出了。这是那首歌,《花的圆舞曲》。

是这样的么?花的圆舞曲,可哪里有花呢,连叶子也落净了。

可以结束了。

一片空荡荡,向这一片空荡慢慢落下去,落下去——

他站在窗前桌旁再看那威灵仙的仿单。小黄也到窗前来做什么,说:"白先生,是不是该送医院?"

"医院不收。医院是治病的,没法治,就不收。"

"您有什么事,务必叫我。"小黄停了半晌,诚心地说。

"日子不好过——"他轻声说。

录音带放完了,咯噔一响停住。婴儿醒了,大声哭起来。响亮的哭声装满两间屋,还透过丁香花,向外扩展。

白先生两步跨到床前,觉得已有一个世纪没有看见她了。她平静地仰卧着,唇边似有一丝微笑。

他怔住了,随即扑下去抱住她的头,呜咽着:"我亲爱的人……"

甲鱼还没有熟。

洪亮的、充满活力的哭声和喑哑的断肠哭泣混杂在一起,碰撞着,回荡着。一阵风来,丁香花簌簌地落下了。

1992年6月

(原载《钟山》1992年第6期)

鲁　鲁

鲁鲁坐在地上,悲凉地叫着。树丛中透出一弯新月,院子的砖地上洒着斑驳的树影和淡淡的月光。那悲凉的嗥叫声一直穿过院墙,在这山谷的小村中引起一阵阵狗吠。狗吠声在深夜本来就显得凄惨,而鲁鲁的声音更带着十分的痛苦、绝望,像一把锐利的刀,把这温暖、平滑的春夜剪碎了。

他大声叫着,声音拖得很长,好像一阵阵哀哭,令人不忍卒听。他那离去了的主人能听见么?他们在哪里呢?鲁鲁觉得自己又处在荒野中了,荒野中什么也没有,他不得不用嗥叫来证实自己的存在。

院子北端有三间旧房,东头一间还亮着灯,西头一间已经黑了。一会儿,西头这间响起窸窣的声音,紧接着房门开了,两个孩子穿着本色土布睡衣,蹑手蹑脚走了出来。十岁左右的姐姐捧着一钵饭,六岁左右的弟弟走近鲁鲁时,便躲在姐姐身后,用力揪住姐姐的衣服。

"鲁鲁,你吃饭吧,这饭肉多。"姐姐把手里的饭放在鲁鲁身旁。地上原来已摆着饭盆,一点儿不曾动过。

鲁鲁用悲哀的眼光看着姐姐和弟弟,渐渐安静下来了。他四腿很短,嘴很尖,像只狐狸;浑身雪白,没有一根杂毛。颈上套着皮项圈,项圈上系着一根粗绳,拴在大树上。

鲁鲁原是一个孤身犹太老人的狗。老人住在村上不远,前天死去了。他的死和他的生一样,对人对世没有任何影响。后事很快办理完毕。只是这矮脚的白狗守住了房子悲哭,不肯离去。人们打他,他只是围着房子转。房东灵机一动说:"送给范先生养吧。这洋狗只合下江人养。"这小村中习惯地把外省人一律称作下江人。于是他给硬拉到范家,拴在这棵树上,已经三天了。

姐姐弟弟和鲁鲁原来就是朋友。他们有时到犹太老人那里去玩。他们大概是老人唯二的客人了。老人能用纸叠出整栋的房屋,各房间里还有各种摆设。姐姐弟弟带来的花玻璃球便是小囡囡,在纸做的房间里滚来滚去。老人还让鲁鲁和他们握手,鲁鲁便伸出一只前脚,和他们轮流握上好几次。他常跳上老人座椅的宽大扶手,把他那雪白的头靠在老人雪白的头旁边,瞅着姐姐和弟弟。他那时的眼光是驯良、温和的,几乎带着笑意。

现在老人不见了,只剩下了鲁鲁,悲凉地嗥叫着的鲁鲁。

"鲁鲁,你就住在我们家。你懂中国话吗?"姐姐温柔地说,"拉拉手吧?"三天来,这话姐姐已经说了好几遍。鲁鲁总是突然又发出一阵悲号,并不伸出脚来。

但是鲁鲁这次没有哭,只是咻咻地喘着,好像跑了很久。姐姐伸手去摸他的头,弟弟忙拉住姐姐。鲁鲁咬人是出名的,一点不出声音,专门咬人的脚后跟。"他不会咬我。"姐姐说,"你咬吗?鲁鲁?"随即把手放在他头上。鲁鲁一阵战栗,连毛都微耸起来。老人总是抚摸他,从头摸到脊背。那只大手很有力,这只小手很轻,但却这样温柔,使鲁鲁安心。他仍咻咻地喘着,向姐姐伸出了前脚。

"好鲁鲁!"姐姐高兴地和他握手,"妈妈!鲁鲁愿意住在我们家了!"

妈妈走出房来,在姐姐介绍下和鲁鲁握手,当然还有弟弟。妈妈轻声责备姐姐说:"你怎么把肉都给了鲁鲁?我们明天吃什么?"

姐姐垂了头,不说话。弟弟忙说:"明天我们什么也不吃。"

妈妈叹息道:"还有爸爸呢,他太累了。你们也早该睡了。鲁鲁今晚不要叫了,好么?"

范家人都睡了。只有爸爸仍在煤油灯下著书。鲁鲁几次又想哭一哭,但是望见窗上几乎是趴在桌上的黑影,便把悲声吞了回去,在喉咙里咕噜着,变成低低的轻吼。

鲁鲁吃饭了。虽然有时还免不了嗥叫,情绪显然已有好转。妈妈和姐姐解掉拴他的粗绳,但还不时叮嘱弟弟,不要敞开院门。这小院是在一座大庙里,庙里复房别院,房屋很多,许多城里人迁乡躲空袭,原来空荡荡的古庙,充满了人间烟火。

姐姐还引鲁鲁去见爸爸。她要鲁鲁坐起来,把两只前脚伸在空中拜一拜。"作揖,作揖!"弟弟叫。鲁鲁的情绪尚未恢复到可以玩耍,但他照做了。"他懂中国话!"姐弟两人都很高兴。鲁鲁放下前脚,又主动和爸爸握手。平常好像什么都视而不见的爸爸,把鲁鲁前后打量一番,说:"鲁鲁是什么意思?是意绪文吧?它像只狐狸,应该叫银狐。"爸爸的话在学校很受重视,在家却说了也等于没说,所以鲁鲁还是叫鲁鲁。

鲁鲁很快也和猫儿菲菲做了朋友。菲菲先很害怕,警惕地弓着身子向后退,一面发出"呲——"的声音,表示自己也不是好惹的。鲁鲁却无一点敌意。他知道主人家的一切都应该保护。他伸出前脚给猫,惹得孩子们笑个不停。终于菲菲明白了鲁鲁是朋友,他们互相嗅鼻子,宣布和平共处。

过了十多天,大家认为鲁鲁可以出门了。他总是出去一会儿就回来,大家都很放心。有一天,鲁鲁出了门,踌躇了一下,忽然往犹太老人原来的住处走去了。那里锁着门,他便坐在门口嗥叫起来。还是那样悲凉,那样哀痛。他想起自己的不幸,他的心曾遗失过了,他努力思索老人的去向。这时几个人围过来说:"嗥什么!畜生!"人们向他扔石头。他站起身跑了,却没有回家,一直下山,向着城里跑去了。

鲁鲁跑着,伸出了舌头,他的腿很短,跑不快。他尽力快跑,因为他有一个谜,他要去解开这个谜。

乡间路上没有车,也少行人。路两边是各种野生的灌木,自然形成两道绿篱。白狗像一片飘荡的羽毛,在绿篱间移动。间或有别的狗跑来,那大都是笨狗,两眼上各有一小块白毛,乡人称为"四眼狗"。他们想和鲁鲁嗅鼻子,或打一架,鲁鲁都躲开了。他只是拼命地跑,跑着去解开一个谜。

他跑了大半天,黄昏时进了城,在一座旧洋房前停住了。门关着,他就坐在门外等,不时发出长长的哀叫。这里是犹太老人和鲁鲁的旧住处。主人是回到这里来了罢?怎么还听不见鲁鲁的哭声呢?有人推开窗户,有人走出来看,但都没有那苍然的白发。人们说:"这是那洋老头的白狗。""怎么跑回来了!"却没有人问一问洋老头的究竟。

鲁鲁在门口蹲了两天两夜。人们气愤起来,下决心处理他了。第三天早上,几个拿着绳索棍棒的人朝他走来。一个人叫他:"鲁鲁!"一面丢来一根骨头。他不动。他很饿,又渴,又想睡。他想起那淡黄的土布衣裳,那温柔的小手拿着的饭盆。他最后看着屋门,希望在这一瞬间老人会走出来。但是没有。他跳起身,向人们腿间冲过去,向城外跑去了。

他得到的谜底是再也见不到老人了。他不知道,那老人的去处,是每个人,连他鲁鲁,终究都要去的。

妈妈和姐姐都抱怨弟弟,说是弟弟把鲁鲁放了出去。弟弟表现出男子汉的风度,自管在大树下玩。他不说话,可心里很难过。傻鲁鲁!怎么能离开爱自己的人呢!妈妈走过来,把鲁鲁的饭盆、水盆摞在一起,预备扔掉。已经第三天黄昏了,不会回来了。可是姐姐又把盆子摆开。刚刚才三天呢,鲁鲁会回来的。

这时有什么东西在院门上抓挠。妈妈小心地走到门前听。姐姐忽然叫起来冲过去开了门。"鲁鲁!"果然是鲁鲁,正坐在门口咻咻地望着他们。姐姐弯身抱着他的头,他舐姐姐的手。"鲁鲁!"弟弟也跑过去欢迎。他也舐弟弟的手,小心地绕着弟弟跑了两圈,留神不把他撞倒。他蹭蹭妈妈,给她作揖,但是不舐她,因为知道她不喜欢。鲁鲁还懂得进屋去找爸爸,钻在书桌下蹭爸爸的腿。那晚全家都高兴极了。连菲菲都对鲁鲁表示欢迎,怯怯地走上来和鲁鲁嗅鼻子。

从此鲁鲁正式成为这个家的一员了。他忠实地看家,严格地听从命令,除了常在夜晚出门,简直无懈可击。他会超出狗的业务范围,帮菲菲捉老鼠。老鼠钻在阴沟里,菲菲着急地跑来跑去,怕它逃了,鲁鲁便去守住一头,菲菲守住另一头。鲁鲁把尖嘴伸进盖着石板的阴沟,低声吼着。老鼠果然从另一头溜出来,落在菲菲的爪下。由此爸爸考证说,鲁鲁本是一条猎狗,至少是猎狗的后裔。

姐姐和弟弟到山下去买豆腐,鲁鲁总是跟着。他很愿意咬住篮子,但是他太矮了,只好空身跑。他常常跑在前面,不见了,然后忽然从草丛中冲出来。他总是及时收住脚步,从未撞倒过孩子。卖豆腐的老人有时扔给鲁鲁一块肉骨头,鲁鲁便给他作揖,引得老人哈哈大笑。姐姐弟弟有时和村里的孩子们一起玩,鲁鲁便耐心地等在一边,似乎他对那游戏也感兴趣。

村边有一条晶莹的小溪,岸上有些闲花野草,浓密的柳荫沿着河堤铺开去。他们三个常到这里,在柳荫下跑来跑去,或坐着讲故事,住在邻省T市的唐伯伯,是爸爸的好友,一次到范家来,看见这幅画面,曾慨叹道他若是画家,一定画出这绿柳下、小河旁的两个穿土布衣裳的孩子和一条白狗,好抚一抚战争的创伤。唐伯伯还说,鲁鲁出自狗中名门世族。但范家人并不关心这个,鲁鲁自己也毫无兴趣。

其实鲁鲁并不总是好听故事,他常跳到溪水里游泳。他是天生的游泳家,尖尖的嘴总是露在绿波面上。妈妈可不赞成孩子们到水边去。每次鲁鲁毛湿了,便责备他:"你又带他们到哪儿去了!他们掉到水里怎么办!"她说着,鲁鲁抿着耳朵听着,好像他是那最大的孩子。

虽然妈妈责备,因姐姐弟弟保证决不下水,他们还是可以常到溪边去玩,不算是错误。一次鲁鲁真犯了错误。爸爸进城上课去了,他一周照例有三天在城里。妈妈到邻家守护一个病孩。妈妈上过两年护士学校,在这山村里义不容辞地成为医生。她临出门前一再对鲁鲁说:"要是家里没有你,我不能把孩子扔在家。有你我就放心了。我把他们两个交给你,行吗?"鲁鲁懂事地听着,摇着尾巴。"你夜里可不能出去,就在房里睡,行吗?"鲁鲁觉得妈妈的手抚在背上的力量,他对于信任是从不辜负的。

鲁鲁常在夜里到附近山中去打活食。这里山林茂密,野兔、松鼠很多。他跑了一夜回来,总是精神抖擞,毛皮发出润泽的光。那是野性的、生命的光辉。活食辅助了范家的霉红米饭,那米是当作工资发下来的,霉味胜过粮食的香味。鲁鲁对米中一把把抓得起来的肉虫和米饭都不感兴趣。但这几天,他寸步不离地跟着姐姐弟弟,晚上也不出去。如果第四天不是赶集,他们三个到集上去了的话,鲁鲁禀赋的狗的弱点也还不会暴露。

这山村下面的大路是附近几个村赶集的地方,七天两头赶,每次都十分热闹。鸡鱼肉蛋,盆盆罐罐,还有鸟儿猫儿,都有卖的。姐姐来买松毛,那是引火用的,一辫辫编起来的松针,买完了便拉着弟弟的手快走。对那些明知没有钱买的好东西,根本不看。弟弟也支持她,加劲地迈着小腿。走着走着,发现鲁鲁不见了。"鲁鲁。"姐姐小声叫。这时听见卖肉的一带许多人又笑又嚷:"白狗耍把戏!来!翻个筋斗!会吗?"他们连忙挤过去,见鲁鲁正坐着作揖,要肉吃。

"鲁鲁!"姐姐厉声叫道。鲁鲁忙站起来跑到姐姐身边,仍回头看挂着的牛肉。那里还挂着猪肉、羊肉、驴肉、马肉。最吸引鲁鲁的是牛肉。他多想吃!那鲜嫩的、带血的牛肉,他以前天天吃的。尤其是那生肉的气味,使他想起追捕、厮杀、自由、胜利,想起没有尽头的林莽和山野,使他晕头转向。

卖肉人认得姐姐弟弟,笑着说:"这洋狗到范先生家了。"说着顺手割下一块,往姐姐篮里塞。村民都很同情这些穷酸教书先生,听说一个个学问不小,可养条狗都没本事。

姐姐怎么也不肯要,拉着弟弟就走。这时鲁鲁从旁猛地一蹿,叼了那块肉,撒开四条短腿,跑了。

"鲁鲁!"姐姐提着装满松毛的大篮子,上气不接下气地追,弟弟也跟着跑。人们一阵哄笑,那是善意的、好玩的哄笑,但听起来并不舒服。

等他们跑到家,鲁鲁正把肉摆在面前,坐定了看着。他讨好地迎着姐姐,一脸奉承,分明是要姐姐批准他吃那块肉。姐姐扔了篮子,双手捂着脸,哭了。

弟弟着急地给她递手绢,又跺脚训斥鲁鲁:"你要吃肉,你走吧!上山里去,上别人家去!"鲁鲁也着急地绕着姐姐转,伸出前脚轻轻抓她,用头蹭她,对那块肉没有再看一眼。

姐姐把肉埋在院中树下。后来妈妈还了肉钱,也没有责备鲁鲁。因为事情过了,责备他是没有用的。鲁鲁却竟渐渐习惯少肉的生活,隔几天才夜猎一次。和荒野的搏斗比起来,他似乎更依恋人所给予的温暖。爸爸说,原来箪食瓢饮,狗也能做到的。

鲁鲁还犯过一回严重错误,那是无可挽回的。他和菲菲是好朋友,常闹着玩。他常把菲菲一拱,让她连翻几个身,菲菲会立刻又扑上来,和他打闹。冷天时菲菲会离开自己的窝,挨着鲁鲁睡。这一年菲菲生了一窝小猫,对鲁鲁凶起来。鲁鲁不识趣,还伸嘴到她窝里,嗅嗅她的小猫。菲菲一掌打在鲁鲁鼻子上,把鼻子抓破了。鲁鲁有些生气,一半也是闹着玩,把菲菲轻轻咬住,往门外一扔。不料菲菲惨叫一声,在地上扑腾几下,就断了气。鲁鲁慌了,过去用鼻子拱她,把她连翻几个身,但她不像往日一样再扑上来,她再也不能动了。

妈妈走出房间看时,见鲁鲁坐在菲菲旁边,唧唧咛咛地叫。他见了妈妈,先是愣了一下,随即趴在地下,腹部着地,一点一点往妈妈脚边蹭。一面偷着翻眼看妈妈脸色。妈妈好不生气:"你这只狗!不知轻重!一窝小猫怎么办!你给养着!"妈妈把猫窝杵在鲁鲁面前。鲁鲁吓得又往后蹭,还是不敢站起来。姐姐弟弟都为鲁鲁说情,妈妈执意要打。鲁鲁慢慢退进了里屋。

大家都以为他躲打,跟进去看,见他蹭到爸爸脚边,用后腿站起来向爸爸作揖,一脸可怜相,原来是求爸爸说情。爸爸摸摸他的头,看看妈妈的脸色,乖觉地说:"少打几下,行么?"妈妈倒是破天荒准了情,说决不多打,不过鲁鲁是狗,不打几下,不会记住教训,她只打了鲁鲁三下,每下都很重,鲁鲁哼哼唧唧地小哭,可是服帖地趴着受打。房门、院门都开着,他没有一点逃走的意思,连爸爸也离开书桌看着鲁鲁说:"小杖则受,大杖则走。看来你大杖也不会走的。"

鲁鲁受过杖,便趴在自己窝里。妈妈说他要忏悔,不准姐姐弟弟理他。姐姐很为菲菲和小猫难受,也为鲁鲁难受。她知道鲁鲁不是故意的。晚饭没有鲁鲁的份,姐姐悄悄拿了水和剩饭给他。鲁鲁呜咽着舔她的手。

和鲁鲁的错误比起来,他的功绩要大得多了。一天下午,有一家请妈妈去看一位孕妇。她本来约好往一个较远的村庄去给一个病人送药,这任务便落在姐姐身上。姐姐高兴地把药装好。弟弟和鲁鲁都要跟去,因为那段路远,弟弟又不大舒服,遂决定鲁鲁陪弟弟在家。妈妈和姐姐一起出门,分道走了。鲁鲁和弟弟送到庙门口,看着姐姐的土布衣裳的淡黄色消失在绿丛中。

妈妈到那孕妇家,才知她就要临盆。便等着料理,直到婴儿呱呱坠地,一切停妥才走。到家已是夜里十点多了,只见家中冷清清点着一盏煤油灯。鲁鲁哼唧着在屋里转来转去。弟弟一见妈妈便扑上来哭了。"姐姐,"他说,"姐姐还没回家——"

爸爸不在家。妈妈定了定神,转身到最近的同事家,叫起那家的教书先生,又叫起房东,又叫起他们认为该叫的人。人们焦急地准备着灯笼火把。这时鲁鲁仍在妈妈身边哼着,还踩在妈妈脚上,引她注意。弟弟忽然说:"鲁鲁要去找姐姐。"妈妈一愣,说:"快去!鲁鲁,快去!"鲁鲁像离弦的箭一样,一下蹿出好远,很快就被黑暗吞没了。

鲁鲁用力跑着。姐姐带着的草药味,和着姐姐本身的气味,形成淡淡的芳香,指引他向前跑。一切对他都不存在。黑夜,树木,路旁汩汩的流水,都是那样虚幻,只有姐姐的缥缈的气味,是最实在的。可他居然一度离开那气味,不向前过桥,却抄近下河,游过溪水,又插上小路。那气味又有了,鲁鲁一点没有为自己的聪明得意,只是认真地跑着,一直跑进了坐落在另一个山谷的村庄。

村里一片漆黑,人们都睡了。他跑到一家门前,着急地挠门。气味断了,姐姐分明走进门去了。他挠了几下,绕着院墙跑到后门,忽然又闻见那气味,只没有了草药。姐姐是从后门出来,走过村子,上了通向山里的蜿蜒小路。鲁鲁一刻也不敢停,伸长舌头,努力地跑。树更多了,草更深了。植物在夜间的浓烈气息使得鲁鲁迷惑,他仔细辨认那熟悉的气味,在草丛中追寻。草莽中的小生物吓得四面奔逃。鲁鲁无暇注意那是什么。那时便有最鲜美的活食在他嘴下,他也不会碰一碰的。

终于在一棵树下,一块大石旁,鲁鲁看见了那土布衣裳的淡黄色。姐姐靠在大石上睡着了。鲁鲁喜欢得横蹿竖跳,自己乐了一阵,然后坐在地上,仔细看着姐姐,然后又绕她走了两圈,才伸前爪轻轻推她。

姐姐醒了。她惊讶地四处看着,又见一弯新月,照着黑黝黝的树木、草莽、山和石。她恍然地说:"鲁鲁,该回家了。妈妈急坏了。"她想抓住鲁鲁的项圈,但她已经太高了,遂脱下外衣,拴在项圈上。鲁鲁乖乖地引路,一路不时回头看姐姐,发出呜呜的高兴的声音。

"你知道么,鲁鲁,我只想试试,能不能也做一个吕克大梦①。"姐姐和他推心置腹地说,"没想到这么晚了。不过离二十年还差得远。"

他们走到堤上时,看见远处树丛间一闪一闪的亮光。不一会儿人声沸腾,是找姐姐的队伍来了。他们先看见雪白的鲁鲁,好几个声音叫他,问他,就像他会回答似的。他的回答是把姐姐越引越近,姐姐投在妈妈怀里时,他担心地坐在地上看。他怕姐姐要受罚,因为谁让妈妈着急生气,都要受罚的,可是妈妈只拥着她,温和地说:"你不怕醒来就见不着妈妈了么?""我快睡着时,忽然害怕了,怕一睡二十年。可是已经止不住,糊里糊涂睡着了。"人们一阵大笑,忙着议论,那山上有狼,多危险!谁也不再理鲁鲁了。

爸爸从城里回来后,特地找鲁鲁握手,谢谢他。鲁鲁却已经不大记得自己的功绩,只是这几天饭里居然放了牛肉,使他很高兴。

又过些时,姐姐弟弟都在附近学校上学了。那也是城里迁来的。姐姐上中学,弟弟上小学。鲁鲁每天在庙门口看着他们走远,又在山坡下等他们回来。他还是在草丛里跑,跟着去买豆腐。又有一阵姐姐经常生病,每次她躺在床上,鲁鲁都很不安,好像要遇到什么危险似的。卖豆腐老人特地来说,姐姐多半得罪了山灵,应该到鲁鲁找到姐姐的地方去上供。爸爸妈妈向他道谢,却说什么营养不良、肺结核。鲁鲁不懂他们的话,如果懂得,他一定会代姐姐去拜访山灵的。

---

① 吕克大梦,指美国前期浪漫主义作家华盛顿·欧文(1783—1859)的著名作品。小说中写一个农民瑞·普凡·温克尔上山打猎,遇见一群玩九柱戏的人,温克尔喝了他们的酒,沉睡了二十年,醒来见城郭全非。

好在姐姐多半还是像常人一样活动,鲁鲁的不安总是短暂的。日子如同村边小溪潺潺的清流,不慌不忙,自得其乐。若是鲁鲁这时病逝,他就是世界上最幸福的狗了。但是他很健康,雪白的长毛亮闪闪的,身体的线条十分挺秀。没人知道鲁鲁的年纪,却可以看出,他离衰老还远。

村边小溪静静地流,不知大江大河里怎样掀着巨浪。终于有一天,日本投降的消息传到这小村,整个小村沸腾了,赛过任何一次赶集。人们以为熬出头了。爸爸把妈妈一下子紧紧抱住,使得另外三个成员都很惊讶。爸爸流着眼泪说:"你辛苦了,你太辛苦了。"妈妈呜呜地哭起来。爸爸又把姐姐弟弟也揽了过来,四人抱在一起。鲁鲁连忙也把头往缝隙里贴。这个经历了无数风雨艰辛的亲爱的小家庭,怎么能少得了鲁鲁呢!

"回北平去!"弟弟得意地说。姐姐蹲下去抱住鲁鲁的头。她已经是一个窈窕的少女了。他们决没有想到鲁鲁是不能去的。

范家已经家徒四壁,只有一双宝贝儿女和爸爸几年来在煤油灯下写的手稿。他们要走很方便,可是还有鲁鲁呢。鲁鲁留在这里,会发疯的。最后决定带他到T市,送给爱狗的唐伯伯。

经过一阵忙乱,一家人上了汽车。在那一阵忙乱中,鲁鲁总是很不安,夜里无休止地做梦。他梦见爸爸、妈妈、姐姐和弟弟都走了。只剩下他,孤零零在荒野中奔跑。而且什么气味也闻不见,这使他又害怕又伤心。他在梦里大声哭,妈妈就过来推醒他,然后和爸爸讨论:"狗也会做梦么?""我想——至少鲁鲁会的。"

鲁鲁居然也上了车。他高兴极了,安心极了。他特别讨好地在妈妈身上蹭。妈妈叫起来:"去!去!车本来就够颠的了。"鲁鲁连忙钻在姐姐弟弟中间,三个伙伴一起随着车的颠簸摇动,看着青山慢慢往后移;路在前面忽然断了,转过山腰,又显现出来,总是无限地伸展着。

上路第二天,姐姐就病了。爸爸说她无福消受这一段风景。她在车上躺着,到旅店也躺着。鲁鲁的不安超过了她任何一次病时。他一刻不离地挤在她脚前。眼光惊恐而凄凉。这使妈妈觉得不吉利,很不高兴。"我们的孩子不至于怎样。你不用担心,鲁鲁。"她把他赶出房门,他就守在门口。弟弟很同情他,向他详细说明情况,说回到北平可以治好姐姐的病,说交通不便,不能带鲁鲁去,自己和姐姐都很伤心;还说唐伯伯是最好的人,一定会和鲁鲁要好。鲁鲁不懂这么多话,但是安静地听着,不时舐舐弟弟的手。

T市附近,有一个著名的大瀑布。十里外便听得水声隆隆。车经这里,人们都下车到观瀑亭上去看。姐姐发着烧,还执意要下车。于是,爸爸在左,妈妈在右,鲁鲁在前,弟弟在后,向亭上走去。急遽的水流从几十丈的绝壁跌落下来,在青山翠峦中形成一个小湖,水气迷蒙,一直飘到观瀑亭上。姐姐觉得那白花花的厚重的半透明的水幔和雷鸣般的轰响仿佛离她很远。她努力想走近些看,但它们越来越远,她什么也看不见了,倚在爸爸肩上晕了过去。

从此鲁鲁再也没有看见姐姐。没有几天,他就显得憔悴,白毛失去了光泽。唐家的狗饭一律有牛肉,他却嗅嗅便走开,不管弟弟怎样哄劝。这时的弟弟已经比姐姐高,是撞不倒的了。一天,爸爸和弟弟带他上街,在一座大房子前站了半天。鲁鲁很讨厌那房子的气味,哼哼唧唧要走。他若知道姐姐正在楼上一扇窗里最后一次看他,他会情愿在那里站一辈子,永不离开。

范家人走时，唐伯伯叫人把鲁鲁关在花园里。他们到医院接了姐姐，一直上了飞机。姐姐和弟弟为了不能再见鲁鲁，一起哭了一场。他们听不见鲁鲁在花园里发出的撕裂了的、变了声的嗥叫，他们看不见鲁鲁因为一次又一次想挣脱绳索，磨掉了毛的脖子。他们飞得高高的，遗落了儿时的伙伴。

鲁鲁发疯似的寻找主人，时间持续得这样久，以致唐伯伯以为他真要疯了。唐伯伯总是试着和他握手，同情地、客气地说："请你住在我家，这不是已经说好了么，鲁鲁。"

鲁鲁终于渐渐平静下来。有一天，又不见了。过了半年，大家早以为他已离开这世界，他竟又回到唐家。他瘦多了，完全变成一只灰狗，身上好几处没有了毛，露出粉红的皮肤；颈上的皮项圈不见了，替代物是原来那一省的狗牌。可见他曾回去，又一次去寻找谜底。若是鲁鲁会写字，大概会写出他怎样戴露披霜，登山涉水；怎样被打被拴，而每一次都能逃走，继续他千里迢迢的旅程；怎样重见到小山上的古庙，却寻不到原住在那里的主人。也许他什么也写不出，因为他并不注意外界的凄楚，他只是要去解开内心的一个谜。他去了，又历尽辛苦回来，为了不违反主人的安排。当然，他究竟怎样想的，没有人，也没有狗能够懂得。

唐家人久闻鲁鲁的事迹，却不知他有观赏瀑布的癖好。他常常跑出城去，坐在大瀑布前，久久地望着那跌宕跳荡、白帐幔似的落水，发出悲凉的、撞人心弦的哀号。

1980 年 6 月

（原载《十月》1980 年第 6 期）

惯是先把一天要做的事想一遍。十年浩劫前期,她大学毕业后分配在内蒙古的一个县里任数学教师。那里地处边远,消息闭塞,总是跟不上"革命"的步伐,不管复课停课,都能凑合上课。她总是想:今天是星期几,有几节课,有什么会,有几个学生要谈话。星期天,她得准备出一周的饭。要为跟不上的学生补课,为优秀的学生加课。加课是这两年她的发明创造。有时牛牛在她这里,她就想:送牛牛到日托的人家时,怎样才能使他不哭。牛牛迄今为止的一生中,绝大部分时间是在北京托给人的。她就想:他爸爸会不会忘记去看他,看他时会不会打他。若是在北京度假或是辛图来探亲,他们睁开眼睛的话题就是该往哪儿奔走,该上哪家,才能促进他们的永久团聚。上人家得留神别太勤,送礼得留神别太轻也别太重。十三年来聚少离多,只要会面,这小家庭的话题就是调工作。他们一次次地找门路,为每一条窄窄的门缝而望眼欲穿地翘首盼望,为一点点进展而兴奋,欣喜,然而每次都以失败告终。真不能想象有这么一天,绾云再没有调工作的问题,再不用忍受别离的折磨。她已经在北京报上户口,有了工作。她又是北京人了!北京人!这头衔得来多么不容易啊,可是十三年前,她像扔废纸一样,轻轻扔掉了北京人的地位。

绾云舒服地动了动身子,现在可要好好享受北京人的安逸了。再没有牵肠挂肚的思念,再不用风尘仆仆地奔走了。她的目光落在染着娇红的照片上。"那时多傻!"她暗忖。可不是么!为了争一口气,竟会离乡背井,随便让一节轰隆轰隆的火车,把自己带到茫茫的草原上。本来绾云是分在北京市的,因为有人说辛图——那时是她的朋友——的舅舅有问题,她没有资格到边疆,她就自告奋勇和人调换了,以证明自己的资格和勇气。后来她才明白,她其实是没有资格留在北京。"那时多傻。"她用看小孩的眼光看着桌上的照片,唇边掠过又似怜惜又似得意的微笑。

"今天干什么呢?"她不知道。不能按照习惯安排一天的活动,却可以逍遥地躺着,这感觉好奇怪。她起来了,穿着大红地印黑白几何图案的睡衣,脚下是一双鲜红的绒拖鞋。微弱的晨光也不得不显示她的鲜艳。这都是辛图为她置办的。她替牛牛掖了掖被子,走到窗前,坐在深绿色"的确良"罩的沙发上,动手穿着袜子。

"你先起来了。"辛图醒了,"我一醒就想今天咱们该上哪儿,再一想才知道哪儿也不用去了。"他透透地打了个哈欠。

"我也一样。"绾云微笑地说,"不过今天咱们该干什么,我倒想知道。"

"真是没闲惯。"辛图说着,坐了起来,"窗帘没拉好,有一条缝。"他对一切琐事都要求严格。

"所以你醒了。"绾云想拉好窗帘,见他已起来,就没有动手,让那点晨光在他们年轻时的照片上越染越浓。

窗帘掩着,屋子里有一种温柔而又宁静的气氛。他们轻轻活动,小声说话。又一起俯在小床上看牛牛的睡态。他们从儿子的小脸上抬起眼光,对望了一下。从今后,儿子可以同时享有爸爸妈妈了。这本是极平常的事,极一般的权利,可是牛牛生下来就没有这点福分。每次绾云走,他都要问:"为什么红红、江江的妈妈都不走?你下回回来就不走了吧?"绾云总是抱紧他,不敢回答。真的,她好像从没有安心地好好抱过他。现在要从早到晚抱他,拍他,来补偿人生中那一段缺憾,抚慰他出世前她就在忍受着的分离的痛苦。

她的爱抚的眼光从儿子转到丈夫。辛图的动作十分敏捷,一会儿就在小圆桌上摆好两杯炼乳,一碟炸馒头片。他们不用再琢磨早饭后要去的人家的心理,不用再担心会碰什么样的钉子。食物从来没有这样滑畅地落到胃里过,每一口馒头都像龙肝凤髓——当然,如果有的话——一样振奋精神。

"你听我说。"辛图摆出一家之长的架势,"今天日程安排如下:上午缝这落地灯的灯罩,"果然沙发旁伫立着一个自制落地灯,灯罩骨架已拧就,只欠蒙上绸或布,"下午去安局长家拜望。平处长和他关系极好,凭着咱们和平处长的关系也该上局长家去一趟。"

"咱们看看舅舅去吧?他还不知道我已经办回来。"绾云商量地说,"局长、处长,上班以后总见得着。"

辛图笑了。这一笑显示出她的天真和他的宽宏大量。"舅舅?看他干什么?十三年发配还不够?"

"可前几年我办调转,还打着他的旗号说要照顾他。"绾云说。有的人总是把该忘记的事记在心里。

辛图不解地望了她一眼。"你莫非真糊涂?那是'四人帮'时候他走过两年运。""那是因为他有积极工作的习惯,有听党的话的习惯。党也没告诉他,党被'四人帮'篡了权。他还为我写过一封求情信。""幸亏没起作用,不然咱们现在也不得干净!"

绾云抬头看他一眼,又埋头看着面前的空碗,随即默然收拾碗筷。辛图递给她一条带宽绉边的雪白小围裙。她喃喃地说了一句:"出口转内销。"这是真的。他们家新颖舒适的摆设,很多是出口转内销的货色。辛图在多年的分居生活中,日夜盘算绾云调回的事。每次去跑各种关系,总得适当的带点什么礼物,又要拿得出去,又要尽量便宜。他常常费尽心思筹划,渐渐成了习

惯,没事便逛大街。许多别人很难猜测价格的东西是可遇不可求的,经常巡逻是好办法。渐渐地,他也为自己总是空着的家置办些需要和不需要的东西。这似乎已成为他的嗜好,无可厚非的嗜好。

"总不大像男子汉。"绾云接过围裙,心里浮上的却是这样一句话。她连忙抱歉地把这思想抹去了。辛图真够辛苦,不该这样品评。多亏他肯做这些琐事。他肯做,也是迫不得已。她一面胡乱想着,一面按照辛图规定的洗碗程序,先用凉水刷一遍,再用湿抹布洗一遍,再用开水浇一遍。他干什么都讲究规格的。

"妈妈妈妈,我起来啦!"牛牛在屋里唱着。希望他以后能永远唱下去,那几年不要说唱,牛牛连哭也是不敢的。绾云做梦都听见牛牛硬压住的抽咽,因为怕爸爸打。辛图的脾气真够暴躁,也难怪他。他像牛牛这么大时,满脑子装的是飞机。他的愿望是学航空,让人飞起来!飞呀飞!在蓝天上白云里自由自在地飞。可是他考大学那年,母亲病逝,父亲调到外地,他没有考上学校。次年只好进了文科。他又想研究美学。他们结婚的头两年,他在"革命"之余,还热衷地读马列主义文艺理论。好几本笔记,整齐的蝇头小楷,舅舅还开玩笑说他是卫夫人簪花格。牛牛的降临给这个小家庭树立了根基,也带来数不尽的烦扰。记得辛图曾对她说:"古人说有子万事足,大概那时没有分居一说吧,像咱们这样,真不配有孩子。"

"根本就不该结婚。"绾云回道。真的,这么多年没有见辛图读什么费脑筋的书了,更别说记笔记。好像连书也没有了。绾云放好碗筷,走进屋去,想看看许多年前的旧书还在不在。

"妈妈!"牛牛叫了。他穿着宝蓝色拧大股麻花的毛衣,已经坐在桌前喝牛奶了。"我也有户口了。我就是正式生了吗?"没有户口,只能借读,借读不能上重点班,这些牛牛都很清楚。

绾云都不知道他什么时候给孩子又热了奶。他的动作总是那样轻捷。他什么都会。看他!坐在自制的沙发上,一边是自己改装过的蜂窝煤炉子,炉身塞满铁屑,下面是个小抽屉,既传热,又无灰。炉子上坐着水,氤氲的水汽使得这温暖的小屋更加温暖。他一手持着烟斗,只是拿着,并不抽,他知道抽烟会缩短寿命。沙发另一边小几上摆着一本讲克格勃内幕的书,这是他们家现有书籍的代表。

是啊,以前那些书都卖了。绾云四处打量着。他告诉过她的。

"找什么,阿云?"他笑眯眯得意地望着自己的妻和子,随着绾云的眼光看,真的,这屋里只有收音机,别的机一种也没有,太落后了。

"你们怎么不理人!"儿子撒娇地抗议,"我要上重点班!"

"好儿子!你们俩都是北京人啦!北京人,上重点班好办。你好好学习,爸爸也奋斗。"

绾云轻轻摇头。她不找什么。她也为这温暖的小家感到满足和欢喜。这一切得来岂是容易!辛图努力奋斗了十三年啊!十三年的光阴,十三年的物质消费,十三年的灵魂耗损……

"我要到中山公园坐登月火箭!"儿子继续要求。

"你快喝牛奶,又要凉了。"绾云温和地催促。

"坐登月火箭要排长队,等我找个公园的关系再去吧。"爸爸权威地说,"今天上午缝灯罩,下午——"他见绾云望着他,便没有亮出平处长、安局长的头衔。"下午看《红菱艳》,再去两家跑跑。"他好像是跑惯了人家,有点收煞不住。

"两家人家包括舅舅不?"绾云的目光在问。

他对着她把跷起的脚尖点了两下,皮制的厚底拖鞋前后摇了摇,一面自言自语:"这老头太傻了。快解放的时候,巴巴的从外国跑回来,临解放也不走,一心跟着上头转,整天诚心诚意检讨。连自个儿儿子也调不回北京,到头来自个儿倒成了个大风派!跟他联系,没好处!"辛图积十三载之经验,深知几个小时的时间,挤车的精力,都不能白扔。若花了时间精力还可能惹点株连,更不必当这样的冤大头!他嘟囔完了,站起来拿出一块妃色绫子,在灯罩骨架上比着。

"可他是你亲舅舅。供你上学,这些年经常接济——"绾云勉强地一笑,眼光有些蒙眬。

辛图拿着绫子的手在骨架上搁了一会儿,随即表现出男子汉的大度。"好了,好了。我去打个电话,表示问候。如何?"

"传呼电话很远,他能接么?"

"传个话也就行了,他不必出来。"辛图做了决定。放下绫子,拿起皮鞋,"现在就去,好让你安心。"

"妈妈!你快过来!"儿子总是发号施令,"这是什么大鱼?"他指着一本画书上的大鲸鱼。等绾云讲清鲸鱼其实不是鱼的时候,辛图打电话回来了。他看上去有点兴奋。

"老头家装电话了。"他嚷嚷,"咱们这就去吧!去看看。"数千年来,穿衣吃饭都是政治待遇,更何况电话。

"出门喽!出门喽!"儿子扔了画书,高兴地跳起来。绾云并没有感到高兴,却有一点淡淡的怅惘飘上心头。她的眼光掠过桌上的相片,看见辛图无忧无虑天真坦率的要飞上蓝天的表情,赶紧埋下眼睛。

什么时候让这鄙陋的心计偷换了那高高飞翔的天真呢?也

许这就是人生的代价？人，总要长大，变得世故，自己本身变成了对自己少年时理想的嘲笑。绾云心里向自己解释着，一面为儿子穿着出门的衣服。这几天因团聚而涨满在心中的欢喜，好像突然给人挖去了一大块。

三个人一路迎着许多艳羡的目光来到吴家。这样衣冠楚楚健康漂亮的一对夫妇，带着这样可爱的孩子，证明着他们在世界上有生存而且活得好的权利。站在吴家的黑漆门前，绾云也忍不住和辛图相视而笑。牛牛则忙着用手去摸门上剥落的漆。

门开了，开门的是吴老的"老伴"，一位须发皆白的黑瘦小老头。从吴老真正的老伴辞世以后，他就在吴家。绾云记得辛图写信说过："舅舅家不知从哪儿挖掘出一具木乃伊，还让他做饭。"绾云想，人总要吃饭，哪怕是木乃伊做的。现在看见这位木乃伊，却马上想，千万别在舅舅家吃饭。

木乃伊木木地望着这一对漂亮人物。辛图不理他，径自往里走，后面跟着微笑的绾云和东张西望的牛牛。

绾云有许多年没有来了。记得舅母在世时，这小院总是干干净净。一个石座大金鱼缸里种着睡莲，两棵海棠树，叶子掉光了也还是很精神，院中依照时令摆着各色盆花。现在却是落叶堆积，萧条满目。大金鱼缸底儿朝上，可能是抄家时翻的，再没有翻过来。海棠树上有几片飘摇欲坠的叶子，在初冬的阳光下瑟缩地发抖。

"我要回家！"牛牛忽然拉住绾云的衣襟，小声说。绾云用食指竖在唇上，轻轻嘘着。他们好像到了史前什么时期，那时还没有创造出语言，所以讲不出话来。她拉着不情愿的牛牛跟着跨着大步的辛图进了北屋。

房间很暗。阳光在这里似乎也逡巡不前。屋里到处都是书,十分拥挤凌乱。书柜、书架霸道地在房中横着,地上也是一摞摞书,有的堆得一人多高,摇摇欲坠。乱书丛中有一张大书桌,桌上的书堆得半堵墙似的,不见一人。

"我要回家!"牛牛又小声说。

"舅舅!"辛图大声叫了,声音里装满了做作的高兴。他们立即发现,半堵书墙后,大书桌前坐着吴老。老人随着叫声抬起埋在书里的头,颤巍巍站了起来。

"舅舅。"绾云赶上几步恭敬地叫,同时把牛牛向前推,"叫舅爷爷,叫舅爷爷。""我要回家。"牛牛还是说。

"是辛图和绾云。"老人听出外甥和外甥媳妇的声音,喃喃地说,放下了一直举在眼前的放大镜。他慢慢向房间当中走,居然什么也没有撞倒,平安地到了一把摇椅前。那是舅母常坐的,现在"坐"着几本书。老人打量了一下,在旁边一个竹凳上颤巍巍坐了下来,正好坐在一缕阳光中,阳光照得他胸前一块块饭迹闪闪发亮。

辛图看见墙角有几块砖,拿过来让绾云坐。绾云摇头。她很想找一块湿手巾给老人擦拭衣服,四处只看见灰尘。塞在书丛中的电话上赫然有几个手印,那是接辛图电话的标记。

"你们随便坐。"老人抬头看着他们。他红光满面,脸上洋溢着忍不住的微笑,让周围的灰暗衬托着,显得分外精神。"绾云调回来了,好事情。在哪儿工作?"

"不教书了。坐办公室。"绾云说了接收机关的名称,接着说,"那几年舅舅为我们操了不少心。还为我写了您生平唯一的一封求情信。"

老人睁大眼睛,好像在淡薄了的回忆里搜索什么。"真是绝无仅有,因为我以为非自愿的长期分居很不人道。不过也不管用,没有下文。"其实下文是有的,不过有的人总是把不愉快的事忘掉。"现在好了,照政策办事。"

辛图从鼻子里哧了一声:又是一个老天真。真奇怪,有些人就是不会在人情世故方面积累经验。"也给舅舅落实了吧?政策,能有五分作用。"他用下巴指指电话。

老人若有所思地看着万书丛中的电话。"装了几个月,只有元哥打过一次长途,今天你是第二个用这电话的人。"

"元哥调回的事怎样了?"辛图拿了一块手绢铺在砖头上,让绾云坐下,又想倒点喝的东西,四处看不见茶杯。

"他的单位不放,说没有人能替代他。"老人平静地说,并无一点抱怨或遗憾。

"离了谁地球还不转?"辛图开始为自己物色坐处。

"每个人在国与家中都有自己一定的岗位,在这特定的岗位上尽责任是人生第一要义。个人的一切都是有限的。"

"您看什么是无限呢?"绾云很感兴趣。

这时辛图插嘴道:"舅舅,摇椅上的书挪一挪吧,您坐那儿,我坐这儿。"辛图以他特有的敏捷把书拿起。"不过是这么两本破书。"他暗自好笑。为了尊重舅舅,还是小心地放在书桌上。那是两本四十年代印的书,纸极坏,是老人学生的著作,一本上写着"敬呈天然师",一本上写着"天然师赐览"。

老人见辛图动书,忙颤巍巍站起身,眼睛跟着辛图的手,嘴里嗫嚅道:"慢着,慢着。"看着辛图把书放好了,他还慢慢走到书桌前,把脸贴在书上,看是放在了哪里。

"您坐摇椅,阿云坐竹凳,我坐砖头。"于是大家各自升级就座。"牛牛呢?喂!"

没有回答。在书架后发出撒什么东西的声音。

绾云微笑。辛图不得不又起身去看,见牛牛蹲在地上专心地玩着围棋子。辛图马上记起,舅舅的围棋子不同一般,是一种贵重的石头磨成的。那是什么石?记不起了。前几年他曾向舅舅要过一个定窑印泥盒,一个青玉小笔洗,送给当时掌握他和绾云命运的关键人物。他以为这些玩意儿都散失了,现在居然还有些胆瓶瓷罐之类堆着。

"舅舅!"辛图忍不住叫,"你这些破烂,打点打点,就能换回来元哥,至少起促进作用。"

老人等辛图走到椅边,才慢慢说:"我从来没有出卖过什么,现在也不想出卖。"

"就让它们尘封着,土埋着?"

"春色三分,一分流水,二分尘土——可是尘土封埋不了活人。"老人精神勃勃地一笑。

辛图想,你的名声并不好,你这点固执劲谁了解?不在乎儿子在身旁,也该为元哥着想。不过元哥自己怎样想,辛图也不知道。

"我知道你在想什么——"老人忽然爆发一阵咳嗽。还是勉强用力说道,"我并不认为我的一生是悲剧。"

"说悲剧还是好听的——"辛图忍不住说。他的话给绾云的急切的话语打断了,"不是悲剧,不是悲剧!"她好像争吵似的大声说。

老人感谢地拿起放大镜看她,又连忙说:"对不起——也可以说,我还不配做悲剧人物。我太愚蠢,愚蠢到把自己的信仰交托给一种势力。轻信可以原谅,习惯地屈从——虽然不是有意——于一种势力则不可原谅。"

还在严格地检查自己,何必呢! 也是检查惯了,收煞不住。

辛图把这话咽在肚里。却听绾云说:"屈从于正统势力,是名教思想所致。中国的解放,应该从每个人的思想解放起。"

"个人总是有限的。"

"那无限在哪里?"绾云很感兴趣。

这时木乃伊走进来,冲辛图歪歪头,又朝小桌努努嘴。意思很明显,是:"留他们吃饭?"绾云没等舅舅答话,几乎是一跃而起,客气地笑道:"我们自己做,我们会做。"便轻盈地走向厨房。

绾云一推开厨房门,便愣住了。她记得这厨房,连炉台都是光可鉴人的。舅母不止一次宣称:"炉台干净是厨房卫生的标志。"眼前的景象很惊人。满地煤渣、菜叶还不说,连舅母特别重视的炉台也堆满了各式垃圾。火苗从脏东西中间艰难地探出头来,好像对生人说:"请勿见笑。"跟在绾云身后的木乃伊却丝毫没有请勿见笑的意思,只管走向他的岗位,拿起一只可以剥下一层的锅,放在水龙头下,哗哗地放水。

"阿云——我们有必要留在这儿么?"辛图小声问。绾云惊异地看他一眼,把已到唇边的"你请便"三个字咽下了。她毕竟是温柔敦厚一流人物,不愿在别人家给自己丈夫难堪。不过辛图也是一点就透的人物,没再说一句话,两人动手收拾厨房。"哦——等等。"辛图指指绾云的细格子薄呢外衣,又指指自己身上的米色羊绒衫,转身跑出厨房。一会儿拿来两件旧布衫,一人蒙上一件。"咱们来清理垃圾吧?"辛图又招呼木乃伊。他记得元哥的孩子叫他什么公公,记不清了。木乃伊不懂,管自走出是非之地,到自己房间去了。

"我几乎想叫他木乃伊公公。"辛图悄悄笑道。

"这几年,咱们都有点像木乃伊——会活动,活动能力极强的木乃伊。"绾云冷笑道。看见辛图脸色不大好看,忙又加一句,"我说的是社会现象。你说对吗?"辛图从鼻子里哼一声,不言语。铲了一阵,两人抢着把垃圾运出门去,忘记了他们之间的龃龉。辛图极有兴致地说:"知道吗? 舅舅那些瓶瓶罐罐,不只能换出各样的机,闹好了能让咱们俩出国逛一趟。""你是在这儿挖掘金银财宝吗?"绾云不由得仍冷冷地说。屋里温度又急速下降,两人都不再说话。

可能受到冷空气影响,或是被人的活动骚扰,房顶上飞起几只苍蝇。这下子两人才注意到房顶上黑压压爬满了一层苍蝇。温暖的厨房无疑是它们苟延残喘的好地方。辛图大叫一声"了不得!"忙脱下布衫扑打。他跳上跳下,抡出的布衫好几次抽到绾云。绾云躲出门去,忽然觉得这扑打的动作很熟悉。可不是么,他少年时也这样扑打过的。不是扑打苍蝇,他那时的世界里没有苍蝇。他是要扇起他做的滑翔机模型。

滑翔机模型在院子里转了两圈,懒懒地落在海棠树上。就是挂着几片枯叶的这个枝丫。绾云和辛图是中学里不同班的同学,经常一起到舅舅这里来玩,怎么从不记得有枯叶。滑翔机蹲着,任凭辛图怎样跳上跳下,把原来披在肩上的毛衣举得高高,扇得像个大风车,就是纹丝不动。他完全是个小孩子,兴奋得脸儿通红,眼睛发亮,在院子里跑着,大叫大嚷。"飞!飞起来呀!飞上天呀!"

舅母对舅舅说:"辛图的这股子劲真像小妹,完全是诗人的劲头。""母子两人都太脆弱,离诗人么,差得远。"这是舅舅的按语。那时母亲的身体就不好,像是一片单薄的叶子,过早地飘落枝头。儿子知道天门不会为他打开以后,便在地上的泥泞里越来越优游自如。

和苍蝇的斗争像和滑翔机一样,毫无结果。天已将午,他们认为已经可以凑合做饭，不再深究。两人各端了一托盘食物到北屋时，见一老一小正聊得热闹。牛牛在给舅爷爷讲小学体育课的一个项目——队长球。"队长球！就是有一个人当队长，大家把球扔给他。您玩过吗？"牛牛靠在老人身边，仰着脸问。老人又向模糊的记忆里去搜寻了。"我大概从来没有打过球……""什么？什么？"牛牛大不以为然。"好啦！吃饭啦！"孩子分明饿了。老人也咳了几声，说："吃饭，好事情。"他那红光满面的皱脸上显露着喜悦和兴致。

这是一顿凑合出来的担担面，原料都是发掘出来的。一块宣威火腿有舅母贴的字条为证，味道还是十分鲜美。老人一连吃了三碗，还要再添。绾云说："可以了。下回再来给舅舅做。"老人很乖地放下筷子，并不争执。

牛牛恰相反，狼吞虎咽了三口，就决不肯再吃。辛图说："人的胃好像一代比一代精细了。"绾云说："头脑可是一代比一代简单。心灵一代比一代粗糙。"辛图瞪着她，转过话题和舅舅说："元哥一家真该回来。"

"还是工作重要。也许我该上他那儿去。可是这些书不好带。我还是和书团聚吧。"他朗朗地笑起来。

绾云的眼光又蒙眬了。她透过细木镶嵌的玻璃窗看见那澄净的蓝天和轻柔的白云，就像很久以前，和辛图在北海照相时一样。她觉得喉咙塞住了，简直吞不下美味的担担面。

从舅舅家出来，下一个节目是看《红菱艳》。看完电影，三个人慢慢走回家。辛图评论那女主人公说："真是吃饱了撑的。又不是大城市报不上户口。干什么非要跳舞不行！临死还不是得解下那双红舞鞋！"绾云睁大眼睛，拉着牛牛的手攥紧了。

"你干吗使劲捏我呀?"牛牛抗议。"对不起,乖儿子。"绾云俯身在儿子额上亲了一下,一面努力闭拢眼睛。

她似乎又回到茫茫草原上。草原一望无际,开满了各色的花。最多的就是马兰花了。那匀净的紫色随意在一片绿毡上涂抹,以至于挡住了任何一条小路。没有路,一条线细的路也没有。她怅惘地踮着脚尖向北京看,只看见天涯的一抹重重的乌云,像是画笔没有把油彩涂开。她曾想,可能这辈子也回不了家了。在心底生根的自己亲爱的小家,离自己那么遥远,使她常感十分饥渴。这饥渴非同一般,如同置身缧绁,无法取到本来属于自己的甘泉。

"妈妈!你真不小心!"儿子用劲拉她,一辆汽车从她身边飞驰而过。她现在是和亲人一起走到平坦的路上了,但那完全消她饥渴的甘泉却不知在何方。那本该属于她的,属于她这一代人的。

"傻瓜!"辛图朝她挥手,责怪她不及早躲车。她以为自己经过这么多年磨练,早丢失了那混沌未凿的傻气,一听到这称号,她反倒心安起来。也许她还未被凿透,还保留了几分众人认为应该丢去的东西,先不必怅然若有所失罢。

到家后,辛图的第一件事就是换上拖鞋,在沙发上靠几分钟。他并不懒,靠几分钟后就起来干这干那。他见绾云不换鞋,在平时他会把那双红拖鞋拿到她脚下,今天却只碰碰她,指指她的脚。

"我不想太舒服。"绾云简直是自己跟自己过不去。

"随你大发傻劲吧。"辛图心里说。过了一阵,又忍不住说出来:"你不要傻。我们的日子来得不易。刚安定下来就闹别扭。人生也不过几十年,到头木乃伊是最好的结果。什么理想呀,目标呀都不管用。"他说着,变戏法似的端出一大盘奶油点心,那是绾云最爱吃的。

"呀,妈妈!你吃呀!我也吃一块。"牛牛一把抓下去,又赶快缩回手,舔着手指。

绾云站在书桌前打量那幅照片。他们那无忧无虑、充满憧憬的笑难道永远只留在纸上了么?她轻叹道:"我们变了。虽还不是木乃伊,也算得行尸走肉。"

辛图平静地说:"咱们也不是数学家、哲学家或什么家。你关心的那无限是不可知,无处寻的。我们只要过好自己的小小人家就行——你明天上班去,带哪个包?"他随手摆出几个做工精细的皮包,"这红的好,看着暖和。"绾云勉强笑了笑,往皮包里装进月票、钱夹等杂物,"你看,还有呢。"辛图高兴地说,手上又变出一个茶杯。这杯浅蓝色,线条流畅,有几片乳白的竹叶。"带到办公室喝茶。"

辛图说完这句话,忽然想起什么,神色有点惘然:"我毕业后到机关的第一天,科长和我谈话,问我带茶杯没有。发给我一个,让我喝茶。那杯子比这个当然差远了。"

科长发茶杯的事绾云听过不止一次,今天他那惘然的神色却使她心中十分酸楚。她把玩着漂亮的新杯,停了一会儿,抬起蒙眬的眼睛,说:"于是你的大好时光——"

"随着每天的剩茶倒掉了。"

绾云把茶杯放进皮包。她的心渐渐安定下来。她把桌子收拾干净,督促牛牛做功课。又找出数学书,准备给远在草原上的学生写一段讲义。她爱抚地,有几分崇敬地看着自己的书,翻到无穷大一节。虽然她明天要拿着茶杯去上班的那工作和数学毫无关系。

辛图站在她身边,庄重地说:"咱们该给舅舅做一个围嘴儿。"

1980 年 10 至 12 月

(原载《人民文学》1981 年第 2 期)

熊　掌

客人走了。楚秋泓老先生从门口慢慢走到桌旁,又慢慢地解开桌上的布包。布包里是个不小的纸包,绑着一道道麻绳。他的手颤个不停,这是近年添的毛病,他抖抖地拉了几下麻绳,心想最好有把剪子。

"爸爸,我来。"是儿媳逸芬的声音。她没有用剪子,随着手指灵巧的动作,绳子一道道落在桌上。纸包掀开了一点,露出黑乎乎毛茸茸的东西。

"这是什么?"逸芬吓了一跳,赶快向后退了一步。

"熊掌。"老人说,"是卫表哥从东北托人带来的。"

逸芬端详着纸包,小心地打开了。这一对熊掌像是一双黑色翻毛皮靴,甚至也发出一股毛皮气味。足踝处露着发黄的骨头,一根粗绳从骨缝间穿过。她小心地捏住绳子,拎起来让老人看。

"挂起来。"老人打量了一下,微笑道,"等小哥回来再吃。"小哥是老人的儿子,到美国考察半年,已经去了五个月了。逸芬也微笑,把绳子、报纸都塞进布包,一手拎着熊掌,走出房间。随即传来"咿呀"的开门声,老人知道,熊掌挂在屋后小天井的阴凉处了。

老人慢慢走近帆布躺椅,那是他经常坐的。依照时令,椅上铺着暗绿色提花长毛巾。若是冬天,是一条用了多年的狼皮褥子;若是夏天,则是一块旧软席。一切都依照老伴在时的规矩。他慢慢往躺椅上坐下去,看着落地窗外的大丛月季花,花丛上新添了不少嫩绿的枝芽,显示着春天已经到来。

微笑像一滴晶莹的水珠,挂在他枯皱的脸上,那是从浸透了满意的心中流出的。这种平静的满意的心情,真是阔别已久了。历尽了人世的浮沉荣辱,他总算活到这一天!儿子早已是副总工程师,因为父亲的这样那样的问题,多年不得转"正",去年到底任命他为总工程师,并派出国。对于知识分子来说,这两年,几乎人人都得出国走一遭,就好像当年人人都得到干校一样,当然其自觉的程度大不相同。媳妇从事资料工作,贤惠无比。儿科医生的女儿下半年也要出国进修。女婿在报社,是个小有名声的秀才。至于孙子辈的,虽比不得谢家玉树,也个个聪颖韶秀,并没有出现一个小流氓。人生的晚境若此,还有何求!

不知为什么,老人平常很少想到这些。他的脑子总让一套过了时的经济学占据住了。熊掌好像一把梳子,把他的处境梳理了一遍,使他忽然意识到,在人生的道路上,他从谷底正在上升,现在到了向阳的山坡上。山坡上绿油油的,长满了茂盛的植物,熊掌就是一朵红花。山坡上清风习习,使人神怡,熊掌就是随之而来的缥缈的音乐。这不单是卫表侄的关心,也是人生超越了一般衣食的一点向往。

他按着躺椅的扶手站起身,扶着拐杖走出前厅,"咿呀"一声推开小天井的门,搜索的目光慢慢落在黑黢黢的熊掌上。他觉得安慰而满意。"是了,一定得大家一起吃。"他心里想的大家是他的全家,其实最主要的是儿子和女儿。他的人和学问久被弃置,许多器官久不发动,这时却有了一个清醒的目标:大家一起吃熊掌。他又走回躺椅时,忽然担起心来。儿子大概是这几天从西部飞到东部,飞机不会有问题吧?四十年前自己在那边飞过,颠得几乎从座位上跳起来。若在一瞬间再立起生死界石,他是万万经受不起了。

"真是胡思乱想!"老人责怪自己。这简直是老伴的习惯,老伴怕坐飞机,不管真的假的;爱不必要地担心,无谓地生气,这些习惯看来正在向他身上转移。小的时候,他可是什么也不怕的呀!想来也好笑,每个顶天立地的男子汉,都有过上树下河的光荣史,都有过后来看起来是极微小,但却再也达不到的盼望。

老人眼前仍晃动着黑氅氅的熊掌。不知怎的,熊掌上冒出许多赭黄的小圆棒。对了,那就是他向往、盼望的东西,他儿时的时兴玩意儿,连响带歇的爆竹。它响两响,停一下,间隔准确,响声变化多端。当时的小伙伴几乎人手一炮,可是幼年失怙的秋泓,却不忍向母亲要这钱。卫表侄的母亲卫表嫂来做客时,正见他眼巴巴望着小朋友们放炮仗。她回去后,很快遣人送来两挂这种摩登炮仗,炮仗用红纸包着,是一个个赭黄色的小圆棒,顶端还有一圈小小泥金卍字儿。他两手捧着,手太小,一下没攥过来,两挂炮都掉在门前泥坑里,坑里的积水满满的——那时街上,这种水坑可多呢。

"砰!"哪里的声音?那爆竹当然不响了,他也没有哭一场。这熊掌可一定得大家一起吃啊。原来是关前门,紧接着响起女儿清脆的声音。女儿比逸芬还大两岁,但活泼娇小。就像小哥还是小哥一样,到现在大家还是叫她小妹。她在医院里不知是怎样正经,在家里总是叽叽喳喳不停。老伴在世时常说:"你可真像个小姑子!""本来就是嘛,逸芬,你说是不是?"逸芬便温婉地一笑。"我说你呀,你可真像个儿媳妇!"小妹伸手抢过逸芬手上的毛活或是抹布,"我来当一会儿儿媳妇!"她果然飞针走线,麻利快当,但一会儿就不耐烦,交回了事。反正人家原来说的就是"一会儿"。十年动乱中,她曾有一时期根本不说话,自己写了个条子"我是哑巴",随时出示——那时候,哑巴也不是容易当的。现在总算都活过来了。

小妹和逸芬说着什么,走进前厅来了。"爸爸,这几天怎么样?熊掌真难看。今天有十个孩子出麻疹。"她东一句西一句,一转身,两本杂志掉在地下。

"你,还是个儿科大夫,往五十数的人了,你可怎么好!"老人叹息。

"我不但是儿科大夫,还是儿科专家哪。——而且我早就知天命了。"她冷笑。马上又兴高采烈地说:"爸爸,等小哥回来,叫大林联系个地方,四川饭店可以做的,好像得提前几天送去,用石灰水泡着煺毛。"

熊掌是吃过两次了,很肥嫩,但一点不腻。这对熊掌一定得全家人齐了再吃。可是那炮仗没有响,那赭黄色的,有一圈金色小卍字儿的炮仗……

女儿不停地说着医院的事,清脆的声音噼噼啪啪响。最后说要走了,晚上还得看文献。她把几本外文杂志在爸爸眼前一晃:"我还要研究一下熊掌的营养,可惜——"她连说带笑,忽然停了。

秋泓知道她想说什么,她是在遗憾母亲不能和大家一起尝熊掌了。他心上满意的春潮落了下去,露出了死别的那块灰暗的界石,它永远在他心中,不会消失的。女儿就在身边,衣衫轻拂着他的手臂,他很想睁眼看她,却又不敢。她太像她母亲了,太像了。可是时间永不能倒流,因为那灰暗的界石插在那里……

"嗯——"他含糊地应着。女儿走了。

逸芬在屋里走动着收拾什么。老人知道,孙子们快回来了。儿子呢?他忽然有些抱歉,瞎担心!简直像在咒自己的儿子。若是真有什么事,也该有国际电话来了。不会有什么的,看逸芬的那种悠闲平静,能把任何祸事打发得远远的。

"小哥这几天有信吗?"老人忍不住问一句。"没有。还是上回您看过的那封。"逸芬温婉地一笑,"您不要惦记。明天问问他们设计院。还有四周,也就回来了。"

还有四周。那是一个月啊。等啊盼啊,等得盼得月季花长出二十多个花苞,叶子绿得深沉多了。

这时,儿子回来了,带回了欢喜和忙乱,安慰和热闹。半年不见,他又长高了!其实怎么可能呢。可真希望他还是小时候的模样,可以不时提抱。儿子和女儿不同,女儿不管成为什么专家,什么大名人,总是可以追随父母,尽管事事要听她的话。儿子到了十来岁,即使只是个平凡的儿子,也不能带着他,得处处尊敬他,因为他是儿子。

家里结束了半年的清静,电话一个个接着打来。"是楚老先生家吗?找楚总。"老人不只满意,而且高兴自己除了脑中那点旧经济学对社会起过了污染作用外,还能做别的事,不时踊跃地接电话,然后高兴地传呼。好像那些人找的就是自己,一点不觉得遭受冷落。

小哥接电话时说,收获很大,过两天要在院里汇报。老人却想:谁的收获能比得上我呢?儿子回来了!回来一起吃熊掌。逸芬也比不上的,因为她没有一起吃熊掌的向往。

又一次电话响了,是女儿打来的。和小哥说了几句旅途长短后,只听小哥在重复她的话:"你今晚不能回来?大林明天一早要出去采访?去多久?半个月?"儿子拿着话筒,女儿清亮的声音在话筒里变成混浊的一片。老人靠在躺椅上,心想:我的耳朵还不聋。

最后,儿子说:"那熊掌等大林回来吃。"又加上一句,"爸爸说的。"

约在大林走后的第十天,快到中午时,逸芬打电话来,说有事不能回来。黄昏时分来了上海长途电话,老人说儿子、媳妇都不在,自己报了姓名。于是听见接线员问那边说不说话。老人直觉地感到那边有些迟疑,后来还是说话了,原来是大林。

"我明天上午回来!"他直着嗓子喊,"我的事办完了。"

"好。小妹不在科里吗?"

"她大概有会——"那边很费劲地说,"爸爸身体好吧?我没有别的事。"

老人回到躺椅上坐下,刚要向后靠又猛然坐直了,觉得浑身发冷。是不是女儿出了什么事?他头发晕,胸口发堵。"呜——"老人大声哼起来。他想去给女儿打电话,可是无论怎样也站不起来。黑鋈鋈的熊掌在他眼前晃了一下。儿子等回来了,一定还要等女儿……

有人轻轻开门,那是儿子,他总是轻轻的。

"爸爸,你怎么了?不舒服么?"儿子显然很累了,这时吃了一惊,倒提起精神来。

"小妹,她怎样了?"老人心神不定地说。

儿子迟疑片刻,讷讷地说:"小妹很好。她没事。爸爸别担心。"他越说越费劲,"不过——不过她下电车时摔了一跤,让人挤的,腿有点伤。"

"她在哪儿?我去看她!"老人不知从哪儿来的力量,猛然站起来,手杖也不拿,便往外走。

小哥忙拦住了。"她住医院了。伤真的不重。还不信我么?"

老人又头晕,眼前金星乱迸。他好像看见那赭黄色的炮仗,一圈金卍字儿正在飞舞。那没有点燃过的,再也点不燃的心爱的炮仗——不管怎样,现在还有熊掌呢。小妹,小妹一定得回来吃这熊掌!

"熊掌——等小妹好了再吃——"他喘吁吁地坐回去。

"当然,爸爸放心吧。"儿子叹了一口气,"小妹一定回来吃熊掌。"

小妹的伤确实没有性命之忧,但也不轻。胯骨骨折,手术后上了石膏,住了约一个月医院。月季花开过了一次,深红的花朵给人一种丝绒的感觉。旁边一丛杏黄的,也有二十几个花苞了。

等小妹快好了,逸芬忽然要到天津开会。她难得出差,现在有这个机会,小哥很支持,老人也说好。老人说"好"的时候,想起前天的电视新闻,一共十几条全是开会,各种各样的会在各地开。"就没有别的新闻么?"他曾想。

逸芬要去两个星期,临走时特地对老人说:"熊掌别等我。他回来了,小妹好了,就行了。"说着,温婉地一笑。

"当然等你。"老人严厉地说。

过了一个星期,一个傍晚,小妹由大林陪着,回家来了。砰!她把前门一关,把拐杖放在走廊上,稳当地走进前厅。"爸爸,看我的腿!就和没摔过一样。"她张开两手,袅袅婷婷转了个圈,合适的深烟色西服裙没有遮掩住她轻轻的趔趄。"到底还是不一样。"老人说,"你可不是演员,自己还是个大夫!"

女儿笑着,倚在老人身旁。孙子们出出进进,一个说"西铁城,石英钟",另一个接道"领导世界钟表新潮流"。大家哈哈大笑。不知谁开了灯,淡绿灯罩下的灯光比平时好像亮了许多。这时有人送来急件,女儿抢着收了:"准是小哥的。"小哥一看,却是老人的。

信是一个领导机关来的,请楚秋泓先生前往庐山避暑,为期一个月,还可带家属一人。老人转脸看看女儿,这对她倒合适。小妹轻抚着老人的手臂,没有说话。再仔细看日期,三日后便要动身。虽然行期仓促,避暑也嫌太早,很明显这邀请原不在计划之内,但谁也不去想这些,高兴还来不及呢。

"十亿人口,有几个轮得上避暑?"大林像是对自己说,"又有几个吃得上熊掌?"

"对了,"小哥说,"那熊掌就赶快吃了吧。逸芬说了,不用等她。"

老人沉吟着:儿子、女儿是一定要等的;逸芬、大林么,可以考虑。不过,缺了逸芬总不好——不大好。

老人沉吟时,门无声地开了。逸芬悄悄走了进来。在明亮和热闹中,她显得那样窈窕轻盈,好像哪里飘来的一个影子。

"我的好嫂子!"小妹随着孩子们涌过去,随即按住左腿,"你回来得恰是时候!"

"下星期的会和我关系不大,还有参观海港什么的,我就回来了。"逸芬及时扶住了小妹,温婉地微笑,看了小哥一眼。

"这就好了。"满意的心情如同温暖的潮水罩住了衰弱的心脏,滋润着总是昏昏然的头脑。露珠般晶莹的微笑又挂在枯皱的脸上。"这边阳世间的该等的人都齐了——把熊掌拿出来看

189

看,大林等会儿带着,明天早些送到店里去。"老人的声音相当大,他觉得那连响带歇的炮仗会忽然响起来似的。

逸芬走过放在走廊的冰箱,想到该开冰箱了,要好好擦一擦。"咿呀",她推开小天井的门,去拿熊掌。孩子们当然跟了过去,有谁叫起来:"一层黄的,那是什么?"三个大人也走过去看。只见一丛丛黄色的很小的小虫在熊掌上爬来爬去。骨头上出现了一个个小洞,还有小虫从里面爬出来。皮毛倒还依旧。

老人也扶杖来到门前。"怎样了?"他问。

谁也没有说话。

"怎样了呢?"老人又问。大家让开了,老人看见熊掌还在逸芬手里拎着,凑近时,便看见那一层黄色的小虫正在慌乱地奔走,仿佛知道有什么大难临头。

那些金色小卍字儿又在眼前飞舞,掺杂着黑氄氄毛茸茸的一片。儿时的爆竹和老来的熊掌一起向远方飘去,飘远了,飘远了。他环顾围在身边的儿孙,心中却充满了无边的惆怅。惆怅也在向远方延伸,要把一切都笼罩起来。他摆了摆手,没有说话。

熊掌很快给埋在月季花下。那杏黄的一丛已有一两朵绽开了花苞,轻风拂起淡淡的香气,在空中缓缓地飘散了。

1981 年 6 月

(原载《文汇月刊》1981 年第 10 期)

心　祭

此情可待成追忆,
只是当时已惘然。

——李商隐《锦瑟》

黎倩兮从未想到,听见程抗去世的消息时,自己竟会这样镇静。

办公室里乱哄哄的,一行行桌子,密密地排着,只留出一条窄路,勉强容人侧行。只要有一个人说话,全屋的人都倾耳细听。再有两三个人搭话,便形成一次小会议。停止以后再有人说话,又形成一次小会议。各样的小道消息,各样的笑话在这大房间里传播。人们沉浸在一种兴奋、激动而又不安的气氛中,已经有一个多月了。

不知是谁走进门来,像传说各种消息一样,宣布了程抗去世。屋子里忽然出奇的静,随即爆发出一阵叹息。"揪出了'四人帮',他倒去世了。""刚批准他离开农场,大概太高兴了。"低语过去以后,人们又大声说笑,交换新闻,程抗的死当然也在谈论之列。

可是倩兮不再听见这些低语和谈笑。她双手捧着茶杯,遮住眼睛。她觉得意外,但并不比哪一个同事更多悲伤。她的心向远方飘去,飘啊飘啊,她是要寻找什么呢?往事毕竟是往事,太遥远了。如果生命的溪流能够总是静静地流淌,回忆可能会是这溪流上永远开放的花朵。如果到处是暗礁险滩,随时可以粉身碎骨,任何逝去的事物,哪怕是最值得怀念的,都会深深地隐藏,好减轻心灵的负荷。

那往事,太遥远了。究竟在哪里呢?倩兮心不在焉地回答了几个同事的招呼,等人都散尽了,才慢慢收拾好桌上的什物回家。出了楼门,一阵秋风,瑟瑟地吹过,把落叶吹得团团转。秋已深了。她不去乘公共汽车,却向胡同的另一方向走去。胡同里除了秋风,只有她和暮色,暮色很浓,像染在她身上,再也拂拭不去了。

她缓缓走着,向街的尽头,向黄昏,向往事,探寻着什么。然而周围的一切,连同她自己的心,都仿佛离她很远。她的思想还在飘啊飘啊,不知该停在哪里。

身后响起了自行车的声音。她忽然觉得是他来了。她的思想有了依附,她的心也回到腔子里。是的,就是这样开始的。他停在她身边,然后下车。他总是先双脚着地再下车,就像个子特别高的人那样。其实他不过中等身材,肩很宽,乍一看似乎有些矮。

"你是新来的黎倩——什么同志么?那最后一个字怎样念?读作'西',还是'呵'?"他问,眼睛在暮色里闪着光,他生就一双总是在笑的亮眼睛,和他的职位很不相称的亮眼睛。

"读作'西'。"倩兮答道,"——你是局长同志么?"

"我的名字叫程抗。"他说。

"我知道。下午听过你的报告。"

"有什么意见吗?"倩兮不知怎样回答,只看着他。那时倩兮毕业不过两年,刚从化工厂调到机关。她认为领导的一切都是正确的,只有学习领会。她也听说程局长与众不同,最喜欢人家提意见。不料刚来就遇见他了。他也看着她笑了:"有点儿为难?——生活习惯吗?"他转过话题,问了些最普通的话,就像任何一个领导问任何一个新同志一样。然后就骑上车走了。那一双亮眼睛,却在暮色里久久地亮着。它们简直像是属于一个淘气的大男孩。这不敬的思想使倩兮一直笑到宿舍。她本来是极善笑的,所以父母才给她取了这样一个名字。

很久没有笑了,很久了。后面的自行车响着铃驰过去了,没有停,甚至没有一点慢下来的意思。秋风仍在吹着,如同一声声叹息。

她走到胡同尽头了,就要转上一条街。暗淡的灯影下站着几个人。她不禁仔细地一个个看过,以致一个满脸横肉的人狠狠地瞪她一眼。没有他,当然了。往事永难再现,他也已成了一盒灰,掺杂在泥土中了。可是她已经找到记忆的线头。十年前,也是深秋,他们常在这里会面。本来他们已经很长时间不见面了。她听说他怎样被批斗,怎样挨打,她很难想象他变成什么模样,她觉得简直不忍看见他。她那时怕见人,总是不乘车,而走这条胡同。一个黄昏,也是在冷清的秋风中,他不知从哪个方向走来,忽然站在她面前了。他并没怎么变样。头发当然白了些,暮色里很显著,一双眼睛仍旧亮闪闪的,像个大男孩。

"你害怕么?"他和她并肩走着,问她。"不——"她的回答被秋风吹去了,拉得很长,随着秋风在飘荡。他们不说话,只默默地走着。一直到另一条胡同口上,他该转弯了。"我真盼着见你,"倩兮不由自主地说,"又怕见你,我以为我受不了见你。"
"可我盼着见你,情愿少活十年。"他的口气有些幽默。他站住了,亮眼睛垂了下来,停了一会儿,转进胡同去了。

这条胡同到了。能找到他么?那十年前的深秋,他们几乎每天都在这条路上走一段,只要是有他在身边就好了,哪怕一起走上断头台。他们只默默地走,很少说话。有时他忽然说:"望之不似人君!"她便说:"沐猴而冠。"然后两人相视一笑。那一段路,简直是荆棘丛中的一段水晶路,连心都感到明亮、熨帖和安慰。

倩兮站在程抗转进去的胡同口,定定地望了一阵。秋风从她背后吹过,直向胡同里灌进去。寂寞的灯影摇曳着,一家家门口黑洞洞的。她叹息了,转身走回家。

家里很冷。丈夫在工厂里,儿子在奶奶家。她坐下来,纷乱的回忆的线头又涌出来一段。

门开了,程抗走了进来。那时认识他已有一年了。那是他第一次到她住处来。她也正在坐着沉思。那些天她心绪很乱。看见关于工厂火灾的报表和工人烧伤的情况时,从心里到皮肤都在发痛,痛得觉得自己抽搐成一团。程抗进来时,她又是一阵疼痛,从头一直到脚,以致她没有站起来。

程抗看准这小屋中离她最远的一张小凳。坐下了。亮眼睛垂着,望着地面。

她知道有一天他会来的,她曾盼他来,又怕他来。她想起身给他倒点什么喝的,他摇摇手。"我们要离婚。"这是他到她房间来说的第一句话,"这事已经闹了好几年了。你已经知道。"

倩兮用手紧紧抓住椅子的扶手,椅子嘎嘎地响。她是知道,办公室刘大姐和她谈过,说程抗夫妇是老战友,老同志了。这些年一直要离婚,没人赞成,离不了的。"他近来怎么总是往你们科里跑呢?用不着!你该劝劝他。""我怎么劝他呢?"倩兮老实地问。刘大姐当时没有回答。

"这和你没关系。"程抗回答了,仍看着地面,"我知道找你谈话了。也找过我。"那是更高的领导,也是老战友,一切都安排得恰到好处。"只是这和你没关系。"

是么?一切和他有关的事,难道哪一件能和倩兮无关么?般般件件,都镂刻在心上了。要想遗忘,除非把心掏出来——

"我们在一起十年了。我们好像不属于同一国家民族,彼此总是听不懂话。最初想,在一起久了,习惯了,就会懂的。可是十年了,还是不行。遇见你以后,我才知道,原来——"他咽住了。抬起眼睛看定了倩兮,两人都微笑了。微笑和目光倾吐了思想,原来他们根本用不着说话。

那深渊在这儿了。两人探头向深渊里张望,那是幸福的深渊,还是痛苦的深渊呢?

"既然结了婚,就不必离婚。"倩兮说,"在这一点上,我支持印度教。"

"你是好人。"程抗淡淡地说,"别人这样打搅你,我很抱歉。这只能说是事出有因,查无实据罢。"他的亮眼睛变得严厉起来。倩兮用手遮住自己的眼睛。程抗的身影淡了,消失了。

电话响了。是丈夫打来的,说他今晚要在工厂值班。倩兮想告诉他那噩耗,却没有勇气说出来。

一会儿,电话又响了。她很希望又是丈夫打来的,也许他听出了她那沉重的语调。他总是及时支持她、安慰她的,可他太忙了。果然还是有人打错了,电话装上不久,经常有人打错。秋风在窗外没头没脑地撞击着窗户,是秋风摇响了铃声么?那铃声也很遥远。是错的,为什么是错的呢?

线头铺开来,变成一段铁路,他们乘坐林区小火车旅行。火车后面挂着一段废铁,撞着车厢,发出沉闷的声音。他们本是到邻近地区化工厂的。工作完毕后,程抗的老战友请他们几个人到林区参观。几个人?还有谁呢?倩兮都记不起了。她只记得她和抗两个人,还有当地陪同的同志。那时她调到局里不久,还没有遗失她的笑声,那时也没有意识到深渊的存在。生活中一切小小的缺陷都被笑声填满了,满得溢了出来,在森林里回响。

森林绿得不见天日,也没有尽头。地下是厚厚的树叶,走上去软绵绵的。空气中充满了芳香,林中好像有一种散发香味的树。有么?记不起了,也许就是新鲜空气本身的芳香罢。从化工厂出来的人,简直恨不得化作碎片来让更多的新鲜空气渗进自己的身体。他们走成一路纵队,在大树中穿来穿去。大家都高兴万分,好像回到了原始的自由中,一面自由地呼吸,一面随意不着边际地谈话。程抗忽然说:"我现在想做一件最煞风景的事——我想抽烟。"引路的小姑娘惊呼起来:"那可不行!"倩兮笑说:"假如我当了皇帝,我要把抽烟的人都杀掉!""假如我当了皇帝,我要把不抽烟的人都杀掉!"程抗回答。大家哈哈大笑了,笑声在森林里横冲直撞。

倩兮和小姑娘一路采着花,两手都满满的。他们住的地方再也找不到杯子喝水,全养花了。但倩兮从不碰蘑菇,程抗称她具有化工安全部门工作人员对毒物的天然防备性。她们采着花,往另一条路走去了。走着走着,背后的树好像合拢了,不见了来时的路。她们采的花拿不了,只好扔下,扔下了又采。树的空隙中忽然飘来了摇曳不定的纤细的声音,那是她自己的声音:"黎——倩——兮——"倩兮心中充满了喜悦,像那栉风沐雨,食肉寝皮,要爱就爱,要恨就恨的野蛮人的喜悦。她站定了,左看右看,她那血肉的心要现出原形了。"哦!——"她对着森林大喊。小姑娘吓了一跳,说:"你人细细的,声音倒大哩!"于是她更笑了,几乎是笑不可抑,就像她在儿时一样。小姑娘也笑了。树叶沙沙响着,也笑了。

"这个给你。"小姑娘给她一块桦树皮。树皮的一面宛如图画,有山有水,有树有云,另一面乳白颜色,很是光滑。"写字吧,人家都写的。"小姑娘显然对倩兮发生了好感,"谁也没有你会笑哩。"

倩兮虽然会笑,却不会写。她心中洋溢着喜悦,她想拥抱森林,想拥抱那偶然洒下一缕阳光的天,想拥抱那温软如茵的地。一切都是这样亲近,这样美好,好像和自己已经融在一起。她又欢喜地大声叫了:"哦!——"她猛省地停住了,随即在桦树皮上写下两个字。小姑娘凑过来看:"怎么讲呢?"倩兮把树皮塞在口袋里,拉着小姑娘:"走吧,还采花去!"

笑声又在森林里回荡,但是掺杂了淡淡的忧伤。鸟儿听了出来,它们宛转的啼叫也有一种凄凉的意味。

他们回到招待所,在食堂吃饭时,程抗向她走过来。"你们跑到哪里去了?这是收获吗?"他的目光落在她衣袋中的桦树皮上,从袋中也掏出一张,"我也有!"他兴致勃勃,好像孩子们比赛玩具一样。"我看你的!"两人不觉交换了树皮,立刻都变了脸色。原来两张树皮上都写着"深渊"两个字。

"此情可待成追忆,只是当时已惘然。"这诗句浮上倩兮心头。她仍坐在安乐椅上,用手抓住了扶手。

眼前出现了烛天的大火,火光照亮了小半个市区。那是一座页岩干馏原油炉发生了恶性爆炸。程抗领着一队人马奔赴现场。科长本来安排倩兮在局里值班,可倩兮不答应,硬挤上了车。远天红彤彤的,离厂还有好几里,就闻到黏糊糊的油味,感到热浪。程抗命令停车,又命令所有女同志下车,到附近另一个厂待命。她们无法违抗,简直哭笑不得。程抗的眼睛亮晶晶的,直看着火光,一点不垂下来。不多时,便陆续运来受伤的工人,轻伤的议论着:"那老程,不惜命!"到黎明时分,火势控制住了。倩兮才听见消防车的尖锐的哨音。伤员都安置好了,倩兮莫名其妙地又上了一辆车,到了现场。她觉得她不能不去,她若只在纸上看见灾情,那安全处的工作也太好做了。

她去了。在熊熊火光中看见瓦斯集合总管的大盖子崩落在远处,看见洗涤塔的塔顶不见了,也看见一群人在一个小棚旁边。她的心揪紧了,挤进去看时,竟是程抗躺在地上。他躺着,双目紧闭。倩兮虽然在火场边上,浑身却像浸在冷水里。不知是谁关切地对她说:"气浪摔了他,不要紧的。"

"幸好不是氯气缸瓶爆炸。"倩兮曾想,那样的毒性谁也经受不起的。

他睁开眼睛了,还是那样亮,看见了倩兮,闪了一下。

"柳明同志,在这里。走这里!"几个人陪着一个女同志来到他面前。那是倩兮第一次看见她。她很俊俏,也显得年轻。大家都知道她很能干,在另一个局里担任副局长。

厂医说他需要休息。人们陆续散去。倩兮好不容易移动了不听使唤的腿。这时程抗转动了一下。柳明问他:"怎么样了,老程?你情况怎样?需要什么?"声音是温暖的,充满了感情。她把抢救情况简要地说了一番,最后说:"我们就要获得全面胜利了,胜利证明我们的规划正确。"什么规划?救火的规划么?她用的词句差不多都是报纸上的,听起来真有点奇怪。程抗向她感谢地一笑。但他这时想要的不是这个。这时倩兮找来了一杯水递给柳明。她知道他无非想喝点水,想早点站起来,他不愿躺着,他从来不是躺着的人。柳明下意识地接过水,看了倩兮一眼,说:"哦,你就是那小黎!"

倩兮递过水便走开了。她向着火场跑去。火势已经小多了,人还是乱哄哄的。"我就是小黎。"倩兮觉得大火、人群都离得她很远,她的心浸在无边的寂寞里了。"你们是谁呢?"她忽然想到他们两人像是坐标图上横竖两根线,只在一点相遇,就在那一点上结了婚,以后便继续一个横向一个直向延伸开去,再也不会合拢了。"而我就是小黎。"小黎很快找到自己的岗位,和工人们一起检查未被波及的仪器设备,预先处理。紧接着是查明事故原因,大家都日以继夜,没有想到过休息,那时精神真足啊!她没有来得及再想想坐标问题。是的,一直没有来得及,一直到现在。

秋风吹着,远处有一个纤细的声音,仍是倩兮自己的声音:"黎——倩——兮——"声音越来越大,有些凄厉。倩兮从安乐椅上站起来,盯住了门。

门开了,程抗又走进来。还是往事罢了。那是他第二次也是最后一次到倩兮这里来。他开门见山地说:"我不想和柳明离婚。"他把"不想"两字说得很重,眼光也沉重地盯住倩兮,像在搜寻什么,随即垂下了眼睛,盯住了地面。

当时倩兮微笑道:"那最好。我从来不主张你们离婚。"但在心里有一种屈辱的、近乎敌意的心情。为什么来告诉我?难道我曾主张你们离婚么?这和我有什么关系!

"现在不能说没有关系了。我曾做过许多大胆的梦。我自己去忏悔罢。"他慢慢地说,随即用手抱住头。他们这样僵着过了许久。倩兮几乎想下逐客令了。他喃喃地,几乎是对自己说似的:"你不要把我们想得那么好,那么神圣。我们都不过是普通的人——"他告辞了,仍是喃喃地,几乎自己都听不清楚:"能再见你么——不知道——"

在一九五七年的政治风浪中,许多家庭破裂、覆灭了。但程抗那本来濒于破裂的家庭却因为程抗坚决不肯离婚而暂时保全下来了,这使大家很觉意外。他不肯离婚恰是因为柳明被划为右派。有些人笑他迂,有些人说他划不清界限,但倩兮觉得只有这样才是程抗之所以为程抗。只是她觉得柳明和右派的头衔很不相称,甚至可以说是不配。也许这是她总照着报纸说话的结果?人世间许多事真是莫名其妙。

又一次错电话,怎么又是错的呢?

他们似乎跨过那深渊了。这深渊,人生中有时是会有的,何必讳言呢!一般的情况,应该把小黎调开,但却是老程换了一个工业局。他们还是免不了相遇,他们的目光都直穿过去,一点不在对方身上停留。

可是一切又从那秋风瑟瑟的街头联结起来了,好像从未中断过。他问她:"害怕吗?"就像昨天还畅谈过一样。她那被秋风拉长的"不——"又把他们缠绕起来,他们在水晶路上行走时,不止一次碰见一个以角长刺尖著称的造反派。他们不约而同各向旁边走开,等再走在一起时,几乎同时编造出同样的对付"审讯"的词句:"我们背老三篇。"程抗的口气很认真,倩兮却觉得可笑,简直可笑得要命。她很久都忘记笑的滋味了,她非常希望能像在森林里一样,尽情地大笑一场。可她只能把笑和哭一起拼命咽下去。

奇怪的是,那位造反派没有揭发他们。这天路历程没有给他们带来一点麻烦。

秋越深,风越凉了。重点人物隔离的隔离,关押的关押,名目不同,总之是暂时消失了。倩兮每天都准备着再也见不到他,再见到他倒是个意外。等到他真的不在那水晶路上出现,她觉得脚下竟是崇岩绝壁,简直不知该怎样下脚。她好几天没有去穿胡同,她挤在人丛中,看着一张张冰冷的脸。她愿意挤在这里,哪怕是挨打呢,也比无边的寂寞好一些。

秋风仍敲打着窗户。秋,真的深了。

次日上午倩兮到别的部门核对材料,下午才去办公室。她刚坐下,摊开满桌的报表,就听见议论程抗的追悼会,原来上午已经开过了。她仍捧着茶杯,遮住眼睛。一个老同志议论道:"悼词太潦草了。一九五六年救火的事从来没有表彰过他。老程这人,是不大顾自己的。"一个年轻的说:"范围也太小了,只是什么长才能参加,可是省委的人也来得不多。"倩兮觉得,有这几句质朴的,不是故意说给人听的话,也就够了。人,已不在了,真能让人记住多久呢!

乱哄哄的办公室化作不那么乱哄哄的饭馆。饭馆很简陋。那是一九七二年,形势有变化。他从农场回来治病,她从干校回来探亲。他们便在这走廊里相遇。走廊很黑,但他那亮眼睛一下子就使得两人彼此发现他们已经连在一起了。他们随意而又有意地走,走到离机关最远的城角,走进这家饭馆。倩兮分明记得那去处,却努力不去想那地名,好像在躲避审讯。他们坐下来,默默地互相看了一眼,不觉都微笑了。

桌子上居然铺着台布,台布很脏。居然还有一盆天冬草,布满针形小叶的翠绿的枝条垂下来,有的枝条上开着白花,有的结着红果。

他买了一瓶酒,问道:"你是不是要把喝酒的人都杀掉?"

"我要把不喝酒的人都杀掉!"倩兮微笑地回答。

他们不懂,为什么有的人终年不见,却能有这样深的了解;有的人朝夕相处,却如同居住在两个星球。没有人会懂的,又何必研究呢?

"形势复杂到难以想象的地步。"他说,"人家说我现在不该活动,不然要惹事的。"他怎样活动了,她不知道。她只知道他不是躺着的人。她讲了些听来的化工厂的生产、安全情况,尽量讲得详细。他也问得详细,分明不是一无所知。讲到分手后的生活,却都很不具体。他的眼睛更加亮闪闪,那是酒的光彩。他说:"我劳动,可我不想做机器人。脑子只管检讨,就算对党、对人民负责了么?"

"我根本不想负责。"倩兮任性地想。她还在捧着茶杯。任何责任感都已当作污泥浊水冲洗掉了。不过,那不是一九七二年的想法,也不是现在的想法。他的亮眼睛严厉起来,微笑也凝住了。

"责任——责任,任何时候也要担当的——只是太复杂了。我宁愿去救火,然后就死在火里。"

"为什么提到死?"

"你知道我们还是在闹离婚么?一直在闹,这'闹'字多有趣。可像我这样的人,无权改变一点自身的现状,包括各个方面——这是我一生最大的蠢事。对不起她——也对不起你。"

这次倩兮没有反感,只有淡淡的怅惘。她仔细看着酒杯上的裂纹,说:"不必提我。我得到一个家所能给予的一切。"

"我听说了。徐是好人。若是一切正常,早该提总工了吧!如果我能得到自由,我来和你们住在一起。就像那电学家史坦墨兹一样。"

"和他实验室里的一个年轻工程师一家住在一起,像一家人一样么?我们欢迎你。你不能当爷爷,你可以当伯伯。我一直觉得你像个长兄。"倩兮热心地说。

"长兄?是的。"他的亮眼睛垂下来,深深叹了一口气。

酒很辣。秋日的黄昏也在忧伤中掺杂了辣味。不要再斟了。那辣味至今还在涌出来,涌出来——

"黎倩兮。"有个同事叫她,指指门外。她回头看见一张惨白的脸,走出去才看清是柳明。她老多了,一点看不出当年的俊俏。脸有些浮肿,臂上戴着黑纱。

倩兮看着黑纱,实实在在地知道再也看不见他了。

"我开了你的名字。"柳明解释地说,"可他们没有通知你。"参加追悼会要看级别、地位、声望等等,这点倩兮很清楚。她双手握住柳明的手:"谢谢。"但她并不想参加。参加个什么会,就能倾吐心头的哀悼了么?

她们两人对望着。"过去了,都过去了。"柳明低声说。

"是的。过去的都过去了。"倩兮从心底泛起了同情。柳明毕竟连那躯壳也失去了,只剩下一块黑纱。她怎样走今后的坎坷道路呢,那躯壳多少是在搀扶着她的。倩兮望着她那惨白的脸,几乎想变做一粒小石子,来填充沟壑,减少柳明的颠簸。但她只努力说出几个字:"你多保重。"

"我要化悲痛为力量。"柳明说。这是哪里来的话?报纸上,还是悼词里?倩兮忽然觉得心里十分的空,空到任何悲哀痛苦都填不满了。

她们谁也说不出什么了。倩兮把柳明送上车,车子是老战友提供的。

倩兮下了班,又一个人在胡同里走。这些错综复杂的胡同,听说是要拆除了。秋风还是在深深地叹息,把落叶吹得团团转。

一辆自行车从后面驶来,在倩兮身边停住了。倩兮抬起头,看见丈夫总是疲倦,又总是温存的脸。

倩兮忽然恐惧起来。她真怕再失去眼前的他——自己的丈夫,自己儿子的父亲。他支持着她生活的平衡,他是她本身的一部分。他们的家,已经失去一位冒名的兄长,她再受不了一点欠缺了。

"我在这里。"丈夫的关切的目光说。

她那沉痛的心开始往上升。她把手放在坐垫上,随着他慢慢转进另一条胡同。秋风在他们身后吹着,遥远了,遥远了——

1980 年 6 月

(原载《新港》1980 年第 11 期)

蜗　居

大野迷茫,浓黑如墨。我在黑夜的原野上行走,再也找不到自己的家。

是谁遗弃了我么？是我背叛了什么人么？我不知道。我走着走着,四周只有无边的黑暗。我是这般孤独和凄冷。我记不起是否曾有过一个家,一个可以自由自在、说话无须谨慎小心的家。在记忆中,我似乎从来便是在这黑夜中寻找,寻找我那不知是否存在过的家。

我注视着黑夜,黑夜在流动。夜幕忽浓忽淡,忽然如一堵墨墙,忽然又薄如布幔。我想掀开布幔看清前面的路,可是我什么也摸不着,眼前还是迷迷茫茫,混沌一片。我踉跄地在黑夜里行走。我的家,如果过去不曾存在的话,是否在前面的路上,会有一个小窝,容我栖息,给我温暖呢？

走着走着,我真的碰上一堵墙。石壁凸凹不平,缠绕着层层绳索。我摸了一阵,才知道那是千头万绪的藤蔓。但是空气中没有一点属于植物的清新气息,想来已只剩了枯黄的一层。这是山的峭壁,还是房屋的墙壁？我该往哪里走呢？我踌躇,顺着石墙走去,一面在凸凹不平的石块和纠结的枝条中摸索找寻。

忽然间,墙上开了一扇不大的门。随着门的开启,飘出一阵浓雾,立即呛得我咳个不停。我仍踌躇着,走进去了。

这是一间很大的厅堂,进去后便看不见墙壁,只在浓重的烟雾中透露出微弱的光,隐约照见地上一排排的人,半坐半跪,正在摇头晃脑地念着什么。隔几排人点着一排大香烛,香烟袅袅,便是浓雾的来源了。他们是和尚?道士?还是天主教基督教的什么会士?我不知道。渐渐地,在黯淡中看清了他们的表情,使我一惊。他们每人都像戴了一个假面具,除了翕张的嘴唇,别处的肌肉不会动一动,我进去了,也如同我不存在,没有一个人抬动一下眼皮。

在迷漫的香雾中有着不和谐,仿佛正在刺透那灰蒙蒙的空气。我定了定神。是那清醒的、冷淡的目光。只不知在哪里。

不知因为什么,一个人猛然纵身跳起,又使我吃一惊。他跳起后便在大厅里奔跑,从左到右,又从右到左,来回不停。他的举止僵硬,像是一个提线木偶。他跑了一阵,又有一个人站起来随着跑。他们的动作怎么这样笨拙?我注意地看,原来每人身后都背着一个圆形的壳,像是蜗牛的壳一样。再看坐着念诵的人,有的也有蜗壳,有的没有,看上去光秃秃的。渐渐地,跑的人越来越多,却没有人碰撞到我。

忽然,响起了沉重的脚步声。奔跑的人群先愣住了,经过几秒钟死一样的寂静,又猛省地四散奔逃。有人的壳上伸出两个触角,不断抽动,像是在试探平安。不一时,人散开了。厅中空地上站着一个方方的壮汉,使人想起机器人。他大声宣布:"奉上级指示,清查血统。检举有功,隐瞒有罪!"随着洪钟般的话声,他旁边又冒出几个壮汉,每个人都在自己身上扭动一个开关,一个个抬起手臂,手臂变成探照灯一样,向人群中照射过去。

人群在继续奔逃,他们除了像木偶,还有点像影子,奔走时并没有声音,这倒使我害怕起来。带蜗壳的人找到一个他认为安全的香烛,便躲在烛后,缩进壳中,没有壳的人动作灵活些,有的逃得不见踪影;有的一面走一面向自己身上吐唾沫,大概想造起一个硬壳。探照灯在人群中扫来扫去,追赶着人群。

在一片惊恐、混乱中,还是有着清醒的,现在是痛苦的目光。只不知在哪里。

一个壮汉猛然大喝一声,盯住一个正在往大厅深处跑去的人,随即用手拉着一根看不见的绳索,那人在地上滑了过来。到得"探照灯"前,灯光照得他身体透亮,我看见他的皮肤下面流着鲜红的血,和任何人一样的鲜红的血。莫非这血液便是他的罪状?再一瞬间,这人缩成指甲大小,壮汉把他拾起扔在脚旁一个类似字纸篓的筐里。紧接着又是一声大喝,一个蜗壳滑了过来,在灯光下先伸出两个触角,但这里哪有他试探的份儿,再一转眼,他也缩小了,如同一个普通的蜗牛,给扔进了字纸筐。

一会儿筐快满了,壮汉们似有收兵之意。忽然一个人直向厅中心跑来,大声叫着"告!告!"他指着一个雕刻着花纹的大蜡烛,蜡烛后面躺着一个大蜗壳,滚烫的蜡烛油滴进壳中,壳的主人也不敢动一动。但他还是跑不了,探照灯照上了他,他也给吸进了字纸筐。

我注意到这便是最先起身响应奔跑的那位。奔跑当然不是他的发明。他又"告"了好几个有壳和无壳的人。每次跑到亮光前,光照透了他的身体,可以清楚地看见他的心脏和头脑都紧紧地绑着绳索,他的脸在假面具后露出虔诚的表情。那是十分真实的虔诚,我想。

筐满了,小东西们在筐里挣扎着,探照灯减弱了。清醒而痛苦的目光显露出绝望的悲哀,仍不知在哪里。那位告发者退到人群中。忽然一声响亮,他平地飞升了。我挤向前,想看个究竟。他越飞越高了。大家都抬着头,张着嘴看他。我下意识地一把拉住他的脚。我也飞升了。不知他是不觉得我的分量,还是觉得不敢声张。转瞬间我们便来到另一座高处的厅堂,这里灯火辉煌,绝无烟雾干扰,大概是天堂了。下界的香火,显然是达不到这里的。

这里的人不再半坐半跪地诵经了。他们大都深深埋在一个个座位里,有的是沙发,有的是皮转椅,也有镶嵌了大理石的硬木太师椅。他们无一例外地各有一个壳,但这壳不是背在背上,而是放在自己的座位旁边。有的正在壳上涂画图案、花纹。那位告发者观察了半天,看准一张摆在凸花地毯上的墨绿色丝绒大沙发,便冲过去坐下了。他那如释重负的摊开的四肢,说明他再也不想起来。"你起来!我早看上这位子了。"忽然一声断喝,凸花地毯上冒出一个古色古香的小老头,宽袍大袖,举着牙笏,说的可是现代语言。经这一喝,我才发觉这厅里是一片喧闹。几乎每个座位周围都冒出了人,有的争吵,有的撕扯,有的慷慨陈词,有的摩拳擦掌,真是人声鼎沸。在这混乱上面,却飘着一派美妙的音乐。音乐这样甜,这样腻,简直使人发晕。渐渐可以从甜腻里分辨出,这是赞美,是崇拜,是效忠的信誓旦旦。原来下面厅里念的是圣经,这里唱的只是所罗门之歌了。所罗门之歌直向上空飘去。我才想起,天,是分为九重的。

这绝不是我所寻找的家。嘈杂、混乱齐向我袭来,像要把我挤扁、窒息,我必须离开。我穿过身着各个朝代服装的人群,碰撞了好几个人,他们却看不见我。这里和下面一样,以为只要看不见,就能否认真实的存在。

我又在黑暗里行走了,眼前迷迷茫茫,混沌一片。我多么渴望能有一盏灯火,哪怕是在最遥远的地方有一丝光亮,四周是太黑暗了,黑得发硬,也在把我挤扁、窒息。我走啊走啊,一脚高一脚低,转来转去,又碰上凸凹不平的石壁,层层缠绕的绳索。我又走进了那座厅堂。

时间不知已过去了多久,这里不知是在进行第几次清查。方方的壮汉还是在用那不可思议的力量进行搜捕。人们为什么这样驯服?可能是变作指甲般的小东西,也还是可以活下去吧。

这时一个大蜗牛给吸到厅中。强烈的电光照透了蜗壳,一个人蜷伏在壳里,恐惧地用手捂住眼睛。"都背着这玩意儿干什么?"几只脚踩下来,蜗壳碎裂了,几只手撕下长在肉身上的蜗壳。

"且慢!"人群中冲出一个年轻人,他站在受伤的蜗壳旁。"每一个人,都应该像人一样,活在人的世界!"他仰面大声说。他身材单薄,脸庞秀气,那清醒而又痛苦的目光,在这里了!目光穿透了灰蒙蒙的香雾,现在正穿透那灼人的白光。他居然敢脱下面具!眼泪从他秀气的脸上流下来,在脚下立即冻成了冰。

"不要命了?何苦呢?"人群中窃窃私语。

"总有一天,真理无须用头颅来换取!"青年面对灼人的白光,弯身去扶那受伤者。

"还不与我拿下!"空中轰然响起了洪钟般的声音。这声音很远,却响彻了厅堂,一直冲向黑夜的荒野。紧接着咔嚓嚓轰隆隆一阵巨响,莫非是掌心雷?只见青年猛然矮了一截,他正向地底下沉去。周围没有人动一动,宛如一大块冰。我见他沉落得只剩了头,忍不住扑过去抓住他的头发。这一来,我也随着他向下沉落了。

地面在我们头上合拢,人丛中忽然传出隐约的哭声。总还是有人惊惶,有人哀悼罢。青年的秀气的脸上,露出一丝微笑:"我死,也甘心的。"他对着我,自言自语。

我们落入了阿鼻地狱。地狱的惨状如果形诸笔墨,未免不合美学标准,所以略过。遇见的几个人物,他们的魂魄充塞于天地间,故此不得不提。

我们最先看见的是东汉时期的范滂。他仍处在"三木囊头,暴于阶下"的位置。他的手、脚和头颈都套着沉重的木枷,木枷上生着碧绿的苔藓。壁虎、蜥蜴在他头上爬来爬去,好像他已是一具死尸。这里照说没有光,但这里根本不需要光。他一下子就看见了我们。他大睁着两眼,透过苔藓和乱草般的须眉,目光炯炯地打量着那青年。他说话了,一只壁虎从他嘴边跳开去。

"如果我叫你们行恶,恶是做不得的。如果我叫你们行善,可我并未作恶啊。"他说。

我不知这是什么意思。青年凄然一笑,答道:"在黑暗中行走的人,往往需要用头颅做灯火,只为了照亮别人的路。"

范滂炯炯的目光中露出了理解、同情和欣慰。这时忽听砰的一声,一个大瓦钵扣在他头上,几只蜥蜴从木枷上震落下来。他的目光透过瓦钵的裂缝,仍在炯炯地随着我们。

我们再往前走。走着走着,先觉得四周出现了异乎寻常的亮,然后看见远处的火光,火光越来越亮,熊熊的火舌向上伸卷,在火焰中,柴堆上,站着一个须发皆白的老人。那是布鲁诺!那一年他是五十二岁。原来我们来到了十六世纪的罗马鲜花广场。布鲁诺的衣服着火了!头发也着火了!他整个成了火人!他看见我们了。他的目光是衰弱的,我却觉得它比火焰还明亮,还炽热。他对青年用力地说:

"你来了！你愿用头颅照亮世界么？"他的声音也很微弱，却也在刹那间传遍了广场。广场上观看火刑的黑压压的人群波动起来。"你愿用头颅照亮世界么？"微弱的声音在回响。我战栗了，向后缩，缩在人群中。人们挤来挤去，几乎每人都提着一个蜗壳样的东西，互相碰撞。

像受到什么力的冲击，人们自觉或不自觉地站开，让出一条路。我所追随的秀气的青年挺直了单薄的身躯，向火堆走去。

"我愿意！"他昂头答道。火光照在他那英俊的头上。这颗头颅不久便不属于他了。会属于谁呢？我不知道。"我愿意！"他的声音并不洪亮，但却穿透了广场上每一个有心人的心。

衰弱的已成为火人的布鲁诺转动着头，从容地把广场看了一遍。广场上静极了，只有火在燃烧的声音。他想张开两臂，拥抱这说"我愿意"的年轻人，拥抱这处他以极刑的世界。但他是绑着的。他长笑道："那么永别了，环绕太阳转的地球！"他垂下了头。

火光陡地熄灭了，人群也不见了踪影。"这是应该住在天堂的人啊，他怎么在地下？"我不由得问出声来。青年不答，只管赶路。他是在走向自己的刑场。

脚扎破了，血流出来。我们行走在铺满荆棘的路上。走着走着，前面来了一队人马，荷枪实弹，拥着一位中年人。他穿着朴素的灰布长衫，踏在荆棘上，沉着地走向生命的尽头。

"我愿意。"他和青年交换了目光，也交换了思想。我们默默地站在一旁，眼看他走上一块凌空的木板，站得笔直。他的头上，是打好了结的绳索。

他的左右，忽然出现了一副对联："铁肩担道义，妙手著文章。"我拼命睁大眼睛，想看清楚些。我不相信，连他，也给打入地狱了么？他不得不永远重复那断气时一刹那的痛苦。他为了什么？这一切，又是为了什么呢？

"总有一天，真理无须用头颅来换取。"青年对着我，自言自语。

他随即沉着地大步向前走了，走向他自己的刑场，毕竟进入了二十世纪七十年代，人类文明多了，一颗精致的小小铅丸便能夺去人的生命，这个人的罪状只不过是说了几句自己要说的话，只不过他不愿意戴上面具，变成木偶！"我愿意！"他对我说。这一次他是看见我了！看见有这样一个苦苦追随的人，他多少有几分安慰罢。他那秀气的脸痉挛起来，他倒下了！他的头碰在水门汀地上，发出闷雷一样的声响。

"还有一个吧？"持枪的人搜索着。

我落荒而逃，跌跌撞撞，哪管脚下的荆棘乱石，眼前的深沟断涧。我一跤一跤地摔倒，再爬起来奔逃。我这平凡的头颅能作为一盏灯么？我不相信。逃啊，逃啊，我以冲锋的精神逃命。

原来地狱也是可以逃出的，只要退却便行。我又落在无边的黑暗中了。黑夜还是在流动，有浓有淡，迷迷茫茫，混沌一片。但这时挤压我的不是黑夜本身，而是我心中的空虚和寂寞。

远处忽然有一点亮光！在无边的黑夜里，感到无边的空虚和寂寞的人，才知道一点亮光的宝贵。我又以冲锋的精神向亮光跑去。亮光越来越近，显出一行摇动的灯火的队伍。我喊叫着定睛看这队伍，惊得目瞪口呆。

那是一队无头的人，各把自己的头举得高高，每个头颅发出强弱不等的光，照亮黑夜的原野。我们从古时便在那里走。他们的队伍越来越长，他们手中的灯火也越来越亮。

我又逃走了。从那伟大的行列，从那悲壮的景象边逃走了。

我在荆棘丛中、乱石堆里奔跑,跑着跑着,一间圆圆的小屋挡住我的去路。我毫不思索地推门进去了。

对了,这便是我的家!可又不像是我的家。我可以缩在里面,躲避风雨。如果没有压碎圆壳的力量,我是平安的。可这里这样窄小,我只能蜷缩着,学习进入半冬眠状态,若想活动身躯,空间和氧气都不够。我蜷缩着,蓦地想起背着蜗壳的上界与下界的人。蜗壳本身,改变不了别人安排的命运。

那灯火的队伍越来越近。我从门缝中望见了那耀眼的光华。他们走过去了。一个声音问道:"你愿意用头颅照亮世界么?"紧接着是此起彼落参差不齐的回答:

"我愿意!我愿意——"声音渐渐远去了。

在远处又传来悲壮的声音,这是换了一个人在呼喊了。"你愿意用头颅照亮世界么?"

我想追出去,但我能高举着自己的头颅行走么?我这平凡的头颅能发出够亮的光么?我还是迟疑,蜷缩在蜗居里。

灯火只剩了一点亮光,快要看不见了。我怎舍得这一点光亮呢?我真希望看见不在割下的头颅里点燃的灯火,而是每个活着的头颅自由自在地散发着智慧的光辉。

"总有一天,真理无须头颅来换取。"秀气的青年对着我自言自语。我猛省地想跳起身,追出去,若是我的头颅不能发光,就让我的身躯为他们减少一点路面的坎坷,阻挡一些荆棘的刺扎也是好的。

但我竟动不了身。圆壳中的黏液粘住了我。我跺脚,我挥着手臂,我拼命地挣,挣得精疲力尽,瘫软在地上。我从门缝中看见黑夜的地平线上那一队摇曳的灯火,还依稀听见远处飘摇的声音:"我愿意!我愿意——"

我终于没有力气。我躺着,觉得自己在萎缩,在干瘪。有什么东西在嚼那圆壳,我在慢慢地消失——

　　我到了尽头。而那灯火的队伍是无尽的。

　　这一切都在黑夜里发生过了。既然天已黎明,又何必忌讳讲点儿古话呢!

1980 年 7 月

(原载《钟山》1981 年第 1 期)

泥沼中的头颅

这是绿色的充满生机的世界。山谷丘陵中长满各种植物。高的矮的大的小的进化的原始的,形成浩瀚的绿色的海。在万绿丛中,有着不同大小的泥沼。虽然最大的浑黄一片,也不过是绿色中的一点而已。但以井蛙之见看来,是大得无边了。这泥沼远望如同有着皱纹的干裂的土地,裂缝中长出稀疏的苔藓植物,好像秃头上的几根毛发。近看时,就会发现那皱纹在缓缓移动。移着移着,一点点绿色就消失在泥浆中了。然后泥黄的波纹又从远处移来,顶着几笔沾满泥浆的绿,越过艰险,到泥沼中心的旋涡地带。

旋涡地带的泥浆打着转儿沉下去,似乎下面有个大漏斗。邻近却有一圈泥眼,咕嘟嘟向上冒泡儿,泥浆又不断地翻上来。这样经历了千万春秋。

不知从什么时候起,这泥沼翻滚起来,缓慢的泥波变得汹涌,迅速地起伏。有一天,远处有一簇极鲜亮的绿叶,经历了日日夜夜泥波的推拥,在正午的阳光下,旋进旋涡里了,慢慢向下沉。眼看就要被淹没,忽然有件物事从旋涡里猛地顶出来,把那一点绿顶得高高的,把泥浆像拉牛皮糖一样拉了丈把高。

这件物事落在旋涡外的泥面上,自己旋转着,慢慢停住了。

泥浆从它的圆顶上艰难地流下来，慢慢显出它的轮廓。这是一个人的头颅，一个人的活生生的头颅。

他大张了嘴，用力吸着泥沼上的热气，牙齿还是雪白的。黄泥糊住的眼睛露出一点缝，一线瞳仁在转动，一直看到泥沼尽头近天处。

"我看见天了！"他大声叫起来，"我又看见天了！"

泥沼在翻滚。在头颅这一声喊里，好几处泥浆向上拔起，如同石笋石峰，然后又落下去继续沸腾地活动。据说声音是可以变为力量的。而各种变化过程的痛苦，也只有亲身经历，而且磨光了一切的人才能知道。

泥波努力翻滚着，想要流向旋涡，却有一种看不出的力量把波浪顶住，向着极远处的绿色。头颅努力把眼睛睁大一些，看见从自己头顶垂下来的这一簇绿。这种小小的低级植物，也许还说不上是叶子，在覆灭之前努力地绿着，从泥浆涂抹下露出一点鲜亮。

"哦！哦！"头颅舒了一口气，"你好！到底有了浑黄以外的颜色了。你好！你可知道泥沼中的生活么？"

头颅不记得自己是怎样落入泥沼的，也许他从来就生长在泥沼中。他确切记得自己原是有个身躯的，是一个完全的人。他不喜欢这浑浊的泥浆。泥浆使人迷迷糊糊，透不过气，对任何事物都看不清楚，总是处于茫然状态。

记得有一次，他带着尚是完好的身躯参加一个学术讨论会，泥沼中学术讨论会是极多的。各种论文上涂满泥浆，难免越讨论越糊涂。他本是博学之士，除本人是土国人外，通金木水火四国外文。但他听了半天，听不懂会上诸君说的什么。最后他估计这是某一大洲的稀里哗啦语，不免去问旁边捧着最厚的一摞纸、满面得色的博士。回答是:"我们在讨论土国文化,说的是土国话呀!"头颅一听,大吃一惊,觉得一阵心痛,他可没有心脏病。就在这一惊一痛里,他感到远处有一个什么物事,也许是一把钥匙罢,能够改变这种泥糊状态,使人清醒。那钥匙,当然也在泥泞之中。

他迈开步子,向既定目标移动。从泥浆中挤过去,不止一次碰撞了人和物。那些人和物一动不动,如同电影里的定格。他询问、请求,最后热血沸腾,难免手舞足蹈,奋力划动泥浆,而定住了的人和物仍是一动不动。

"你们怎么不说话?"他大声叫。

"我们的文化从来就是静止的呀。岂不闻万物静观皆自得!"不远处传来微弱的声音。

"你静观泥浆而自得!"头颅愤懑地继续大叫,继续奋力划动。

"你去找那位下大人吧。"仍是那微弱的声音,为了这声音,头颅一辈子都怀着感激的心情。

他往泥浆稠厚处移去,这里不是定格的局面,有些人在活动,如同电影里的慢镜头。不久就看见一个人端坐在一个台上,手臂向四面八方伸去。他明白那人是在同时接好几个电话。说的话都差不多:"你问找谁能说清这事?老实说,这事谁也说不清。"

头颅说明来意。下大人拼命想睁大眼睛。但是头顶上不断流下泥浆,把刚睁大一点的眼睛又糊上。他只好还是眯缝着眼,慢吞吞地说:"从来没听说过此等事。你这思想有点歪门邪道吧?"他努力仔细上下打量,想看出点异端的标志,"你留下,写个材料吧。"

头颅在这里站了五分钟,觉得有点不妙,等他明白应该走开时,他已经处在有尖刺的栅栏中了,好在这些都是泥制,他挤着拱着好容易逃了出来。他要找中大人或上大人去,时下的名词叫上访。他移动脚步,忽然发现脚没有了。"我的脚呢?"他吃惊地叫。周围泥浆骚动起来,有些人形在逃散,传来一阵窃窃私语声:"他没有脚!""别是什么传染病吧!"也有人凑过来,低声问带血的泥浆是否能卖大价钱。有一位还兴冲冲舀了一大勺,赶快划动手脚"跑"了。有着没有脚的身躯的头颅并非白痴,马上知道他该隐藏没有脚的事实,不能再大嚷大叫。

他去找中大人。泥浆里留下一道血痕,他一面走一面用手搅散。中大人照例胖一些,说话和气一些,泥浆涂得厚一些。仕途上到了这一级,才算是真的做了官了。好像士林中人非得到副教授头衔誓不罢休一样,那是人生中的一条线。当然仕途与士林中这一条线上的待遇是很不一样的。

中大人根本没有想睁开眼睛,只从鼻孔里哼了一声,喷出二两泥浆来,一副见多识广的模样。"这是老问题了。我们见得多了。请回原单位。"他拿过一张印好的通知,上写着:"发回原单位处理。"他说话时整个人一跳一跳的,头颅好生奇怪。原来他脚下装着弹簧,用力便反弹上去,他希望弹得高一点,便用力大声嘶嚷,但是只有重复的内容:发回原单位处理或等上面批件。

头颅没有多申辩。他的腿也已经化掉了,他得赶快。他居然艰难地迂回曲折地划到了上大人面前。这头颅能做到这一点,确是有些过人之处。这时上大人正在努力运动,往东走一段又往西走一段,往南走一段又往北走一段。结果是在原地踏步。头颅静静地等了一阵,看见身旁的泥浆逐渐殷红,不远处幢幢人影有的逃开去,有的凑上来,他等不得了。

"我要到远处取一把钥匙,请给一个批件。"他挤到上大人身边,挡住去路,大声说。

上大人勉强停住脚步,喘吁吁地怜悯地看着他:"难道你不知道这是锁匠的事儿?"他很耐心,而且意识到自己的耐心和宽厚。

"这是人类社会的事。"头颅执拗地说。

"那也是我们关心的。"上大人真诚地说。

头颅的眼泪掉下来了,把泥浆冲出两道沟。他看清上大人罩满泥浆的脸上露出一线眼睛,目光中充满了苦恼和疲惫,厚厚的嘴唇一张一合:"老实说,我的批件也没用。这么多公司,谁听我的?你看看有些董事长、经理的来头!你还是找个关系去认识一位锁匠吧。"

头颅疑心自己的耳朵也化掉了,好在还有手,揉一揉,耳朵还是以招风的形式存在。

是否应该找个关系去认识一位锁匠?头颅不知道。能立刻决定的是立刻离开这里。腿脚都没有了,移动格外艰难。他摆动两手,在泥泞中挤着,挤着,他的身躯逐渐减少。奇怪的是从最初听学术讨论会时觉得一阵心疼以后,他的身子化去一半,却并无剧烈的疼痛。也许泥浆本身有一种安抚镇定的作用。他只管挤着,饶有兴味地看着自己身边的血痕。他看着血痕渐渐加深,又渐渐消失。他只剩了一个头颅,这时称他作头颅则是百分之百的名正言顺了。

头颅在泥泞中旋转着前进。他觉得那钥匙就在不远的地方。转一周总是近一些。逃开去的和凑上前来的人形渐渐变作以好奇的眼光注视着的旁观者了。这么一个不停地旋转的非凡的头颅!"也许是什么刑事犯剩下的?""也许里面装着格外发达的脑细胞?"新的窃窃私议渗透在泥浆中。

"这是一位伟大的思想家!"不知从哪里飘落了这样一句话,声音清晰而有分量,说话的人显然属于异国公民。

头颅忽然给一种莫名其妙的力量抬起来了。抬的方向不一,几次拉扯弄得他晕头转向。他想申辩:"我不是什么家,也不是什么长,只是一个人。要加形容词的话,就是一个不完全的人。"他悲哀地想。人们不听他申辩,事实上他也没有说出声来。经过好一阵折腾,他被放在一个有着无数皱褶的泥托盘上,由四个年轻人托定。旁边还站立三十二名一律糊满泥浆的人,以备换班。他们不时嗡嗡地说几句话。

"我们需要思想。"一个泥人说。

"我们需要文化。"另一个说。

头颅仔细向两旁看,发现有几位竟长着两个或三个头,像一簇簇特大黄樱桃。几张嘴同时大声问:"请问我该砍掉哪个头?"

还有几位正没精打采地聊天,聊的内容是糊涂一片。他们有一个共同的特点,一说话头就从腔子里伸长出来,一伸一缩,伸长时可以看见他们的躯干是空的,泥浆从头上灌进,从脚下流出,人随着泥浆流动一沉一浮。

"你们怎么搞的?"高踞盘上的头颅可以用这种态度说话。

"我们没有办法。我们连五脏六腑都没有长全,请参观空壳。"有几个声音说。

其实也不是空壳,里面塞满了泥浆。

"那钥匙呢?"头颅说,没人理他。他忽然觉得很累很累,想休息一下。

又不知过了多久,他的下巴下面,该生颈项的地方生出一些触角,好像小尾巴。

许多小虫顺着触角往上爬。"我们爬到你的头顶上,就也是思想家了。"它们仰着头大叫。小小的头很像甲虫,又像戴着面具。向上爬一段就变得更像人。有的爬得很快,变化的速度惊人。有的爬着爬着掉了下来,搅在泥浆里不见了。

头颅觉得自己正在腐烂。他必须从腐烂里挣扎出来。他大张了嘴,一面吐着涌进来的泥浆,一面大声喊叫:"我还要去找钥匙,好冲洗泥浆,你们不觉得不舒服么?"

"觉得的。"一个站班正要换班的泥人说,他的声音嘤嘤然如蚊子。他已经摸索了好久了。距离虽然短,因为泥浆中许多莫名其妙的干扰,准确地走到目的地是很不容易的。

"觉得的。"远处又有一个嘤嘤然的声音,居然透过泥浆传过来了。

头颅有些飘飘然,想要发表一通演说了。这时他看见不远处有一个模糊的人形。这人形飘忽不定,忽而附在各个不同的人身上,忽而凝聚为一个人,他全身只有一处极为清楚,就是那炯炯目光,不知有多少伏特电力,盯准谁,那泥胎上便有一处痕记。在这目光逼视下,四个擎盘的人忽然一齐扑地倒了。头颅从盘中跌出,一直向泥沼最深处落下去。

哈!四周涌来一阵笑声,这是看见人跌落时最时兴的伴奏。

在绿丛中的泥沼仍是浑黄一片。泥波翻滚着,向着旋涡移动。

头颅从泥沼深处向上挤。头顶上的压力真像一座山,压得它要裂开。而下面也有一股泥流的力量把它往上顶。他挤呀挤呀,满头大汗不由自主地来到旋涡中心。巨大的旋涡像是旋转的固体转盘,当中是一个大漏斗。泥浆从这里漏进去,把一切东西都磨碎,再从旁边的一圈洞眼里翻出来。

"打开漏斗的底!让泥浆流光!让真正的天空、清水、空气都进来!"头颅要举起双手大喊。但他已经没有手了。他的小尾巴也已磨光,只有一个光光的头颅。

他拼命转动着,想往泥沼上面升去。但顶不过一圈又一圈旋转的泥流的力量,眼看要落入漏斗柄了。这时一簇卷入旋涡的绿色落在他头上,使他猛然清醒了许多。他从眼缝里看着那一点垂下来的绿色,觉得一切都很值得。

就在头颅掉进漏斗柄的刹那间,四面八方忽然伸出许多手来,同时有不少人发一声喊,把他从漏斗中提起,向上抛去。

这一声喊是:"留着这有思想的头罢!"

它就在这一提一举里,跳出了泥沼。

"我看见天了!我又看见天了!"他大声叫嚷了好一阵。没有应声。周围是死一般寂静。浑黄的泥沼一直延伸到天边。正午的阳光白辣辣地照着一切。头颅顶上可怜的小植物也在变黄了。

"那钥匙在哪里?"它惶惑地想。觉得自己多少算是个盲动主义者。

它给寂静包围了,寂静,而不是泥浆,压得他喘不过气来。

可是泥浆还在翻滚着,无声地,汹涌地。

忽然旋涡中心又拔起一座泥峰,从上面跳出一件物事,他慢慢转到头颅旁边停住了。

"我也是一个头颅。我的身躯在泥沼中化尽了。"这一个声音很年轻,黄泥缠住一头厚厚的黑发。"据说您是一位思想家?"它热情地问。

"知其不可为而为之。"头颅一为这年轻的声音感动得要哭出来。

"知其可为而更为之。"头颅二说。

两个头颅尽量睁大眼睛互相望着,流出的眼泪如晶莹的清泉,把粘住的黄泥冲落了,露出很不光洁、隐约还有些发红的面颊。这时汹涌的泥浆涌过来,夹带着几笔绿色,又有几根蕨类植物,落在两个头颅上。

1985 年 7 月

(原载《小说导报》1985 年第 10 期)

我 是 谁？

韦弥推开厨房门,忽然发出一声撕裂人心的尖叫。

她踉跄地转过身,跌跌撞撞地冲下楼来。霎时间,她觉得天地变成了漆黑一团,不知该往哪里走。她摇摇摆摆地转来转去,一下子跌倒在路旁,好像一堆破旧的麻袋。

夕阳一片血红,照得天地都是血污的颜色。楼旁的栅栏参差不齐,投在墙上的黑影像是一个个浸染着鲜血的手印。

黄昏的校园里,这一片住宅区是寂静的,只在寂静中有一种不安的肃杀之气。在革命的口号下变得热狂的人群还没有回来,但仍不时有人走过,一个人看见路旁躺倒的一团,不由得上前去俯身问道:"怎么了?"一面关心地扶起她的头。他吃惊地叫了:"韦弥!"便连忙把她轻轻放回原处,好像她既是个定时炸弹,又是件珍贵器皿。他惊恐地往四周看,看有人注意没有,因为像他这样已"揪出"的人,和韦弥的任何联系,都足以导致对他更剧烈的批斗。

又有人走过来了,也去观察路边的人形。"哦,韦弥。"他那年轻的脸上显示出厌恶的神色,"黑帮的红人！特务！"随即转身走了。

又有人走了过来。"又是谁跳楼了?"这对他似乎是件开心事。他用脚踢了踢韦弥,看见她头上只有一半头发,便不再去辨认。"别装蒜!你这牛鬼蛇神!自绝于党,自绝于人民!你的狗命值几个大子儿!"又重重地踢了她一下,扬长而去。

韦弥恰恰在这时醒过来了。如血的残阳照着她蜡黄的脸,摔倒时脸上蹭破了两处,血还在慢慢地流出来。她猛地站起身,几滴血甩落在秋天的枯萎的土地上,落叶飘了下来,遮盖了血迹。

"你这牛鬼蛇神!自绝于人民!"这声音轰隆轰隆地响着。"特务!黑帮的红狗!""杀人不见血的笔杆反革命!""狠毒透顶的反动权威!"批斗会上的口号一起涌来,把韦弥挤得无处容身,只好歪歪倒倒无目的地走着,想要从声音的空隙里钻过去。

迎面跑来一个五六岁的小女孩,红扑扑的脸儿有些熟识。顺着她跑来的路一定有个缝隙。韦弥朝孩子迎过去。女孩愣住了,转身逃走了,一面回头喊着:"打倒韦弥!打倒孟文起!"

"韦弥!"这声音好奇怪。谁是韦弥?谁又是孟文起?他们和我有什么关系?我该往哪里走?该向哪里逃?而我,又是谁呢?真的,我是谁?我,这被轰鸣着的唾骂逼赶着的我,这脸上、心中流淌着鲜血的我,我是谁呀?我——是谁?

韦弥走几步就摔一跤,慢慢走出了这一片住宅区,来到一带小山前。小山满是乱蓬蓬的衰草,再也梳解不开。石径曲折,但却平坦地穿过小山。韦弥在这平坦的路上走,却好像是在爬什么险峰峻岭,不时手脚并用。她常常向后翻滚,滚着滚着,爬起来再向前走。她只想着向前走,去弄清楚:"我",究竟是谁?

路分岔处有一座小小的假山,很是玲珑剔透,每一块石头都可以引起许多联想。韦弥定睛看这假山,渐渐看出一副副狰狞的妖魔面目。凹进去的大大小小的洞,涂染着夕阳的光辉,宛如一个个血盆大口。她忽然觉得这些血盆大口都是长在自己身上的,她便用它们来吃人!"我是牛鬼!——"她大叫起来,跌倒了。

韦弥看见自己了。青面獠牙,凶恶万状,张着簸箕大的手掌,在追赶许多瘦长的、圆胖的、各式各样的小娃娃。那些小娃娃一个个粉妆玉琢,吓得四散奔逃。哦,这不是显微镜下的植物细胞吗?那是韦弥一辈子为之献身的。她为它们耽误了生儿育女,她把这些植物细胞当成了自己的儿女,正像孟文起把那些奇怪的公式当成自己的血肉一样。她怎么会把"儿女"送进血盆大口去呢?她不明白。是了!那吼叫的声音是说她用这些植物细胞毒害青年,杀戮别人的儿女。可是怎样杀的呢,她还是不明白。只见那些小娃娃排起队,冲锋了,它们喧闹着、叫嚷着,冲进愈来愈黯淡的残阳的光辉里,不见了。

它们杀戮的尸首在哪里?尸首,哦,尸首!不是悬挂在厨房的暖气管上么?韦弥开门时,它似乎还晃荡了一下。

韦弥恐怖地睁大无神的眼睛,转身看着自家的窗户。她仿佛看见只有半边头发的孟文起从楼上飘了下来,举止还是那样文雅,他越走越近,脸上带着微笑。他一见她那青面獠牙的相貌,便惊恐地奔跑起来,也冲进残阳的光辉里,不见了。

"我杀了人!我确实杀了一个人!"韦弥号啕大哭,拼命撕扯着自己的衣服,"我杀了孟文起!他死了——他死了!"

昨天,韦弥和孟文起同在校一级游斗大会上惨遭批斗。在轰轰烈烈的革命口号声中,他们这一群批斗对象都被剃成了阴阳头。啊,那耻辱的标记!这一群秃着半个脑袋的人,被驱赶着,鞭打着,在学校的四个游斗点,任人侮辱毒打。详情又何必细说!散会后,还要他们到学校东门外去清理、焚烧垃圾。他们默默地、机器般地干着活。忽然,韦弥听得孟文起呻吟了一声,抬头看时,只见他坐在地上,一只手簌簌地抖着,举着几张废纸。"我的——我的!"他断断续续地说,把纸伸到韦弥跟前。那些奇怪的公式是多么熟悉啊!那是文起多年研究的结果,是比自己生命还要宝贵的研究成果!几个月前,他听从命令,把全部手稿上交审查,没想到他的心、他的魂、他的命根子,变成了破烂的废纸,变成了垃圾堆的组成部分,马上就要烧掉!

"你干吗!"一个监管人员劈手夺过那几张纸,把它们用力扔进熊熊的火堆。多年的再也无法重复的辛苦,化成了一道青烟,袅袅地上升,消散了。

孟文起和韦弥都愣住了。他们在发愣的状态下回到家中,韦弥低声说道:"只有死!只有死!"孟文起那迟钝的眼睛忽然闪亮了一下,他在死亡里看见了希望。他们知道,很快要隔离审查,便会失去甚至是死的自由。一切都是这样残酷,残酷到了不可想象的奇特地步。只有死,现在还在自己的掌握之中。于是就在一夜之间,他俩落进了生和死隔绝的深渊,落进了理智与混沌隔绝的深渊。韦弥正在这深渊里踽踽独行,继续寻找"我是谁"的答案。

一缕灵光投到她记忆的深处,在暮色苍茫中,她恍惚看见一朵洁白的小花。小花眼看着很快长大,细细的花茎有一人高,花朵颤巍巍地向她颔首微笑。"这是我!"韦弥含泪笑道,一面扑过去抱住这朵花。那其实是一片峭立的石头,石头碰破了她的脸,血又流下来,但韦弥并不觉得。

她觉得的是,自己坐在高高的枝头,看着周围一片花海。她觉得自己是雪白的,纯洁而单纯。觉得世界是这样鲜艳、光亮和美好!她看见自己的父母从普通的木门内走出来,拿着喷壶,像多少年前那样,洒下了细细的甘霖,浇灌着竹篱下的花朵。他们也把水珠洒在韦弥身上,一面喃喃地说:"我们的花儿!"每一个孩子都是父母心上的花儿,长大成人后又都是填充世界的泥土,从这泥土上再长出鲜花来。这本是自然的规律。但韦弥现在连做泥土的资格都没有,因为她有毒。那逼赶着她的各种血淋淋的辱骂,使得她的头几乎要炸裂。辱骂声中越来越响的是:"她浸透了毒汁!""她放毒杀人!"是的,她浸透了知识的毒汁,传播了知识的剧毒。是否她所研究过的植物的毒素都集中到她身上了呢?雪白的花闪耀着磷火的光彩,在愈见浓重的暮色中显示着:"我有毒!"

这时,孟文起走过来了。那是青年时代的他,风度翩翩,潇洒飘逸。那还是韦弥第一次见他的印象。他手里为她举着一束植物细胞的切片,高兴地走过来。韦弥觉得幸福得快要溶化了。"来吧!把我也做成切片吧!"她热切地想。但她忽然猛省:"我有毒!"她大叫:"不要碰我,我有毒!"

孟文起和韦弥同样地惊恐,同时扑倒在地,变成了两条虫子。"这便是蛇神了。"韦弥平静地想。蛇挑唆夏娃吃了智慧之果,使人类脱离了蒙昧状态,被罚永远贴着土地,不能直立。那么,知识分子变成虫子在地上爬,正是理所当然的了。韦弥困难地爬着,像真正的虫子一样,先缩起后半身,拱起了背,再向前伸开,好不容易绕过这一处假山石。孟文起显然比她爬得快,她看不见他,不时艰难地抬起头来寻找。

他在哪里呢?他在哪里?对了,他是挂在厨房的暖气管上!那样大的一条虫子,挂在暖气管上!韦弥想要回头看一看,但她没有脖颈,无法转过头来。她不觉还是向前爬去,身后留下一道长长的血迹。

一阵风来,带来了秋天的森冷。"至少他在厨房里,不至于冷吧。"韦弥这样想,不无几分安慰,甚至感到温暖。那小小的厨房,是他们多年茹苦含辛,向科学进军的见证。清晨和深夜,不过是几杯淡茶支持着他们疲惫的身体,而这小厨房,为多少年轻的探索者提供了力量。这也是腐蚀青年向无产阶级进攻的罪证。孟文起便在这里得到辛勤劳动的下场。

"我现在是条大毒虫!"韦弥觉得知道自己是谁了,便想笑。但她怎么能笑呢?虫子会笑?那在疯子的世界中才会出现吧!她还是在地上爬着,颇觉心安理得。这是六十年代末期中国知识分子应有的地位,没有比待在自己应有的地位上更使人平静的了。

可能是大家都不得不待在应有的地位吧。韦弥看见,四面八方,爬来了不少虫子,虽然他们并没有脸,她还是一眼便认出了熟人。他们中间文科的教授、讲师居多,理科的也不少,他们大都伤痕累累血迹斑斑,却一本正经地爬着。但是一种十分痛苦的、屈辱的气氛笼罩着这蠕动的一大堆。忽然有一条驼背的、格外臃肿的虫子(那分明是一位物理学泰斗),发出了"咝咝"的声音,它是在努力叫嚷,如果它有手臂,当然是要振臂高呼的。但它只能嗫嚅着,发出"咝咝"的声音,这声音韦弥可以懂,它说的是:"我——是——谁?"

韦弥不禁大吃一惊。是啊,我是谁?她那暂时平静的心情过去了,脑海中又翻滚轰鸣着各种置人死地的辱骂。她这念头一闪时,周围的虫子们都不见了,只剩她孤零零向前爬去。

"我就是一条毒虫?不!可我究竟是谁呢?"韦弥苦恼地在巨大的轰响中思索着。

不久,前面出现了一泓秋水,那是校园中最僻静的所在,池沼迭连，多年的灌木丛绞结在一起，显得阴森森的。

天空中忽然响起一阵哀叫，几只大雁在完全黑下来的天空中飞着。它们迷了路，不知道应该飞向何方。韦弥一下子跳了起来，向前奔跑。她伸出两臂，想去捕捉那迷途的、飘零的鸿雁。

刹那间，韦弥觉得自己飞翔在雁群中。她记起了一九四九年春，她从太平洋彼岸回国，又从上海乘飞机投奔已经解放了的北京，飞机曾在纷飞的炮火中寻找降落地点。她忽然很清醒了，很清醒地记忆起那翱翔在九霄云外的心情！虽然随时可以粉身碎骨，但却因为觉得一切是这样神圣而感到兴高采烈。她是来投奔共产党，投奔人民的！她是在飞向祖国，飞向革命！祖国啊，亲爱的母亲！革命啊，伟大的熔炉！她和文起想到祖国的温暖，也想到革命的艰辛。他们曾认真地考虑到脱胎换骨的痛苦，但是他们情愿跳进革命的熔炉，把自己炼成干将、莫邪那样两口斩金切玉的宝剑，以披斩科学道路上的荆棘。剑是献给母亲的。可是如今剑在哪里？母亲又在哪里？自己不是牛鬼吗？不是蛇神吗？不是毒而又毒的反革命杀人犯吗？飞起来吧！离开这扭曲了的世界！飞起来——飞起来！她觉得自己也是一只迷途的孤雁，在黑暗的天空中哭泣。

她跑着，拼命地跑着，头顶上只剩下一半的头发往一边飘着，她伸开手臂，模拟着飞的动作。灌木划破了她的衣服、身体，她还是跑着。湖水愈来愈近，也愈来愈明亮了。

哀鸣的声音愈来愈凄厉，许多只飞雁集合在一起了。它们在空中旋转着，扑打着翅膀，它们愈飞愈高，要离开这被玷污了的、浸染着鲜血和耻辱的土地。韦弥用尽力量追赶，但它们把她也遗弃了。夜色迷茫，一时不见了鸟儿的踪影。她好像猛然从空中掉了下来，站住不动了。她迷惘地四处看着，觉得自己在溶化,在碎作微尘,变成空气,渐渐地,愈来愈稀薄了。她感到一阵莫名的恐怖,尖声哭叫起来:"我啊,这正在消失的我,究竟是谁?!"

凄厉的哭声在这寂静的校园里东冲西撞,找不到出路。

忽然间,黑色的天空上出现了一个明亮的"人"字。人,是由集体组成的,正在慢慢地飞向远方。

这飘然远去的"人"字在天空发着异彩,仿佛凝聚了日月的光辉。但在明亮之中有许多黑点在窜动,仔细看时,只见不少的骷髅、蛇蝎、虫豸正在挖它、推它、咬它!它们想拆散、推翻这"人"字,再在人的光辉上践踏、爬行——

韦弥静下来了。她觉得已经化为乌有的自己正在凝聚起来,从理智与混沌隔绝的深渊中冉冉升起。我出现在她面前。她用尽全身的力量叫喊:"我是!——"她很快地向前冲进了湖水,投身到她和文起所终生执着挚爱的祖国——母亲的怀抱,那并不澄清的秋水起了一圈圈泡沫涟漪,她那凄厉的、充满了觉醒和信心的声音在旋涡中淹没了。

剩下的是一片黑暗和沉寂。

然而只要到了真正的春天,"人"总还会回到自己的土地。或者说,只有"人"回到了自己的土地,才会有真正的春天。

1979 年 4 月

(原载《长春》1979 年第 12 期)

谁 是 我？

浊浪一个接着一个,扑向海边的岩石。浪头扬得高高的,然后轰然落了下来,化作千百朵浪花,又回入无边无际的大海。它们来得凝重,去得潇洒,虽然有时高,有时低,却总是不停地一个接着一个,很少真正的风平浪静。海,是喧闹的,骚动的;海,是活的。

又是一声轰然巨响,丰从昏睡中醒了过来。他用力睁开眼睛,想看清记忆中的大海、海边的岩石和在岩石上端飞舞的浪花,但是房间里还是那些最简单的陈设,整洁、呆板;工厂派来的陪护人员正在埋头看一本杂志。丰想问一问是什么声音,他动动嘴唇,却只发出一声叹息。也许他不必问了。他还想说要关好门,可是他也管不得许多了。真的,他一生似乎已经尽了他各方面的责任,可以撒手而去了。

浪花,那碎作千万片的浪花,还在一下又一下浇得他湿淋淋的,透不过气来。他只有很少几次浸泡在海里的体验。那种透不过气是丰满的、好空气再也吸不下了的感觉;现在是一种窒息的感觉了。好缠人啊!要知道,卧床不起的人也是有感觉的。他还能看见别人很难想象的东西,当他清醒的时候。

丰最初看见的浪花是在纸上。那是一本线装书里的工笔画,线条这样清晰,看去有点怪。丰不相信真的浪花是这样的。后来他分配在造船厂,才认真地看清了真正的浪花果然有那样的线条,只不过那是从来不能保存的瞬息万变的线条。他初到这刚刚兴建的厂里时,从住的木棚到车间总要绕远从海边走。他想站在起伏的波涛上飘向远方,他想随着浪花落到海底。他喜欢那置身于大海中透不过气的感觉。可是他从未学会游泳,不能真的随着波浪漂浮。等着罢,这件小事总是向后挪,给别的任何事让路,因为这是一件完全属于自己,与任何人无关,所以是最不重要的事。

丰现在躺在病床上,觉得面前波涛汹涌,浪花飞舞。转眼间,浪花回到纸上了,那是它的本来面目么?纸片本该老实地躺在桌案上,若是废纸,就该缩在字纸篓里。这张纸片由纸上纸外的浪花簇拥着,在空中飘飘荡荡,舒卷自如。丰想伸手抓住它,但他早失去伸手的能力。纸片仿佛知道它的意思,倏地铺展开来,让他看个究竟。对了,它是那张病历。现在的痛苦、退化的生活,都是从这张病历开始的。

初拿到这张纸时,还是很轻松的。谁也不曾想到它意味着什么。人好好的,怎么说就要死呢! 就是这张纸,把丰领进各样的医院,在差不多同样的候诊室里等候。

那屋子总是排着长椅,坐满了人。坐不下了,便站着,乱哄哄的,很像车站。只是这里没有即将登程的兴奋,每人脸上都罩着愁云。他们其实已经登程了,登上了通往另一世界的特快列车。恶浊的空气和病人们一起挤在这房间里。医院里特有的味道,紧紧贴在每个人身上。丰总认为这是消毒药水加蟑螂的味道。至于蟑螂究竟会不会像臭虫一样发出气味,他从未研究过。只是一直这样认为罢了。医院是救命的地方,可总免不了有蟑螂！这也是人生的遗憾罢。不管哪一间诊室门一开,许多人就拥进去,也不管医生正在检查室中病人的哪个部位,都不肯退出。一个个伸长了脖子,盯着医生的每一个动作,好像诊室是诺亚方舟,那疲惫的医生随时会洒出普度众生的甘霖净水。

"出去！出去！"护士怒冲冲地推搡着,人们快快地退出了,渐渐散开了。

"现在叫号！"分号台的喇叭响了。人们又一窝蜂拥在那小桌前。"别挤！别挤！"护士又一次怒冲冲了。怎能怨她呢？温良恭俭让也得有个条件。

丰随着自己的病历从分号台到了指定的诊室门口。他从门缝里张了一下,里面分明没有人,医生躲在不知什么地方去了。丰觉得那医生简直像在大海的彼岸,可是自己的船还没有造好。

他只得跟住自己的病历。那纸片缓缓地在人丛中飘行。丰也不费力地穿过人群,似乎他也是一张纸片。飘着飘着,纸片像是遇到了困难。它弯着,把自己叠成双折,又卷着,卷成细细的一条,但还是过不去,尽管前面看起来空荡荡。

那痛苦的、退化的日子开始了。为了活命而挣扎。要得到好一点治疗可真不容易啊！纸片折了一折又一折,完全成了跪拜的姿势。飞舞的浪花早消失了。纸片不断滴下水来,形成一串泪珠,随着它飘动。

"那不是我！"丰愤懑地叫起来。他到处听到"太晚了"的叹息声,不就是因为他不愿到处磕头么？他甚至不愿麻烦血肉相关的亲人,怕影响他们的工作,怕他们累,怕他们操心。所以他默默地接受了不依照操作规程检查的毫无医德的"庸"医的判断。用这"庸"字是依照丰素来责人宽的习惯。其实完全可以说一声"那刽子手"！

纸片知趣地落下去了,连同那闪闪的泪珠。再飘起来时已是两张,它们也都转过身铺展开来让丰看。只见一张纸上写着"总工程师",那是丰的职务;另一张上写着"三公子"。那是什么呢?那是一种作废了的称呼。但是它的内容却从未作废过,而且从未减轻过分量。只不过它不是一个常值,而是依靠公子的尊大人的价值的变化而变化的。

"一切招牌都拿出来了。"丰仍不无愤懑地想。什么时候每个人都只需一张平等的病历,只依照病情,没有别的添减?他望着写着"总工程师"的纸片,每个字都那样凝重,没有闪光,可是包含着火焰。他知道这几个字凝聚着多少艰辛!工厂初建时,他们几乎日日夜夜浸泡在泥泞里,伸手便能抓到水蛇。水蛇蠕动着,互相缠绕,那样子真难看。他记起大跃进时的无效劳动,连续几天不停地画图,画到笔从手指间掉下了都不知道。他记起第一次主持造一条小船的心情,他仿佛看见一行白帆向天际缓缓飘去。真奇怪,任何船也没有帆船那样美。他的船要征服大海,那现代的美包括着大海的丰富,会把帆船抛在后面。他无愧于他的职务。那纸上包藏着火焰,而凝聚在那里的,不是他的心吗?

他的心的后面是一片蔚蓝,那是蓝得透明的海。它是由千千万万要享用船舶的人的心组成的。

只凭这一张纸,力量显然不够。"三公子"不时飘过来推一把。两张纸配合着,你推我拉,飘过了看来空荡荡的阻力。他从候诊的门厅而升堂入室了。然而,太晚了!

"太晚了!"丰不无遗憾地想。一生中在重要时刻从未迟到过的丰,在接受批判时也准时到场。轮到拯救自己的性命时,太晚了!

写着"三公子"的纸片侧身向丰张望。啊，父亲！我的父亲！我怎能忘记你拉着我的手在石子铺嵌的小路上散步！我仰头望你。许多年后，我搀扶你在那条石子小路上走时，是你仰头望我了。在数百度的没有遮拦的试验炉旁，我哪里还记得你在发烧！在造船台的钢架上我度过许多不眠之夜，可是几曾守护过你的病榻，抚摸你白发苍苍的头，把温暖的气息吹给你，把清凉的风扇给你！啊，父亲，我的父亲！没有母亲和你做伴的父亲！

丰的心在默默地诉说。纸片亲切地掠过他的额。那天父亲来看他时，也这样轻轻地碰过他的额。他知道，父母抚养他，是为了让他服务于国家社会，没有指望他的侍奉。父亲说："你已经尽了责任了。"是的，这使他安心。

忽然间，满屋里又涌起了灰色的波浪，水天朦胧，一片混沌，屋中一切陈设连同陪护的人都不见了，他又在大海里。浪花在不远处组成了一座如同盛开的花朵般的花台，花台伫立在波涛间，浪花不断地流动更换。两张纸片落到台中心。停在那里，轻轻招展。波浪上又飘出几张纸片，旋转着，来到丰的面前。有一张纸飘在最前面，那上面只写着一个字："悌"。

这个字现在不大讲了，以后更可能会消失。丰却感到一种温柔，一种慰藉。波浪把他从床上拥起来，他看见自己的躯壳躺在那里。他的姐姐，一个面庞和身材都十分臃肿的中年妇女，在波涛里艰难地用两手分拨着，想快一点走近。"我还要看看他！"她叫喊了，可是没人答理她。莫名其妙地，他的躯壳不见了。她没有赶上。也是太晚了！可是她没有一点迟延，拼命赶来的啊！为什么不等一等呢？姐姐站在空床边垂泪，每一滴泪水掉进波涛中，都激起一阵通红的火花。"那不是我！"他在空中痛惜地说。他想安慰这从小给他安慰的姐姐,他给她的安慰太不够了。再也没有补偿的机会了。"那不是我!你的弟弟是我!"

"我的丈夫是你!"另一个纤细的声音响了,另一张纸飘了过来。这是一张奇怪的纸,它上面可以有一切,也可以什么都没有,这是世界上人与人之间最亲密的关系,也可以是最疏远的关系。丰在这张白纸上看见一个像那声音般纤细的姑娘,身着白衬衣红背心蓝长裤,向他跑来。"丰!丰!你不要走!""你还没有教我画这张图呢!"那时她的手指是多么纤细啊。"你还没有吃饭呢!"她那粗糙多了的手捧过饭盒。"你还没有把老玉米搬进来!"困难时期每人都要种一点庄稼。可是他们的老玉米多细小啊,小得可怜,也像那纤细的声音。"你还没穿上毛衣呢!"她忽然捂住脸随着纸片转过身。那双熟悉的手红中透紫,是在冰水中浸得久了。

丰想叫她转过脸来,但还是只有一声叹息。一个男孩从她身后钻出来了,这是他们的儿子。他早已是翩翩少年了,丰却总记得他三岁时的模样。他三岁生日那天,他们想给他一件生日礼物。他们抱了他到镇上去,转了半天,居然没有买到一样东西。没有书,没有画,没有玩具,没有衣服,店里只有些粗硬的点心,凭票供应。他们又没有这种票,也不知上哪儿去领。好在儿子从小没有得到过什么东西,没有要东西的习惯。他们绝望之余,排遣地问孩子:"娃娃想要什么啊?"孩子回答:"我要爸爸!"

他以后再没有爸爸了。

孩子小时的回答,当然是因为爸爸不常在家,不常管他的缘故。孩子小小的心里,常有一种思念,思念里又装满了景仰。"我的爸爸造大船!"几乎每个男孩都为自己的爸爸骄傲,可那怎么比得了爸爸为儿子的骄傲呢?

儿子,是最值得骄傲的,因为他代表明天,因为他会把你没有造完的船造好。

波浪在床边起伏,越来越凶猛,浪花还是不断地浇得丰透不过气。妻子呢?儿子呢?哦,他们和姐姐都正在花台上飘舞。那花台在波涛中越来越光彩夺目。忽然又有一张纸挡住丰的视线,这纸上色彩斑斓,挤满各样的人。丰认出他们是厂里各部门的同志,还有许多不认识的工人。大部分人都向丰伸出双手。想要搭救我么?太晚了!丰对他们说:"如此风波不可行!"这句话仍变成了一声叹息飘落在浪花上。

"你回来!我们自己开船接你!"这是不认识的工人在喊。"我领你出病房,我认得医院的路!"这是副总工程师的声音。是的,出去想必比进来要容易多了。丰心中充满了感谢。他笑了,然而只不过又是一声叹息。

叹息声在人群中回响,那是沉重的,压得波涛也卷不起了。可也有人在冷笑。冷笑夹在叹息声中,像碎玻璃藏在绿草中间。

"看你还坚持 333 项目不用外援!"这几个人因这决定未得出国一游,"看你还支持 222 项目,里通外国!""看你还反对——""看你还——"

这被人痛恨的垂死之人也是我吗?丰惶惑地看着那几个熟人带着冷笑的脸。冷笑很可怕。不过让会这样冷笑的人恨上了,也不见得是坏事。一生中,总得让一些人恨上才行。不然,不太乏味了么?

"我们来看你!""我们来接你!"伸着双臂的人群骚动起来。把冷笑的面孔挤了开去。有几个人半个身子落在纸外,就要掉到海里了。纸上忽然透出副总工程师的放大的脸庞,笑盈盈的,

"我们有船。"他说。是啊,我们有船。我们还会造现在还没有的船。那充满诗意、揪人心肝的船啊,终究会让我们达到彼岸的。

这一张色彩斑斓的纸片向上飘了,没有一个人掉下来。它打了几个转,也飘到花台上空慢慢降落。花台中心有几扇发光的小隔扇在旋转,无疑就是前几张纸片了。这一张恰好嵌进一个空缺。它们有一道边互相接连。丰眼看着在接缝处的顶端长出一枝短梗,梗顶长出一个花苞,然后缓缓开放。那是一朵纯净的白莲,在流动的浪花台上,静静地闪着光辉。

"这是我么?"丰疑惑。他再定睛看时,见那朵白莲虽有光辉,却不润泽。它需要一点属于丰自己的活泼泼的生命之水。就在这一念间,六面转动的小隔扇上冒出细细的水珠,洒落在白莲瓣上。

"这是我么!"丰真的笑了。他知道每一个人都生活在各种关系的接缝处。从这里能生长出纯净的白莲,又能得各方面的一掬清泪,这是一种境界,一种不容易达到的境界。

白莲静静地闪着光辉,显得润泽多了。波涛仍是一个接着一个,浪花流动着,小隔扇旋转着。一切都在动,都是活的。

忽然,在短短的花梗下,有什么爬出来了,停在一面隔扇上。那是一个蟑螂。

"啊,啊!"丰叫了。他想把蟑螂扔进海里用盐渍起来,可是他从未学会游泳,他没有过骑在波涛上的那点畅快。浪花浇得他湿淋淋的,使他窒息。他简直透不过气了——啊,抓住蟑螂!

他知道,他和他的白莲都要回到大海里去,化成一簇浪花,也许这一切根本就在纸上。可是一直到最后,花梗边还爬着那蟑螂。

白莲花静静地闪着光辉,浪花流动着。一切都在动,一切都是活的。

卧床不起的人也是有感觉的,他会看到很多别人难以想象的东西——当他清醒的时候。

1983 年 8 月

(原载《北京文学》1983 年第 8 期)

她 是 谁？

S城是一座山城，四面环山，城中街道起伏，但路政很好，通向越来越多的新建起的高楼大厦。像任何人类居住的地方一样，城里总不断有各种各样的新闻。新闻的寿命长短不一，有的刚出现就被山风吹散，有的则飘飘摇摇，在大街小巷穿行，好几个月不离开。

城中数一数二的富户，费林先生家里的老照片案就属于后一类。

临近上世纪末，人们不免大生怀旧之思，纷纷翻弄起老照片来，便有幕僚类人物，名唤林费的，向费林进言："现在暴发户满街捡，可大都没有根底，值什么呢！只有先生您不一样，祖上几代的尚书大学士不说，令尊翁是数一数二的实业家，国家发展史上要记一笔的。只客厅里平常翻翻的相册就很珍贵，何不出个影集，反正资金是不愁的。"费林（人家都说这名字有点像外国人）点头说："正好有人要写我们费家的家族史。弄几张照片，或配在书里，或单出都可以的。"说起费家，各房人丁兴旺，从尚书、大学士、实业家等等发展下来，现在遍布全球。族中最主要人物就是费林，今年七十二岁，千禧龙年是他的本命年。巧的是小孙儿也是一条龙，想来福分不小。

费家的照片从费林的祖父母、父母到子女和各路亲戚,都已印过不少,只没有汇集成书罢了。林费领了任务,兴致勃勃地理好手头的照片,又从旧箱子里取出一摞摞老照片,一张张翻阅,好像在时间的隧道里向回走。费林越来越年轻,再退回去费林没有了,有的是他的父亲。也是随着相片的深入开发而越来越年轻。林费遇见不认识的人便去问,有些人费林也不认识,便不耐烦地说:"这么多人谁能都认清,是个人就是了。"

一张照片里留有几位漂亮人物的身影,他们是在游城郊的半壁崖。从山名可以想见,那山颇险峻。大家错落地站着,中心人物是费林的父亲老费先生。他旁边站了一位女子,披着件闪缎披风。大家赞叹:那时的照相技术真不错,瞧这衣服的亮光!只可惜没有颜色。这照片里没有费林的母亲。老费先生的交往必定是很多的,相片中有认识的,也有不认识的。认识的多已去世,还剩一位已有一百多岁,无人敢去打搅,不认识的也无从考究。

在一个发着香味的木箱底层有一个发着香味的木盒子,里面有好几张费林母亲年轻时的照片。有一张穿着宽袖琵琶襟上衣,长裙下露出一点鞋尖,看上去真是风姿绰约。费林让把这一张放大,挂在起居室里。

"还有一张呢。"林费翻出木盒里的最后一张照片。上面是实业家老费先生和一个女子坐在柳荫下的石桌旁,背后是一片水面。老费先生侧身望着水面,那女子以手支颐,凝神望着远处。大家毫不费力便认出,她就是在山上披着闪缎披风的那一位。

她是谁?

她不是母亲,不是姑母,也不是族人、表亲或熟识的朋友。

她穿着镶边旗袍,双肩盘花扣,袖略宽,想来是那时流行的样子,嘴唇半开,略带笑意,像要说什么。

"这位是谁?"林费问。费林说:"没见过。拿出来问问老人。"

于是这张照片传遍了费家相识的家庭。没有人知道她是谁。有些小报记者也来打听。"认出来了吗?""没有认出。"林费回答。

关于这张照片的新闻不胫而走,版本不一。一说那女子是当时一位女诗人,实业家曾和这位女诗人过从甚密;又说是当时一位名媛,和费家交情不错;又说是一位极红的女伶,后来失踪了,始终没有查出下落。

关于和女诗人的交往,小报上登了一篇叫作纪实小说一类的东西,顾名思义是既纪实又虚构的一锅粥。说费老先生欣逢红颜知己,写得颇诗情画意。费林夫人冷笑道:"瞧瞧,这就是你们老费家的根底儿。"费林有些恼怒,拿着照片指点说:"两人的目光不在一个方向,也许是有人用两张照片重新摆弄的。"夫人端详了片刻也点点头。费林命子侄辈把那作者告上法庭,果然道歉赔款,暂时警戒了一干轻薄文人。女诗人其实在时间隧道的更远处,比老费先生还要年长许多,现在有无后裔不得而知,也只好"身后是非谁管得"了。

名媛家里却不同,一再申辩相片中的人物绝非他们的祖辈。越申辩越张扬,倒让那些不知来由的废话煞有介事地飘摇了一阵子,因为没有落到文字,传一阵也就罢了。

至于说红伶失踪可就让推理小说的读者心头痒痒的,这不是快牵涉到命案了么!是否应该去费府搜查一下?武侠小说的读者接茬儿道:若是能请到一位蹚萍渡水、踏雪无痕的高手到费家房上走一转也好。不过无论怎样,人是救不出了,那已经是上个世纪的事了。

吵了好几个月,大家都有些烦了。一次晚餐上费林说:"林费的主意,用电脑把这照片给世界亲友们都发过去了,还没有人认出来。"费林夫人捏着筷子,说:"就等着编假话的好了。"

此话果有先见之明。不久,有两家拐着七八十来个弯儿的亲戚来了电邮。两家人一户住在阿拉斯加,另一户住在南太平洋的某个小岛上。一家人说,那位女士是他们的祖姑;另一家人说,女士是他们的祖姨。一致的说法是:他们都听老人说过,祖姑或祖姨和老费先生是好朋友,多的就不便说了。他们希望得到一些纪念物。费林得报,吩咐置之不理。

林费有些灰心,说:"认不出来还要惹些麻烦,是不是不用认了?"

她是谁?不问了吗?费林不甘心,那女子看来也不是等闲人物,若是重新拼做又为什么?他的心像被什么牵住了似的放不下。他要去问那位一百多岁的老人,照片中他是最年轻的。

经过联系,那府里听说费林的大名不好不见。费林带着林费亲自登门。老人坐在轮椅上,膝上盖着毯子,这是一切耄耋老人的形象。费林得体地问过安,说明来意。经过身边工作人员的大声转达,老人接过那张水边照片,居然把它凑到眼前辨认,浑浊的眼睛里忽然闪出一道亮光。费林相信,他认出了。

"不认识。"老人喃喃自语。相片落了下来,他拿不住。

"您不认识?"费林很失望,拿起照片指点着说,"那站着的是先父,想请您认认坐着的那位——"

老人睁大眼睛仍然说:"不认识。"

费林认为游山的一张有些希望。因为老人身在其间,总该知道有什么人同游。不料老人仔细辨认后,竟说:"一个也不认识。"接着沉默片刻,忽然大声说:"让他们安息吧!让死去的人安息吧!"老人眼中又闪出一道亮光,很快就熄灭了。

工作人员低声说,有人拿了旧照片来,其中也有老人自己,他也不认得。费林不由得轻声叹息,没有想到从老人那里也得不到回答。

费林知趣地告退。

林费问:"相册里不收这一张?"

费林做了一个习惯的手势,意思是还要想一想。林费也叹了一口气,说:"过去的事只有当事人明白,要是仙佛能托梦就好了。"

当晚,费林真的做了一个梦,梦见自己站在半壁崖前,山坡上一人冉冉行来,是个女子。费林定睛细看,不禁大吃一惊,见她披着宝蓝色闪缎披风,眉目如画,正是照片中的那个谜。

"您是——"费林弓身问。

那女子不答,转了一个身,披风飘起来,整个人烟雾一般消散了。冷清清的月光,照得险峻、陡峭的山崖狰狞如鬼怪。

费林忽然醒了,冷清清的月光照在房前。他下了床,下楼到起居室拿出那两张照片,不禁又大吃一惊。照片上的那位女子竟不见了,剩下一片空白无法填补。

费林跌坐在沙发上。月光冷冷地照进窗来,它见得多了。

那两张照片索性也不见了。林费不敢多问,做这件事也不那么热心了。过了许久,相册终于出版。又过了几年,费林和费林夫人都去世了。儿子老而多病,那小孙儿继续着历史的脚步。

月光还在冷冷地照着,再过些时,高楼盖得太多,入夜灯光闪烁,真是城开不夜,不但看不见月光,连月亮也看不见了。这是后话。

2001年元月中旬
(原载《中国作家》2001年第7期)

你 是 谁?

他回到家里,走进卧房,看到一个头发花白的陌生女人坐在窗前的扶手椅上喝茶,很觉奇怪,大声问道:"你是谁?"

那女人看着他,满眼都是泪,沉默了一会儿,站起来说:"我是董芊,张过你不认得我吗?"

张过冷笑道:"你说你是董芊?你以为我不认得她吗?"他指着墙上的照片说,"这才是董芊,我和董芊。"那是一张结婚照。那时的张过头发蓬松,面目英俊,身边的董芊披着婚纱,天使一般。这句话,是他当年说过的。"看见了吗?敢来冒充?"

张过很饿,到厨房找了些饼干,又找到了牛奶,自己吃着。董芊不理他,打开衣柜去取衣服。张过跟过来,大声叫道:"你敢偷董芊的衣服!"拿起手机打电话报警。董芊知道他会动手,便关了柜门,回到扶手椅坐下。

一会儿,两个警察来了,互相说这场面也不是第一次了。问张过什么事。他说:"这个女人要偷董芊的衣服。"

警察劝他道:"这就是董芊,她还给你做饭吃呢。"

张过指着墙上另外一张董芊的半身照片,那真是绮年玉貌,说:"她才是董芊。"

一个警察说:"她老了呀,董芊老了呀。"

另一个警察说:"像你一样,你也老了。你看你头发都秃了。"他的头发只剩下周围一圈,中间光秃秃地发亮。

他一拍桌子,说:"别啰唆!你们把董芊赶到哪儿去了?我要去找她!"说着,推开两个警察夺门而出。

屋外是一片大草坪,笼着淡淡的月光,他站在草坪上大声喊:"董芊!董芊!你在哪里?"

董芊追出来跟着他跑,也大声叫:"张过!张过!我在这里。"她跑得上气不接下气。

张过停止脚步转过头来。他看着眼前满是皱纹的脸,怀疑地,又同情地问:"你把董芊藏到哪儿去了?你是谁?"他想了一想,又大声问,"你是谁?"

"我是董芊。"董芊委屈地说,"你是张过,你不知道吗?我们回家吧。"她的声音很低。

张过喝道:"你骗人!这世界到处都是骗子!我要去找董芊。"他说着,又向另一个方向跑去。那里不远有一个养老院。月光下有几个老人在乘凉,他们看见张过,问道:"你来做什么?"

张过道:"我来找我的妻子,她叫董芊。"

董芊也赶到了说:"我就是董芊,对不起,他失去记忆了。"

一个老人道:"好啊好啊,什么都忘了才好呢。"

另一位有点绅士模样的老人说:"苏格拉底曾经说……哎呀,说什么我忘了。"

又一位老人笑道:"可别忘了吃饭。"

沙哑的笑声中夹杂着一两声轻轻的叹息。

张过对董芊说:"你不要老跟着我,你是谁?"

养老院的管理员走过来,劝说道:"你们回家吧。"

张过看看周围的人,又看看董芊,好像有点明白,迟疑地拉住董芊的手,向他们的家走去。如水的月光倾注在那片草坪上,照出两个老人的身影。

走着走着,张过忽然站住了,猛力推开董芊又向前跑,一面大声喊。这次喊的不是董芊,而是一个追问:"你是谁?你是谁?"

张过的声音飘过来,把董芊缠绕住了。董芊很累,但是这个声音拉着她跑。她也要问:"你是谁?你是张过吗?"

许多年前她和张过也这样跑过。那时是她在前面跑,张过在后面追。那是呼伦贝尔大草原,月光照着无边际的草原,他们好像在大海上,海浪簇拥着他们。他们跑得很轻快,月光和草原连同那轻快的感觉都过去了,只留下变了形的记忆,还有那永远的追问。

"你是谁?你——是——谁?"

(原载《上海文学》2018年第1期)

彼岸三则

电 话

春节到了,年三十这天,丽用彩色气球装饰房间。爬上爬下,鼓捣了一阵,定下来看时,觉得自己好像要随着气球飘向远方。

电话铃响了,是一个熟人打来的。

两人说些家长里短、朋友们的情况。"过节了,我给老太太打电话,没人接。"熟人说。

丽说:"真的,我好久没给老太太打电话了。不知近来怎么样。"

两人又随意说了几句,挂断了电话。

那五彩缤纷的气球使得本来就小的房间更显拥挤。墙角摆着一张古琴,那是丽原来的爱好,久不弹了,套着锦套,白占地方。丽坐下来想看几页书,却看不进。她想着老太太。老太太是她们这个小圈子中最年长、最聪明,也是最多情的一位,她与丽介乎师友之间,相交约有半个世纪,虽然行业不同,却很谈得来。尤其是两人都在业余学过古琴,都以对方为知音。平时不常联系,一说起话来就没完。

丽在电话号码簿上找了半天,找到老太太的号码,便拨通了电话。电话铃声很奇怪,长短不齐,好像在迟疑该不该响似的。

居然有人接了,而且就是老太太,她的声音还是那样清脆。大家都说年龄只侵及她的容颜,从不侵及她的声带。

"喂,是丽吗?我听出来了。"

"你好吗?你身体好吗?好久没打电话了。"

"我知道你忙。你还要工作,不像我这样逍遥。告诉你,前些时我出了一趟远门。往南方走了一转,还去了昆明。"

丽说:"去年我也去了昆明。昆明没有从前美了。旅行累不累?"

"不累,一点也不累。我怎么会累?我在西山脚下,弹了一夜琴,很多船凑拢来听。"

丽觉得很奇怪,问:"你带了琴去吗?"

"我带的是琴的魂。我把你的花篮里的花,一朵朵扔到水里。"

"我的花篮里的花?"丽忽然想起,老太太是抗战时在昆明结婚的。当时婚礼上的唯一装饰就是一个小女孩捧着一篮鲜花,让朋友们戴在身上。那女孩就是丽,那花呢,早已变成灰了,化了。"我应该跟你一起去,"丽说,"我们会发现昆明永远是美的。"

"你可去不得!"老太太好像怕着什么,"我可不让你去。你真糊涂!"

丽莫名其妙,心想:老太太是不是应该去一次神经内科。她转了话题:"等月季花开了,我来看你。"

老太太院中有好几株一人多高的月季,开起来如火如荼。前几年每到盛开,大家总要来花下聚一聚。这几年丽总是病病歪歪的，没有去了。

"不要不要，千万不要。你不要来。"老太太有点紧张，又似乎怕着什么。

"不要来——"她的声音越来越远，随即消失了。电话里响起了叮咚的琴声，是一支陌生的曲子，流露着无限依恋，无限不舍。音乐渐渐远去，似乎是一步三回头的样子。忽然间，一声脆响，琴声戛然而止。弦断了。

"弦断了！"丽有些惊恐，"喂！喂！"没有声音。丽惘然地放下了电话。

丽心神不安，在屋里走了两转。电话铃又响了，还是那熟人打来，她的声音惊诧多于悲伤。她说的是："丽！我告诉你，老太太去世了。上个星期摔了一跤，当时就去世了。"

"上个星期？"丽紧紧握住话筒，"可我刚才还和她通了电话呢。"

"你说什么?！"熟人大叫。

"我没说什么。"丽淡淡地说。

电　灯

这一座居民楼的住户很高雅。楼门前种了竹子、蔷薇等植物。蔷薇一直爬上三层楼，遮蔽着许多窗。竹子长年绿着，使人清醒。

楼角的一家，儿孙都在国外，只有一个孤寂老人。据说是科学院院士。他窗外的竹子特别茂密，晚上，浅黄的灯光从绿叶中透出。这灯光明灭很有定时，两个窗，八时以前灯光亮在东窗，八时以后亮在西窗，九时熄灯。附近的孩子有时懒得回家看钟，便趴到老先生窗前看一看。

随着时光流逝,老先生越来越老,终于有一天悄然辞世。儿孙们回来乱了一阵以后,都又去奔各自的前程。

这套房无人居住已经一年多了,孩子们再也不去看时间了。虽说老人的学说是载入史册的,周围的人却似乎忘记了他。他们不知道那些学说和日常的柴米油盐有什么关系。只有一个人——那是丽——走过那两扇窗时,还会在眼前浮起那蹒跚而行的身影,也已经有些模糊了。

老人的形象很可怜,也可以说是很悲壮。他佝偻着,似乎负担着躲不开的沉重。丽在研究所里曾听说老人被人诬陷,用的方式很奇特。丽不明白,也不去管它。

这一天丽刚从实验室回来,正在换鞋,居委会主任驾到,小声对丽说:"你注意了没有?"她左顾右盼,像是躲着什么。主任说话素来有点神秘,这时更是莫测高深的样子。

"你注意了没有?"主任又问。丽在脸上回她一个问号。

"那屋子的灯又亮了,时间和以前完全一样。我们观察好几天了。"主任说着倒吸一口气。

"别是有坏人借住了吧?"丽说。

主任说:"我们报告派出所了,已经检查过,不像有人住。"

丽说:"连派出所都出动了,您找我——"

"我也不知道为什么。"主任说,"总觉得您能给分析分析。您也是有学问的人呀!"

忽然,主任惊呼:"您看,灯亮了!"

正是七点钟,那浅黄的灯光从绿叶中透出,显得很安宁,很温柔。丽和主任却都有点毛骨悚然。

那灯光果然八时改到西窗,九时熄灭。

几天来,那灯光每晚都在亮着,周围的人惶惶然不知如何是好。

过了约一周,城中各大报纸都登出一则消息,那正是关于老人的,说这"院士涉嫌的案件已经查清,与院士无涉"。消息中简单叙述了牵连院士的原因是有人用日记制造伪证。

当天晚上,丽站在窗前,注视着对面的窗。灯亮了。先平静了几分钟,灯光忽然急速明灭,一束束暗淡的光射向黑暗。丽忽然明白了,老人在释放自己的愤怒。

"好了,你可以平安了。"丽心里说。

果然,以后那套房子很安静,不再有灯光骚扰居民。又过了一阵,有人搬进去住,以前的印象便渐渐随风飘散了。

电　铃

丽在山脚下走,小径幽僻。走着走着,发现同伴都不见了,她还是只管信步走去。转过山坳,前面出现一条澄澈的小溪。溪边满是野花,她走过去摘了几朵,忽然觉得这山坳这溪水看起来都很熟悉。溪边绿柳之间,有两大株桃树,盛开的花朵像两座圆亭。

"桃花依旧笑春风。"丽想着,随即看见花树下的小屋,门前杂草丛生,是久无人来过了。

这才是真正熟悉的景象。丽确认自己是来过这里的。她拨开草丛,推开破旧的关不上的门,走进小屋。屋中有石几、石榻,好像是剑仙的住处。

"一切依旧。"丽心里说着,在石榻上坐下来。这里不应只有她一个人,她总是和元一起来的,一起来亲近山水。元在哪里？在一次次政治风暴中，他们像两粒小石子给抛散。那一天他们原准备结婚，正要出门去登记，他们手拉着手，在压抑中感到一丝平安。忽然门铃声大作，如同一把利剑，把他们劈开了。来了几个人，把元带走了，从此不知下落。元在哪里？丽常常在梦中哭醒，把这几个字问上千百遍。以后记忆之门渐渐关拢，锁锈了，尘封了。真的，自己身边该是有人坐着的。丽转头向门的那边。对了，他就是坐在靠门这边的。

忽然间铃声大作，好像有人在按门铃。这里哪有门铃？也用不着门铃。丽吃惊地站起来，想要走出屋去。

一个人跨进门来。昏暗的小屋忽然亮了。阳光沾染着桃花的颜色，从小窗中照进来。丽看清了，眼前站着一个身材匀称的年轻人，正微笑着注视自己。

元在这里。他还是那么年轻，时间在他身上没有留下一点痕迹。丽想哭，哭一哭时间对他们的残酷。她退一步，跌坐在石榻上。

"多少年了，我想见你一面。'丽在哪里'，这是我日思夜想的一句话。后来我可以跟着你跑了。你觉得吗？"元的声音仍旧那样清亮。

丽觉得，她觉得那是自己的想象。她怔怔地望着元苦笑。"我知道你是平安的。"元的笑容依然璀璨，"我倒希望你看见我是一个白发苍苍的老头儿。但是我没有机会变老了。"

丽坐着，元站着。元看见了少女时代的丽。她在溪边奔跑，两根辫子在背上拍打，终于散开了。她侧身倚着桃树重新编着，元上前要帮忙，她笑着跑开。"不要，不要！"那神情成为元刻在心上的记忆。

丽看见了老年的元，那是想象。丽和元一起过日子，最普通的日子。一次元病了,她求医煎药,悉心护理,虽然辛苦,却很满足,结果当然是元好了。在这种想象中,元老了,一天天变得像她的父亲。

而元并没有老。

忽然又一阵铃声。元说:"我的心愿已了。"他走出屋门,在光天化日之下转身向丽招手。丽追到门前,清楚地见他在两树桃花之间倏忽不见。

丽怔在那里。远处笑语越来越近,同伴们来找她了。

1998 年 4 月上旬

(原载《小说界》1998 年第 4 期)

朱颜长好

渔人码头是美丽的。太平洋就在脚下,灰色的水面无际无涯,点点轻帆若远若近。海鸥在水和岸间盘旋,发出低哑的叫声。货摊一个挨着一个,摆满各种好看的东西。钢琴摆在店铺前,一个头戴高礼帽的街头音乐家正在弹奏。不远处又有自弹吉他的歌手,帽子翻过来放在地下。水边有一个木台,戏剧家正在表演,他们跳上跳下,似乎很忙。围观的人群不时发出哄笑。这一切的背景,便是天空和大海了。灰茫茫的,空阔而遥远,把热闹也融了进去。自然景色和人间繁华美妙地结合在一起,让人于心旷神怡之间,又有一种兴奋。这是渔人码头给予游客的特有的东西。

林慧亚在繁华的人行道上慢慢走着,觉得很轻松。这是两个月来少有的。表弟妹孟薇自去高处买东西,说好过半个小时左右来接她。

"千万别走远啊。"孟薇从车里探出头来叮嘱。

慧亚微笑,招了招手。这半小时里她要把一切恼人的事都撂开。不想讲演里的词句,不想该送谁什么礼品,也不考虑自己身在何处,且做一个无忧无虑的旅游者,哪怕只有半小时。

慧亚望着不远处的一只海鸥,它掠过水面,忽然向上高高飞起,转了个圈又向海中飞去。它的目标似乎是一条船。若是它停在那船桅上——停在船桅上又怎样?就能有好运气么?年轻时同学们常爱用花的开落、鸟的栖止来预测一些小事。这些年,慧亚太实际了,早忘了这小小的神秘主义。不知不觉间它又回来了。"可见永远没法子改造得彻底——怎么还想着改造?可见也够深入灵魂的了。"慧亚苦笑。

风很凉,又是旧金山特有的。不管晴雨,总有风,总是凉飕飕的。慧亚侧身拉紧薄薄的外衣。

哪儿射来一点跳跃不定的亮光?原来是一个小摊上挂了几个大大小小的水晶球,球上磨出许多小平面,使得阳光变幻生彩。对了,孟薇曾说过,这是吉祥球。怎样的吉祥呢?她停下脚步,端详着。

迷离的光中缓缓显出一张年轻的脸庞,朦胧的,飘浮的,淡淡的轮廓若隐若现,慧亚用力盯住它,几乎要伸手摸那球面。

"多少价钱?"身旁响起一个声音,愉快而光润。

遥远而熟悉的声音。慧亚有些吃惊。那脸面也定住了,在球里闪亮。等她抬眼望住身旁的年轻人时,不由得轻轻倚在小摊的支架上,也只是轻轻地,她倚住的其实是中国人特别坚强的神经。

这熟悉的声音属于这熟悉的人。熟悉的身材,熟悉的脸庞,脸庞上熟悉的深沉的黑眼睛,还是那样年轻,那样潇洒,快乐的神情中带着一点漫不经心,好像这世界是为他而存在的。少年豪气,四十年没有消磨么?

"要帮忙吗?"那声音问,脸上是熟悉的灿烂的微笑。见她愣着,遂放下手中的画片,说道,"真抱歉,我说不好中国话。我想你一定是中国人。"

"是的,我是的。"慧亚用力说,"请问你几岁? 你贵姓?"

年轻人怔住了,这是这位瘦小的女士需要的帮助么? 不过好像中国人有这样问话的习惯。他正要回答,一辆车开过来停在他们身边,车门开了。

"表姐! 快上车!"孟薇一把将慧亚拉上车去。这里不准停车的。

车开了,慧亚回头,见那青年仍怔怔地望着车,那神情,出奇地符合她的记忆。

她喃喃地说:"你几岁? 你贵姓?"

若是慧亚在那一瞬间得了精神病,她可能终生要问这两句话。但她是清醒的,过于清醒了。

"风吹着了么? 这里风大。"孟薇关心地问。慧亚摇头。冰凉的风和温暖的人情对于她都不存在了。她眼前出现了四十年前的旧金山码头。熙攘的人群中一双深得无底的黑眼睛怔怔地望着她,仿佛奇怪这样的事怎么可能发生,他留着,她走了。

那眼光望得她肝肠寸断。她没有回头,上了船便坐在房间里。同行的人都到甲板上和送行者互抛彩带。她从舷窗向外看,只有灰茫茫的海水,无际无涯。她觉得心被劈成两半,一边是父母、祖国,一边是那双深沉的黑眼睛。劈开的心向两边拉扯,血和着眼泪流出来,流出来——

不知坐了多久,她忽然站起身,想在最后一分钟下船去。在房门口和珉——她后来的丈夫,撞个满怀。

"船已经开了。"珉同情地扶住她,"上甲板去,还可以看一眼。"

她推开珉,跑上甲板。人群还很清晰,五颜六色。送行的彩带已经拉断了。那怔怔的痛苦的目光仍然缠绕着她,永不会断。

他似乎跳了起来,向她挥手。船渐远了,人群变成一个黑点,旧金山变成一条线。然后,一切都给灰茫茫的海水吞没了。

后来珉告诉她,在最后一分钟,琦忽然想冲上船,让人拦住了。一个船员说,这是离别的歇斯底里,常见的事。

常见的么?

珉、琦和慧亚不同班、不同系,却常在一起,到哪儿去总是三个人。娇小轻盈的慧亚,在中国同学中有一个绰号——林姑娘。有好事的女生问慧亚:"林姑娘只该有一个宝玉,你怎么把持着两块呢?""搞平衡这么持久,什么窍门?"慧亚很惶恐,她没有想把持什么,也没有想搞什么平衡,一切都很自然,他们三个是好朋友。

珉和琦有很多相像之处。他们都很聪明,都好学,都传染了美国青年的习惯:热爱体育。他们当然有更多的不同处。学习习惯不同,打网球的赢法也不同。珉稳重,琦敏捷;珉很谨慎,琦则总有些漫不经心。珉到这世界上来,似乎是常有所获。而琦到这世界上,好像对谁施与了恩惠。

慧亚曾开玩笑说,珉是儒家,琦是道家。琦比珉快乐,也比珉注重快乐,但他绝不是不负责任的人。

平衡的心倾斜了,在一个月夜。倾斜的原因很难说,可能是琦的眼睛更黑些,笑容更灿烂。他低声唤她的乳名"离离"。还半开玩笑地说,除了父母外,再不许别人叫了。

汽车稍稍歪了一下,那一双欢乐的黑眼睛融进拍岸的海水中,碎成粉末。

"到家了。"孟薇说。她们从车房走进厨房,满身染上了淡淡的绿色,那是孟薇布置一切的基调。

"喝点什么罢?"孟薇问。橘子汁?冰茶?还是煮一壶热茶罢？"这样贤惠的人不多了。"慧亚想。

孟薇斟好茶,再把买回的东西一样样放好。然后拿出一个亮晶晶的东西一晃,抚摸着说：

"请有道行的人念诵一番,就能带来如意的事。这是给表姐的。"

又是一个吉祥球。大概因为女巫通过透明的球观察过去和未来,人们便希望小小的球带来吉祥。无数的小平面闪出些不可捉摸的光,在夕阳的光辉里跳跃着。

"你真周到。"慧亚微笑,"这种东西带回几个送人很合适。"

"又想着回去了。"孟薇摇头,"对了,刚刚我和叔如通电话,他说有人打听你呢——表姐这边亲戚朋友这样多,一家住上两三个月,也住得三年五载。你英文又这样好,找个事做做也可以的。何必着急回去？况且——"她说着,忽然缩住。她下面本想说,况且那边也没有什么可牵挂的了。国家事么,怎么管得了许多。

"真体贴人。"慧亚想。那意思她已懂了。她没有什么可牵挂的,因为她没有父母没有丈夫没有子女,没有法律上的直系亲属,她是孤零零的。以前知道有一种人叫鳏寡孤独,现在自己就属于这一类了。至于有人打听,熟人总会彼此打听的。

真是奇怪的事。慧亚回到自己房间,望着手中的水晶球。若能把她一生的灾难都集中在球里就好了,好砸碎它！她想着。那小平面似乎愈来愈大,汇成了一面巨大的玻璃墙。墙上显出了覆盖着白雪的苍莽森林,两个互相搀扶的小小人影在积雪上奋力走着。那就是她和珉。冷风卷起一阵阵碎雪,夹着寒光,像小刀片似的刺在身上。他们一步步挨着,以为下一步再迈不动了,可是他们居然走到目的地——一个林区管理所。

他们在森林里住了十八年！这并不是因为他们是什么派或什么分子，他们的工作安排在这里。珉很坦然，对慧亚说，回国来就没想要享福，森林也没有什么住不得的，森林里好人多着呢。他们逐渐习惯了半原始的生活。用木条在屋里做了一个台，床摆在木台上。木台下摆着个大花篮，放着林中各种鲜艳的植物。从县里省里来参观的人不止一次表示羡慕。珉和慧亚只好笑笑。珉原来的专长是热带传染病，现在治起克山病来，也有了一套经验。慧亚所学因是资产阶级教育学，在林区小学控制使用，教教语文算术，也算对口。

政治运动的冲击波到了边远地区变得微弱了。虽然他们有时免不了受歧视，他们的日子相对地较平静，他们都心平气和。几年后，慧亚生下一对双胞胎儿子，在一个暴风雪的夜里，在那个木台上。

慧亚很忙。两个孩子长大，岂是容易的事。她的时间没有一刻空闲，但她的心深处，有一点空缺，无论什么也填不满。慧亚觉得森林里的孩子们得到的太少了，她很愿意教他们，常在课后为他们补课，不料这积极被认为有争夺下一代的嫌疑。小学校长尽量委婉地提醒她，她好容易才弄明白。人是要守本分的，她的本分是接受改造，怎么能积极去教别人呢？从此她把全副精神用于养育儿子，她的一对健康漂亮的可怜的儿子！比起当时许多由于政治原因而残缺不全的家庭，他们一家人厮守着，算得团圆。

然而这几近于原始的团圆也不长久。

珉在医务所里很识相，让做的事努力做，不让做的不闻不问。他的医术渐渐出名。有时清早开门，门外会放着一块鹿肉或半只獐子。那是老百姓的信任。他常出诊，因为人们找他，也因为那实在是苦差。

水晶球似乎转了一下,另一平面射出惨白、凄冷的光,有些瘆人。珉就是朝着那惨白凄冷的夜走去的。那时他们已睡下了,正低声讨论头顶上的房梁,怕经不起大雪了。有人敲门请出诊。来接的人说,能在刮烟泡前赶到病人面前,等烟泡过了,再送回来。当地的人把刮暴风雪称作"刮烟泡",像是很轻松。

珉走的时候,特地走到木台上看两个熟睡的儿子。在门口望着慧亚一笑,说他一回来,立刻换房梁。烟泡刮了两天两夜,雪止住后还不见珉回来。慧亚到医务所去问,得到的答复很不清楚,却叫她立刻出发。爬犁驶过珉走过的路,慧亚到了珉的病人家,见珉和病人并排躺在炕上,都已经冰冷。

珉是突然发作心脏病死去的。他的心脏受不了那样艰苦的跋涉了。他是医生,照说应知道预防,但他只知自己是医生,却不想着自己也是病人。他安静地闭着眼睛,神色平和,似乎一切都很圆满。

慧亚晕倒在土炕前,几乎成了并排躺着的第三个人。

暴风雪又铺天盖地而来,她在这村子里停了两天,没想到另一场巨大的灾祸在等着她。她回到家,却找不到自己的房屋,一个大雪堆,埋住了一切。

房塌了,大雪隐瞒着遮盖着,做出一个高高的坟。人们在这下面挖出了慧亚的两个孩子。医务所和小学的同事们都曾来看过,没想到房子的隐患。孩子们不肯离开家,也就算了。没想到暴风雪接连袭来。没想到,没想到的事多着呢!

慧亚把丈夫和孩子一起葬在森林中,孤身一人又在林区住了四年。她常去看那座大坟,坟在从小路边数起,第二十八棵白桦树下面。坟上长满了野花。她便在坟前静坐一会儿,想着珉死后的平静的面容。

慧亚心知他心里一直有个问题,只是不愿问,或许是觉得不必问,因为那答案他自以为知道。他带着那问题远去了。

慧亚想着就后悔,应该早告诉他:如果现在让她再一次选择,她还是要选择他,珉。

"假如不是现在,而是时光倒回去了呢?"刨根问底。

时光能倒回去么?

那渔人码头上的小伙子从玻璃面里走过来了。他是时光倒流的凭证。他周身散发着欢快的、明亮的光辉。那是青春。

"是你么?"慧亚用尽气力说。

"怎么不是我?"他笑着,还是那样灿烂。"怎么不是我?怎么不是我?"他走过去了,声音随着愈来愈远。

慧亚望着水晶球发愣。

这时孟薇来敲门,说叔如不回来,不想做晚饭,出去吃自助餐好不好。她说着,看着慧亚,轻声问:"不舒服么?"她觉得慧亚像是哭过了。

"咱们可不可以不吃饭——或者一片面包就行了。"

"那可不行,叔如要怪我虐待你。"孟薇笑着坚持。

两人很快在附近一家店里坐下了。孟薇介绍说这店不大,但是蛮有名气,以奶酪最出色。慧亚不经意地看了一眼那丰富的食物,果见只奶酪就有许多种。她觉得一阵莫名其妙的心痛,她今天注定逃不出往事的纠缠了。

"咱们来这里很不合算,"孟薇絮絮地笑着说,"你像是没有一点胃口,我也捞不回本。"

慧亚惘然望着面前的盘子。她回到了几十年前,也是在一家小店,她和一个人对坐着,做出了人生的重要抉择。他们决定她先回国,他等拿到博士学位后就回去。他们习惯于安排日程定计划。他们太狂妄了,怎能在主义和战争的夹缝里企望实现这小小的计划呢?

那无边无际的黑眼睛,那灿烂的笑容,那漫不经心的快活的人啊!

慧亚下意识地抬起目光,望着窗外的山,山上的枯草,在浓重的暮色中显得很柔和。她不安地往另一面窗前看去,那是琦!琦在那里!正定定地看着她。

时间没有移动,还是四十年前的他啊!慧亚几乎跳起来奔过去。但她像被钉住了,透不过气。在漫长的岁月中,她不止一次想过,也许哪一天在哪条街上遇见琦,她就跑过去跟着他走向天涯海角。后来这幻想被做妻子、母亲的责任压到心深处,消失了,变成了一个空空的填不满的角落。

琦走过来了。慧亚望住他,忽然软软地靠着椅背。她明白了,这是在渔人码头遇见的那年轻人,他必定和琦有着不同一般的关系。

年轻人站在桌前,略迟疑了一下,开口说:"夫人,请原谅我冒昧。今天下午,您问过我姓什么,当时没有来得及告诉您。"

他的意思是现在要回答这问题。慧亚略略抬起手掌止住了他,微笑道:"你不用说,我想起来了。"

她挣扎着说出了那个姓。孟薇好奇地望着他们。

年轻人赞许地一笑,说:"我猜您是我父亲或母亲的朋友。能坐在这儿么?"他对孟薇点头,"可您知道我的名字么?"

"如果你不说出来,我永远不知道。"慧亚镇静多了,拍拍孟薇的手臂。

"我要说的。家里人叫我比利,您也可以这样叫我。我的中文名字是珉,是一种类似玉石的石头。"

珉?类似玉石的石头!

"是为了纪念什么人罢?"慧亚似乎不经心地问。

"是的!是的!"年轻的珉高兴极了,光亮的黑眼睛笑着,"您什么都知道!"

他们谈着。慧亚原来早听说过一些琦的情况。琦很成功,家庭也很美满。小珉证实了这些。他们住在东部,在旧金山有房子,小珉是来料理事情的。

"我和爹爹是很要好的朋友?"小珉自豪地说。

"他还打网球吗?"不知怎么问了这样一句话。

"不,不打了。"小珉迟疑了一下,"那么您是爹爹的朋友了?他不能打网球了,他坐在轮椅上。"

"为什么?"

"三年前,他得了脑血栓。可是现在他头脑还是很好,妈妈照顾他的一切。他在自己那一门领域还是很活跃的。"

有太太照顾,好极了。琦总是会快乐的。慧亚轻轻叹息,对孟薇说:"是不是可以走了?"

"可你什么也没有动一动。"孟薇说。

"是我打扰了。"小珉有礼貌地说。

她们走到店外,比利跟了过来,说不知道有没有荣幸能请两位到他的房子里坐坐,说着递过一张纸,写着地址。那是旧金山有名的富人区。孟薇觉得很有趣,低声说:"去一趟吧?"慧亚摇头,对小珉略一举手,表示告别。

她们向停车的街角走去。一轮明月悬在明净的天空,把街旁山的影子投下来,罩在她们身上。那著名的加州山,在月光下闪着金色的光。

慧亚抬头望月,拉了拉风衣。又是一个月夜。月光照着她秀雅的轮廓,使她好像戴着一个光环。

"请停一下。"又是比利。他大步赶过来,说,"我知道您的名字了,您是林慧亚。"

他说这三个字时好像用的是大号黑体字。"我看见过您年轻时的照片,刚刚我看见您和年轻时一模一样。"

记得这张照片。琦不知怎么照出那样一张照片。她仰望着一轮明月,一手拉住外衣,轮廓很淡但很清楚。她说是鬼气十足,他却说明明是仙气罩住整个画面。慧亚惘然一笑,夜色是会隐瞒年纪的。

"真的!"比利诚恳地说,"我看见了。我想您的青春不只留在照片里,也留在别人的心里。"

月光下的比利,那是琦的相貌,琦的青春留在这里。

"对了,我还没有告诉您,我二十六岁。"

我的双胞胎,今年也是二十六岁。慧亚无声地回答。

这个夜晚,慧亚接到两个电话。

第一个电话响了半天,她没有接,以为一定是表弟家的,直到孟薇来敲她的门,才拿起床边几上的分机。

许久没有声音。

"你不必为难。不必通报名姓。"慧亚平和地说,"我知道你是比利的父亲。"

又停了一会儿,那边说:"你的声音一点儿没变。比利说你人也一点没变。"

慧亚一直以为,再听见这声音她会晕过去,可是她没有,只是抓电话的手抖个不停。

那边似乎踌躇着要说什么。"你听着么?"

"我听着的。"

"我一直在打听你。旧金山的那房子,我们没有用。我想送给你住。"

"谁说我要住在这儿?我不需要房子。"

"可那房子本来就是为你预备的。一切一切本来都是你的。你不知道吗?"那声音很苦涩,"我们见一次面吧?"他的语气希望她说不。

她果然说不,没有必要。

寂静了一阵。慧亚用两只手按着话筒,免得抖动得太厉害。

"离离!离离!"那边忽然叫起来,"我是坐在轮椅上。我是残疾人。"

离离这名字属于他,当初是这么说好的。慧亚泪流满面,说:"我听比利说了。你——身体还——好吗?"

"我很好。"那边说,"你呢?"

"我也很好,很好。"

又是沉默。那边深深叹息:"那么我们告别了。"

"我们告别了。"像是回声。慧亚慢慢放下话筒。

再一次电话响,慧亚下意识地拿起话筒。那边又是没有声音,良久。

慧亚放下了话筒,却忽然听见细微但很清楚的话语:"我在第二十八棵白桦树下面。"声音是从水晶球里发出来的。

"你?"奇怪的是慧亚并不怎么奇怪。

"你可好?你可好?我在第二十八棵白桦树下面——"那声音愈来愈小,似乎挣扎着在说话,"希望你高兴些,希望你平安——"声音抖颤着,终于断了。

水晶球一动也不动。

慧亚默然坐了许久。她决定明天去买机票。

月光如水。

1990年春拾旧意构思，

断续至1993年2月22日成之

（原载《收获》1993年第5期）

勿 念 我

戈欣站在半人深的土坑里,把骨灰盒放进了修好的墓穴。墓穴阴森森的,冷气逼人。他望着骨灰盒上妻子绣春的照片,年轻,俏丽,正如盛开的花朵,而人已经凋谢了。

他的眼泪滴在墓穴前的泥土里。

墓穴封上了。干这活的年轻人手脚敏捷。人们慢慢向墓园大门走去。戈欣回头看那一片拥挤的白灿灿的墓碑,马上想到一堆堆的白骨,忍不住心头一颤。不多的同事亲友们和他握手,说着安慰的话,各自上车走了。他在路边站了片刻,忽然说忘了什么东西,让最后一辆车等他一下,转身又往墓地走去。

他怀疑墓穴封得不严密,那年轻人手脚太快了。若是有个缝让虫蚁钻进去,那是绣春最讨厌的。他毫无声息地从墓碑后面绕到前面。猛然看见碑旁坐着一个人,在低头沉思。两人都吓了一跳。

那人本能地站起身,仍半低着头,转身快步走开。

"喂,请停一下。"戈欣望着那人穿着浅驼色风衣的背影,客气地说,"请问你认识我的妻子吗?"

"不,不认识。"那人冷淡地说。他没有停住脚步,也没有抬头,很快转到别的墓碑后面,融进了那白灿灿的一片。

戈欣立刻看见墓上除了原来的花圈、花束外,多了两枝花,一枝头顶缀满淡蓝色的小花,另一枝缀满白色的小花,花朵都很小,显然是那种随地可见的野花。戈欣觉得很熟悉,他认得这花。

这花是谁放的?当然是刚刚坐在墓前的那个人。但他说不认识绣春。"有人念着绣春,总是好事。"戈欣想着,仔细看了墓穴封口处,见水泥抹得严密匀净。又前后转了一圈,站住了,定定地看着墓碑,碑上写着"爱妻简绣春之墓"。碑下两枝野花,花朵向上,似乎昂头望着墓碑。戈欣心中一动,想把花拿掉,又想这是献给绣春的,他不该动。这时,帮着办丧事的人和司机前来找他,连拖带拉劝他走,还互相使着眼色。

戈欣回头看,满眼还是那两枝花,蓝白两色似乎被水化开了,渗得到处都是。自己的鲜花花圈,倒像缩小了,不那么显眼。

"走吧,走吧。"人们拥着他。

几个至熟的朋友陪他到家,看着他在沙发上腾出一个角落,看着他坐下了。你一句我一句说了些安慰的话。有人问起绣春的姐姐缥春,有人代答,她去了日本还没有回来。然后有人建议让他休息,便告辞了。

戈欣呆坐着,一切似乎都很陌生。这里的女主人,永远不回来了。忽然好像一束光照亮了一个场景,他猛地跳起身,跑出屋,跑下楼,跑过街,来到街角一处绿地。绿地在一段装饰墙后面,草很长,轻风漾起微波,一个接一个,抵达墙角停住了,不再回来。结婚十年间的头几年,戈欣和绣春来这里散步,何止千百次!每一个草尖上都该有绣春的足迹。她有时打一把小伞,显得很飘逸;有时提着菜筐,也不觉沉重。她轻盈地在他身边走着,像是在滑动。不时侧过脸来,给他一个灿烂的微笑。

这里是那一片小野花了,蓝、白两色都有。绣春举起一枝蓝色的:"知道这花的名字吗?""只知道你叫什么名字。"戈欣答。他说的是实话,在认识绣春前,他只认得每天摊在桌上的账本。

"这是勿忘我。"

"大大有名的花!今天才认识了。"戈欣向小花鞠躬。这些年城市建设总算不错,局促的街道旁居然给人一点遐想,一点诗意。

绣春举起另一枝花,白色的,花朵同样的小,花瓣较厚。"这个呢?"她脸上的神气是你一定不知道。

"别考了。就满足一下你好为人师的心理吧。——洗耳恭听。"

"这个么?它的名字叫勿念我。"

"勿念我?"

"勿念我。不要记得我,懂吗?"

"你编的!"

"我才编不出来呢!既然有勿忘我,就会有勿念我,什么都不忘,负担也太重了呀!"绣春笑嘻嘻地,把两枝花在脸前摇来摇去。他们一起笑起来。那时,他们不会在乎忘我还是念我,他们以为一生都会厮守着,脸对着脸,肩并着肩。没有外界的风浪,也没有内心的波涛。

一切都消失了,人都死了,记忆有什么用!草地空荡荡,戈欣扑在草地上呜咽着。忽然仿佛又看见绣春站在青草地上,一个空灵、缥缈的绣春,只有背面,往远处飘去的绣春。她时时俯身折花,折了又抛下,裙子被风吹得鼓起,像一个大肥皂泡。

"绣春,你回头!"他大声喊,"你回头!"

绣春不回头,飘远了,消失了。

戈欣又呜咽了一阵,慢慢回到家里,觉得房间真乱。他却懒得收拾,仍坐在沙发上,不多久,他睡着了。

戈欣醒来时,天已经黑了。他确实太累了。绣春病了一年多,他的心悬着,生怕死别到来。如今一切都发生过了,不用再怕什么。他竟长长吁了一口气,有一种总算到了站的感觉。"明天要去上班,恢复正常的生活,别的事先不想了。"他对自己说。

电话响了,响个不停,只好接了。是绣春的老同学小陆,问葬礼何时举行。

"已经葬了。""已经葬了?怎么不通知我?你这人!"口气有几分娇嗔。戈欣不答。自从绣春患了不治之症,这小陆对他们分外殷勤。"她是看上了这即将出缺的妻子一席了。"绣春叹道。小陆是老姑娘,极想结婚。"喂,喂!"那边尖声说,"我来看你。""不要来,不要来!"戈欣慌忙说,"我就要出差,特意安排的。""去多久?"那边的口气充满希望。"一个月吧。"戈欣随口说,挂断了电话。

一个月很快过去了,他渐渐平静下来,生活安排得很有规律。他本来是个循规蹈矩的人。他开始收拾东西,整理这个空了的家,像是探险一样,他先在五屉柜上挂起了绣春的大照片,让她监督一切。绣春的布置有时是匪夷所思,圆凳下面是个垃圾桶,镜子后面是个小柜子,一格格装满化妆品,使有限的空间宽阔许多,所包含的情和事更是丰满。戈欣常说这是有陷阱的账本,不知下一页会遇见什么;又像是存在电脑里的账目,不调出来不知内容。一个星期日,戈欣拉开床铺下面的抽屉,把瓶瓶罐罐倒了出来。忽然发现这抽屉特别浅,角上有一个钥匙孔。它有个夹层。

而他没有钥匙。

"绣春真聪明。"他想,这是多年来他常想着的一句话。可是自己家里有一块地方自己不能进入,让人有些不舒服。

戈欣特地买回一把小斧子,劈开了抽屉。他看见一个漂亮的日记本和一束信。日记本的封面是淡蓝色的,画着一枝乳白色的花。头两页间夹着勿念我的小花。"又是勿念我——"戈欣想着。掀一页,看到了绣春的笔迹——

"他约我在西什库教堂会面。我们在圣坛前站了许久。阳光透过五彩玻璃,照在他的头发上,也照在我的头发上。"

戈欣捧着日记本,一下子跌在地上。这个"他",分明不是他,不是他戈欣。

又一页——

"今天在胡同西口一家冷饮店里会面,说到建筑的细微部件的重要性。他翻来覆去看我的手,说是看出了一个空中花园。"

"我第一次在他房中过夜,我哭了很久。再过几天,我得到福建去考察古民居,我恨不得不去。怎舍得离开他呢。"

戈欣觉得嗡的一声,头胀得很大。绣春去福建是四年前的事了。走以前确曾有两天没有回家,说是缤春那边有什么事,要她去。那时他正开始学电脑。是从那时开始了。他们来往这么几年,而他竟然一点也没有察觉。这就是坐在墓前的那个人了。大概是个建筑师,不知是哪个单位的。可恨绣春写日记时也像是在躲避什么,文字这样简单。

又一页是她得知自己病情后写的:

"我的生命快结束了。我哭我们相聚的日子太少了!我没活够,我没有活够!"

这相聚的"我们"自然是包括那一位。戈欣心里苦涩酸辣搅成一团。他刷刷地翻着本子,想看到自己的名字,哪怕只提一次。

一次也没有。

他把本子啪地扔在地下,拿起了那束信。信用紫绸带小心地扎好,只有三封。他把它们也重重地摔在墙角,反正已经是到手的猎物了,还怕它跑了么!

"绣春!你怎么这样对我?"戈欣伏在床栏上放声大哭,哭得昏天黑地。

昏乱中他想到这一年多奔走医院的生活。为得到最好的医疗,什么人没求过!为配一味药,骑着车跑遍全城,哪家药店没去过!一个下雪天,一路摔跤到医院,绣春神色淡淡的,并不显得高兴。现在明白了,她等的是另一个人。又一次送了甲鱼汤去,招呼她喝了,见她懒懒地靠在枕上的样子,真想抱抱她。她推开了,说累得很,要睡觉。戈欣连忙收拾了床铺,看她睡好,才离开了病房。电梯久等不来,他觉得站在那儿白费时间,不如在她身边再待一会儿。走过护士台,却见她坐着打电话。

"你起来了!"当时的感觉是一阵惊喜,现在感觉是沉重的痛苦。

她仍是淡淡的,说是要告诉机关里什么人一个材料。什么材料?她没有答。起身回到自己床上。当时旁边护士的脸色似乎有些尴尬,她们当然是知道的。

她们姊妹不大相投,很少来往。绣春病后,缱春也很少看望。一次她去病房,绣春正在输液。她放下水果便要走,绣春一再说输液快完了,让她等一下,有话说。缱春说下次再来。还是走了。

有话说,什么话呢?

回忆像一个烧红的熨斗,一下下烙着他。他早就承认他不够了解绣春,她那些机灵鬼怪的主意,千变万化的情绪,他是追不上的。她活着有时也像个幻影,只有背面,往远处飘去的幻影。

"绣春,你回头!"

绣春不回头。

戈欣哭得累了,休息了一阵,拾起那几封信。信是对方写的。

"亲爱的人,看见你从高台阶上走下来,我觉得时间都凝结住了。我真奇怪以前几十年怎么能活下来,没有你!以前不过是行尸走肉罢了,以前不过是木雕泥塑罢了。我恨不得扑下去吻你踩过的泥土,我恨不得把这里的空气都吸进,因为它们拥抱过你。有过这样炽热的爱,死也值得!"

戈欣心里翻腾着,不愿再看这些肉麻的话,把这封信扔在一旁,拿起另一封。

第二封信很短,大字写着"我爱你"。颜色暗红,原来是血书。信纸上端有行小字:"我觉得自己要炸开了,身体实在装不下这样多的感情。割破了手指才好受些。"

戈欣冷笑了一下。一点指血骗骗绣春这样多幻想的女人罢了。

第三个信封有一本杂志大,他抽出一个硬纸板,忽见绣春在面前。

绣春略侧着头,唇边一个小酒窝装着浅笑。眼神略有些忧郁,似乎在思索什么。半透明的衣袖,肌肤隐约可见。双手各擎着一枝花,花朵如一小片云雾,一片蓝,一片白。

"绣春！你怎么这样对我！"戈欣对着画像大吼一声。画中人像是受了惊吓,莹然欲涕,眼光似随他流动。戈欣把画像往桌上一放,忍不住又大声哭起来。

绣春死了两次,先是他身旁的绣春,现在是他心中的绣春。第一次死别的痛苦还是新鲜的,第二次的痛苦又狠狠地砸了下来,连他的心都剜了去,一点儿不剩了。原来那种到站了的感觉消失了。他又开始了煎熬,他一定要找到那情夫,坐在墓碑前的那个人!

门铃响了,是小陆。小陆身材短小,戴一副厚眼镜,是一位文学硕士。她见屋里的情形,以为戈欣还在为死别伤心,用手托一托眼镜框,开口安慰说:"不要伤心了,人死不能复生——"

戈欣一直逃避小陆如瘟疫,这时却正好可以有个人倾诉。他把信件等往前一摊,说:"你看看！死了还折磨我！"

小陆一目十行,一会儿就看完了。扶了扶眼镜说:"莫泊桑有篇小说看过没有？一个小职员死了妻子,拿妻子留下的首饰去卖。他以为都是假玩意儿,谁知都是真珠宝。"

"自然是情夫给的了。"戈欣狠狠地说。

小陆微笑。她有几分为绣春惋惜,怎么不把事情做得严密些。更多的则是为自己庆幸,占领这新出的缺有了重要的有利条件。

"我记得那小职员也不知道情夫是谁。"戈欣又狠狠地嚼着那两个字。

"何必知道呢！"

"何必知道？说得轻松！我真恨不得找个私人侦探,把他找出来！"

"决斗吗？像奥涅金和连斯基？不,不大对。"小陆皱着眉,努力想起一个相应的故事,为死去的人决斗的故事,却想不出来。

"我有一个范围,"戈欣说,"就是建筑设计行业。人的样子大致也有印象。我去设计院门口等。你能不能想办法查查建筑师的名单?总有这么个学会吧?"

"就是人和名字都对上了,也不能证明什么。"小陆很明白。

"敢做要敢当嘛!"戈欣冷笑,"设计院里还有简缥春,不知道能起什么作用?"

"好了,你一直没吃东西吧?我来做!"小陆温柔地看了戈欣一眼,毅然进了厨房。

戈欣迅速地想了一遍绣春各方面的关系。他要前去拜访,也许能有些线索。忽然哗啦一声,厨房里小陆一声尖叫。"对不起,砸了一个碗!"紧接着她出现在门前,说,"托尔斯泰有个小说——"

"你走吧,好吗?"戈欣尽量客气地说,"我需要安静。"后面一句声音很大。

小陆委屈地说:"我会做的呀。"戈欣开开屋门,不耐烦地做了个"请"的姿势。小陆迟疑了一下,只好走出去了。

房里并不空,戈欣仿佛觉得绣春在悄无声息地来去。她坐在小桌旁,招呼他吃饭。不管她工作多忙,饭食总是可口的。他们彼此把菜夹到对方碗里,很多年都这样。戈欣又想哭,却哭不出来。他在房里走动着,把东西踢到墙角,把绣春的大照片翻过来,扣在柜上。

次日,戈欣请了一天假,先到绣春的单位,找了几个熟人,推心置腹地说这件事和他的目标——找出那个人。听的人都睁大眼睛看他,似乎怀疑他因悲伤过度,神经出了点毛病。一位女同事气愤地说他简直是肆意诬蔑亡人,令人寒心无比。一位男同事慢条斯理地说就算有这事他们也管不着。戈欣把那几封信打开让大家认笔迹,有的人根本不看,有的人不说话。只有一个冒失鬼叫了一声:"倒像是老黄的字!"话未说完,就被众人喝住了。

戈欣连忙问:"这位老黄在哪里?"没有人回答。停了一会儿,还是那位男同事说:"我们这里没有姓黄的,劝老兄不要再追查了。多年的夫妻,人又死了,什么事总要担待一下。最好狠狠心,不要再想她就完了。"

勿念我!勿念我!他说的分明是绣春要说的话。

无论如何,戈欣有两大收获,一是知道了那人可能的姓,一是除去这一单位,范围又缩小了。他有礼貌地告辞,请大家原谅他诸多打扰,一点不在意那些怜悯的目光。

小陆送来了建筑师学会的名单,里面居然有两个姓黄的。戈欣便去拜访。第一位五短身材,肯定不是墓前人。第二位倒是颇潇洒,可惜一副厚眼镜片使他显得很凶,绣春不会喜欢这样的人。戈欣说受妻子委托,要找一位黄建筑师还一样东西。两位都有些惊奇,但都有礼貌地说明他们从不认识姓简的人,不要说是女士,男士也没有。

戈欣只好用最笨的方法,上班或下班时在设计院门前徘徊。他以为能直觉地认出那个人。可是三天过去了,没有一点成绩。第四天,戈欣采了一束小花,蓝白相间,站在门口路边。他觉得这花是诱饵,能引出藏在人海中的目标。果然有几位路边的人注意这花,有一位还从他手里拿去仔细看,可惜都是女士。

他向设计院大门走去,忽然看见绣春飘飘然从高台阶上走下来,整个的人快活新鲜,一点没有病容。他揉揉眼睛,随即意识到走下来的是简缥春,一个穿浅驼色风衣的人在她旁边。

他迎上去。缥春也看见他了,和身旁的人说了句什么,向他走过来。"我昨天才回来,今天要上你那里去的。"缥春先开口,板着脸,她永远是板着脸的。

戈欣盯着穿风衣的人,有三四个人围着他说话,戈欣好像很不经意地问:"这人是不是姓黄?""不对,他姓马。"缥春也似不经意地说,又加一句,"我告诉你,这人不认识绣春。"

戈欣盯着那人,把手中的花举得高高的。他的样子一定很滑稽。缥春微叹,轻轻拉一下他的衣袖:"已经葬了?"

"已经葬了。"花束没有引起反应。

葬了两次。

"戈欣,你听我说,"缥春尽量柔声说,"你受的打击很大,我一回来就听说了。凡事要想开些,就算找到了,你能怎样?你不顾惜绣春的名誉,你就不在乎自己的脸面吗?"

"简绣春!"戈欣忽然大声叫道,那几个人都朝这边看。谁也没有显出特别吃惊的样子。穿风衣的人有一张异常衰老疲惫的脸,戈欣看了心里不觉一颤。

"他好像有七十岁了。"

"有了,有了。不要瞎想了。回家去吧。我晚上来。"

戈欣又想哭,同时觉得很泄气。那陌生人脸上的皱纹所包藏的愁苦,似乎不比他少。

晚上缥春果然来了。戈欣像对所有的客人一样,用他的猎获物招待。缥春举着一把钥匙说,她曾受托取走并销毁那些东西,现在用不着钥匙了。

"你能不能告诉我那人是谁?你一定知道!我保证不闹事就是了。"

戈欣哀求道。

"我真不知道。她只说处理那些东西,并没有说清原委。"缧春反复看那幅画像,似乎在考虑是谁的手笔。

"她为什么不提出离婚?既然爱到那样地步,时间也不是一天两天,为什么不离婚?我会成全他们的。"

缧春想了一下,慢慢地说:"我想这是一种想法,用补充的方法,而不是替换——"补充、替换什么,她说不出来。"不是有些男的讲喜新而不厌旧吗?女的也可以这样,是不是呀?这是我的猜想。"

"这些东西放在你这儿没有意义。我们还是照死去的人的意见办,好吗?"

戈欣望着她,又有一个问题:"你虽然有钥匙,可怎么从我家里拿出去呢?"

"我就说都是我的东西,存在这儿的。"缧春仍是一本正经,没有一点儿笑容。

戈欣心里一下子冷得多了,觉得女人都很可怕。

那些东西也许真的属于缧春。戈欣站起身拿过日记本仔细看,绣春的笔迹他怎么会认错!他叹息,把本子一扔:"你拿去吧。"

缧春从本子里拿出那枝小花,放在桌上。干瘦的花枝看上去很可怜。

"还有个问题,"戈欣说,"她知道自己要死了,为什么不告诉我?让那个人来诀别——我会原谅的。"

"也许怕你伤心。不过,我想,她就是不想告诉你。"

"骗到底?"

缧春瞪了他一眼,神情真像绣春。"随你怎么说吧。"她走到门口,略侧着头,板着脸说,"我还要到日本去。日本那边问候你,请节哀。"所谓日本那边,指的是她在日本工作的丈夫。她在门当中转过身子,看着戈欣说:"希望你忘记以前的事,开始新的生活。"

门轻轻关上了,他的猎获物被轻而易举地掠走了,只留下一枝勿念我。想不到最后还是缥春来处理绣春的"遗物"。姊妹到底有血统管着,是改变不了的。而丈夫可以一下子变成路人。

"绣春,你怎么这样对我!"

空气中仿佛掠过一丝叹息。"你——"那是绣春最后的话。

戈欣不由得回想起她临终的情景。她的病日益沉重时,医生同意她回家住几天。那几天她常对他微笑,虽然笑容很黯淡。她要求把电话机放在床头,有几次竟抱着电话咳个不停。他只顾心疼她咳嗽,从未琢磨过她为什么对电话有这么大的兴趣。她是等那人的声音,等那人的话语啊!

又进医院时,人们都知道她再不会从前门出来了。她浑身插着大大小小的管子,连咳嗽也不会了。他小心地为她擦洗,她忽然睁开眼睛,眼睛里闪过亮光,就像黑夜里打了闪一样。"我——会死吗?"她很不甘心地用力说。

戈欣拽住她的手,努力忍住眼泪。"你不会,你不会——"

她喘息起来,大大小小的管子在抖动。戈欣慌忙去找医生。回来时见她大睁两眼,却分明没有看见什么。他低头抚慰她,听见极轻的一声叹息:"你——"她死了。

她的眼睛始终睁着。戈欣向下抚摸眼皮,竟拉不下来。护士说遇到这种情况,就不能管了。死不瞑目。

因为这样,遗体告别时人们只见到白布蒙着的轮廓,布没有揭开。戈欣告诉说这是绣春的遗愿。

"你——"的后面是什么?他自己添加过许多不同的话。现在他明白,这"你——"不一定不是他,也不一定是他。若不是他,就是她日夜盼着的那个人。

那一丝叹息"你——"还在房中萦绕着。

那是一个永远不会有谜底的谜,让人心痛的谜。戈欣拿起那枝勿念我,久久地审视着。

门铃响了。小陆踢踢踏踏走进来。戈欣忽然把那枝花塞进口中,嚼了几下,咽了下去。

"你这是干什么?万一有毒呢?"小陆惊叫。

"最好吃了这东西就能忘记一切。"

"就像忘川的水一样。"

那就是说人死了以后自会忘记,不必着急。废话连篇的小陆居然说了一句颇有深意的话。

1993 年 6 月

(原载《天涯》1993 年第 9 期)

长 相 思

万古春归梦不归,
邺城风雨连天草。

——温庭筠《达摩支曲》

当我站在秦宓的公寓门口时,心里很高兴。虽然和她不是同学,也非玩伴,交往不多,却觉得颇亲密。因为家里认识,我照她们家大排行称她作八姐。在昆明街角上,曾和她有过几次十分投机的谈话,内容是李商隐和济慈。当时她上大学,我上中学。这次到美国来,行前她的堂姐秦四知道我的计划中有费城,便要我去看看她。我满口答应说,也正想见她呢,好继续街角上的谈话。"她现在很不一样了——还没有结婚。"秦四姐欲言又止,"见了就知道了。"

时间过了四十年,还有什么能保持"一样"!

门开了。两人跳着笑了一阵之后,坐定了。我发现时间在她身上留的痕迹并不那么惊心触目,像有些多年不见的熟人那样。她的外貌极平常,几乎没有什么特征可描述,一旦落入人海之中,是很难挑得出来的。这时我倒看出一个特点,她年轻时不显得年轻,年老时也不显怎样衰老。大概人就是有一定的活力存在什么地方,早用了,晚不用,早不用晚用。

两人说了些杂七杂八的事。她忽然问:"你来看我,是受人之托吧?"

"你堂姐呀,才说过的。"

"不只是四姐,还有别人。"她笑吟吟的,似乎等着什么重要喜讯。

"真没有了呀。"我很抱歉,见她期待的热切神色,恨不得编出一个来。"你要是等什么人的消息,我回去可以打听。"

秦宓脸上的笑容一下子收去了,呆呆地看着我,足有两分钟。然后就低头交叉了两手,陷入了沉思。我不知道是否该告辞,但是说好晚饭后才来车接我,只好也呆坐着。

她的房间不大,却很宜人,说明主人很关心自己的舒适,也能够劳动。她坐在一扇大窗前,厚厚的墨绿色帷幔形成一个沉重的背景。

"拉开窗帘好吗?"我想让她做点事。她抬头想了一下,起身拉开窗帘。我眼前忽然出现了一片花海,一片奔腾汹涌的花海。这是美国的山茱萸花,高及二楼,把大窗变成了一幅美丽的充满生意的画面。

"真好看!"我跳起身,站到窗前。山茱萸一株接连一株,茂盛的花一朵挨着一朵,望不到边。

"这不算什么。"秦宓裁判似的说,"记得昆明的木香花吗?那才真好看!"

木香花!当然记得!白的繁复的花朵,有着类似桂花却较清淡的香气。那时昆明到处是木香花,花的屏障,花的围墙,花的屋顶——

"我第一次注意木香花,是和你在一起的。你是我们的证人。"秦宓的眼光有些迷茫。

你们？你们是谁？你和木香花吗？

"那时你是个可爱的小姑娘。他认识你，向你走过来，你说'这是秦宓秦八姐'，你看见我们在木香花前相识。"

我感觉很荣幸，但实在记不起那值得纪念的场面了。"我没有介绍他吗？"我试探地问。

"他用不着介绍。我知道他，他是你父亲的高足。还会唱歌，抒情男高音，声音好极了，在学校里很有名的。"

我把父亲的高足——我认识的，飞快地想了一遍，还是发现不了哪一位和秦宓有什么关系。不过我已经明白，她等的消息，就是和这位木香花前的高足有关。

"他对我笑了一笑——一句话也没有说。"她叹口气，目光渐渐收拢了，人从木香花的回忆中来到山茱萸前，记起了主人的职责。"我们做晚饭吧。端着你的杯子。"她安排我坐在厨房的椅子上，自己动手做饭，拒绝了我助一臂之力的要求。

"你们后来来往多吗？"我禁不住好奇。

"常在校园里遇见，他有时点点头，有时就像没看见似的。你知道吗？"她有些兴奋地说，"有一次新中国剧社到昆明演出话剧《北京人》，我们宿舍有好几张票，我因为要考法文，没有去。后来听说他去了，我真后悔，说不定会坐在他身边呢。"她的遗憾还像当年一样新鲜。

"你来美国以后他也来了？"

"他先来，我才来的。可我们一直没有见过面。后来他到欧洲去了。后来听说他回去了，消息完全断绝了。"

"你难道不觉得，除了大形势下断绝消息的那些年，他想找你，其实很容易？"

"他一定有很多难处。"她的目光中又是一片迷茫。这目光如同一片云雾散开了,笼罩着她,使她显得有几分神秘。"他一定会来接我。他一定的。我一直等着。"

我不知道说什么好。他们一句话没有交谈过,她却等着,等了四十年!

房角有一把儿童用的旧高椅,和整个房间很不协调,我走过去看。

她说:"这个么,我帮别人修理,还没有修好。"

"你做木工?"

"无非是希望自己对别人有点用。"

我要帮着摆餐具,她微笑道:"呀,你不会摆的!"说着,她迅速地摆好餐桌,样样都是三份。

"还有客人么?"我不免问。

"就是他呀。"她仍在微笑,"我觉得他随时会来,如果没有他的座位,多不好。"她一面说着,一面仔细地把一张餐纸叠成一朵花,放在当中位置上。我们两个相对而坐,我们的餐纸都没有用心叠过。

等一个不会来的人,有点像等一个鬼魂。天黑了,窗帘拉上了,遮住了山茱萸,我觉得屋里阴森森的。她可能喜欢这样的气氛,渐渐高兴起来,举起杯子对我表示欢迎,说我的到来是好兆头。证人都来了,本人还不来么?我不便表示异议,只好笑笑,呷一口果汁。她提起昆明街角上的话题,兴致很好。

"我们有一次谈义山诗,谈到《重过圣女祠》那首,还吵了一架呢,记得吗?"

我想不起吵的什么。"'一春梦雨常飘瓦,尽日灵风不满旗。'这两句太美了,似乎空气里都有一种湿润的清香。难道你说不美?"

"这一联没有争议。我们吵的是头两句:'白石岩扉碧藓滋,上清沦谪得归迟。'我说碧藓滋形容她不能回去,所以在这里住的时间久了,你说碧藓滋应该形容没人住。你其实是和李商隐吵架。"

我依稀记起来了:"还有最后两句,我们为那通仙籍的玉郎,也争了好一阵,我说玉郎这种人误事,你说这种人很重要。"

"那时你还太小,初中三年级吧?"她轻轻叹息。那时她是大学三年级。

"还有济慈呢。别忘了他。"我笑道,"我们不是说过我们是街角四人俱乐部吗?——'那过去的古老、灰色的时光'——"我停住了。

她没有接下去,却说:"我在伦敦去过济慈故居,墙上挂着一张脸的模型,是济慈刚死后,从他脸上做出来的。老实说,我觉得有点可怕。当时心里闪过一句义山诗——"

"我来说好吗?那句诗是'他生未卜此生休'。"

她看着我,眼光是清明的,愉悦的。我们没有琢磨诗句的沉痛,反而笑起来,笑得像在昆明街角上那样。

"自从那天你介绍了他,我们便是五人俱乐部了。可一直没有告诉你。"她笑过了,脸上又是迷茫的神色。

"我介绍了他!"我踌躇了一下,小心翼翼地问,"可我还不知道这一位尊姓大名,能告诉我吗?"

她似乎很诧异,说:"我以为天下人都知道呢。你是第一个不知道的。"她坐坐好,抚平了衣襟,郑重地说,"他是魏清书。"

只要她说的不是一只猩猩或熊猫,我都有心理准备。我镇静地咽下了这几个字。魏清书,中国数学界的才子,魏清书定理前几年在报章杂志上很热闹了一阵。

"可他早结婚了呀。"我脱口而出。

"早听说了,我不信!听到这种谣言以后,我才等他用饭。他是该有个家了。"她又叹息。

"而你呢,秦八姐?"我忍不住说,"他早有家了。他的妻子我见过,是英国人。"也许是法国人,瑞士人?总之是西欧人。

"我不相信。"她很镇静,"这是不可能的。"

"我让他亲自写信告诉你。"

"那好。我等着。"镇静而坚决。

后来她问起我的先生是怎样的人。我怔了一下,觉得很难形容,许多年没有想这个问题了。他就像自己的头脑、心脏、手臂、躯干一样,很难分出来评价。不过我还是想出一个譬喻,及时说出来:"他么,他是一段呆木头。"

秦宓说:"呆木头好,很适合你。我不一样,我等的是整个的世界。"她的眼睛闪了一下,随即黯淡下来,"不过在得到整个的世界以前,他是空气。"

我们都没有笑出来。又说些话,时间到了,她坚持送我到公寓门前,看我上车。我向她招手,却见她向来车的那边望着。她在等,等那木香花下的人从夜色里出现。

离开她时,我立志要把她从无尽头的等待中拯救出来。后来在旅行中见到几家奇怪的婚姻,回北京后,面对一段呆木头,我有点怀疑自己救苦救难的想法,做出来能否真的救苦救难。秦宓明白说了,她等的是整个世界,如果没有,她情愿要空气。她不需要替补队员什么的。因为痴心,她不承认不能得到,那就总还有些希望罢。哪怕这希望是虚幻的,假的,是挂在木香花上一个已经破碎的梦。

可是秦四姐出面干预了。她打电话来,说知道我回来了,时差倒过来没有?人来人往的忙乱过了罢?随后就问起秦宓的情况。我详细汇报,只说事实,不谈见解。她似乎在点头,说:"依旧,依旧。"

两边都沉默了一会儿,秦四说:"谢家小妹,你得帮个忙。"

"我静候吩咐。"

"你让魏清书写封亲笔信,说明情况。别让八妹这痴心的人再等下去了。"

"我原也这样想。真的,大概大家都会这样想——可这几天我觉得,戳穿了,太残酷了。"

秦四笑了一声,说:"可不是,我记得你也是有几分痴的——"她这印象不知从何而来。不过她没有多发挥,听到我承诺去办"亲笔信",便适当地转过话题,像每次通电话一样,不忘向呆木头问好。尽管呆木头从来也没有弄清她和我家的关系。

魏清书家的电话号码很容易找到了,是他本人接的电话。我报上姓名后,他一阵惊喜:"是娥法!多年不见了,你可好?多谢你打电话来。"得知我有事相求要登门拜访后,他爽快地说,"当然我来看你,今天晚上就来,好么?"

傍晚,魏清书骑车来了。

他看上去比秦宓老多了。秦宓是在一种静止的状态,她储着活力等待她那"整个的世界"。魏清书是很辛苦的,除了艰巨的脑力劳动外,那几年思想改造他也是身体力行的。"文化大革命"期间下干校,常举行各种讲用会,他用数学上一个定理联系养猪体会,一讲就是一上午。当时大家说好,后来又说他意在嘲讽,居心叵测。当时常在野地里开大会,谁遇到水坑或泥地,是不能绕过另找地方的,排在哪儿就坐在哪儿。很多人为这种待遇研究对策,只有魏清书似乎丝毫不以为苦,主动把干燥的地方让人,自己去坐在泥泞里。眼也不眨地坐下去,毫不犹疑。

我们上次见面还是在父亲的遗体告别仪式上。十年过去了。他大概六十多岁了吧,背有些驼了。原来是中等身材,现在就显得不够伸展。我忽然想哭,赶快到厨房拿饮料。

他说:"真的常常想来看看你——不过,说也是白说。"

"北京太大了。"我笑道。彼此说些情况后,我讲了秦宓的事。

魏清书觉得十分诧异,他怎么也想不起世上有这个人。他记得一次在木香花前看见我,却不记得我身旁还有别人。他看见我手里拿着一个风筝,可是我从来没有玩过风筝,这是我童年、少年时代的重大遗憾。眼看这要成为争辩话题,我连忙放弃自己的遗憾,表示相信他的记忆力。

"那风筝是紫色的。"他确定地说。

说到后来他同意写一封亲笔信,说明他的家庭情况,一切很美满,再附一张全家福的照片。他抱歉说以后怕帮不上忙了。我保证到此为止,以后再不会麻烦他。

他走时正遇呆木头在门厅里拿东西,我忙介绍,其实他们早该认得的。两人哼哼哈哈也不知说了几句什么,我怀疑他们实际都不知道对方是谁。

魏清书走后,我责怪说:"见人也不热情些,人家是学部委员呢,咱们认识的学部委员大概就剩这一个了。"

呆木头光着两眼看我,说:"他不是那个搞数学的吗?"

智力不低。

亲笔信次日躺在信箱里。信是写给我的。说他一九五四年在欧洲结婚,妻子芙尼是比利时人,也是数学家。他们有一子一女。信中警句:"我想世界上不会有人像芙尼这样理解我。懂得我是需要一点专业训练的。"两张照片,一张是四个人,孩子们还是少年。另一张只有他们两个人,孩子已不在身边了。两人各坐一张藤椅,相视而笑。芙尼看去很是苍老。外国人容易显老。

我把信复印了一份,寄给秦四,把原件和照片寄给秦宓。我觉得自己从一个荒唐的痴梦中逃脱出来了。我再不管这件事了。

两周过去了。我们的日子刻板而平静。平静中我不免想起秦八姐,不知她是否能逃出那荒唐的痴想。亲笔信和照片能动摇她四十年不回头的等待吗?

一个夜里我们正睡醒一觉,忽然门铃乐声大作,把我们吓一跳。看表是差一刻十二点。

半夜里,谁来拜访?我不让呆木头一人去开门,两人来到门口。他先从猫眼中向外看:"不知道是谁。"看了等于不看。

我推开他,自己看时,立刻惊呼一声"是你",慌忙下令开门。

来人是秦宓。一身黑衣,显得很瘦弱。说是飞机误点,太对不起了,不过她必须来找我,哪儿也不能去。

"必定是为她的痴想而来。"我想。我忽东忽西地张罗着,拉开客厅的沙发,沙发上掉出些橘子皮,想是冬天的存货。安排好了床铺,拿出些小点心,点心碟子放在桌上,旁边都是灰尘。我很惭愧,暗怪她也不通知一声。又想去煮方便面时,她说飞机上吃得太多,吃不下了。我一面奋斗一面说:"我这里欢迎你,哪儿也不用去。"

她看上去很抑郁,眼光粘在了我身上,随着我忽东忽西,看得我有些发毛。等到我坐定了,她幽幽地叹一口气,说:"我是来讨个真话的。"

"还有什么真话?信和照片收到了?那是最真实的真话。"

"那不是!"她的话斩钉截铁,"那些东西是真的,可是不能说明什么,因为他已经死了。"

我几乎从椅子上跳起来。"谁说的?他两周前还在这儿。今天我还遇见他们研究所的人,没有说起!"

"可能人家不打算告诉你——我知道,他是死了。"可是她并不显得悲痛,只是神气有些特别。

"打听消息,也得明天了。"我把心一横,决计维护自己的休息权,我要睡觉。

秦宓放我去睡了。她自己可是一夜未睡,不时在房间里走动。次日起床后,我哈欠连天,昏昏然不辨南北西东。却见她精神很好,不像彻夜不眠的样子。

感谢电视台增加了播放新闻的次数,用早餐时呆木头开了电视机。我刚瞪他一眼,忽听见说,中国中学生参加数学物理化学三项奥林匹克比赛获奖归来,科委举行欢迎大会。最重要的是下面一句话:"著名数学家魏清书出席大会并讲了话。"同时荧屏上出现了他正在讲话的图像,比那次见他显得神气些。这是昨天的事。

"放心了吧!"我对秦宓说,"不要再瞎想了。这对他也不好,像是咒他。"

奇怪的是秦宓并没有显出高兴或安慰,倒是眼圈红了,鼻子皱起来,使她那张平淡的脸看去很丑陋。她连忙用手绢捂住脸,低头不做声。

"你这是怎么了?"我不解地说,像是恨他不死似的!沉默了一会儿,我忽然明白了,她确是希望他死。

中学英语课本里有一个故事,题目是《美人还是老虎》,说的是从前有一位公主,由于国王的禁令不能得到自己心爱的人。为了让她和他彻底断绝关系,国王在他身边设置了两扇门,一个门里坐着一只老虎,一个门里站着一位美人。老虎出来,吃掉他;美人出来,嫁给他。开哪一扇门,由公主决定。我们讨论了半天,我们要开哪扇门?大部分人都是铁石心肠,说要老虎。只有一个同学哭起来,说她两个门都不要开。

"秦八姐,你好狠心。你是要开老虎那扇门了?"

"你看见吗?他老多了。人生没有几年,真是何苦!"我唠唠叨叨,忽见秦宓抬起头,脸上挂着两行清泪。我立刻不再出声。

过了一会儿,她怯怯地碰碰我,说真对不起,没有征得同意就来打扰。

我说坦率地说:"你想干什么?"她说:"我想一个人待着。""那你就一个人待着。"我和呆木头不约而同都要去图书馆,那是我们的第二故乡。

时近中午,我们回到家。呆木头从来出门进门都抢先,这时却堵在门中,踌躇着不进去。"这是咱们的家吗?"他小声问。

我猛然一惊,心想可能秦宓出了问题。慌忙推开他,先觉得狭窄昏暗的门厅宽了许多,亮了许多。进到客厅,只见明窗净几,纤尘不染,整间屋子,从头到脚都擦过了。两个玻璃门书柜,闪闪发亮,柜中的书骄傲地望着我们,那意思是:这回可见了天日!

"这是谢娥法的家吗?"呆木头明知故问。顺手从桌上拿起一张纸,大声念道,"娥法小妹——写给你的,放心,不是绝命书。"

秦宓留的条子是这样写的:

娥法小妹,我到四姐家去了。所有清扫出来的东西,都在厨房角上,片纸只字,还得你们自己看过才好定去留。书柜底下扫出一个表来。我看你没有戴表,找不着了吧?放在桌子第一个抽屉里。我会给你打电话。

呆木头拿着纸条,自言自语:"怎么出了田螺姑娘!"

"废话!"我开抽屉,果见那丢了几个月的表在里面。

我立即往秦四家打电话,秦四的女儿说她们上街去了。我问她们是谁?答说妈妈和八姨。我放了心。觉得有许多话想发作一番,却又说不出。

呆木头洗青菜,煮方便面,一面说:"其实秦宓也没有什么特别,不过执著到了极点,便有些怪——其实人都有几分痴的,我看她还痴得不讨厌。"

"哦!"我应道,"想不到秦宓在北京得一须眉知己。"

"她的第一知己是谢娥法呀。"

电话响了,秦宓打来的,感谢我留她住。说已经去证实机票了,明天就走。我说你们秦家亲戚在北京总有几十人,还是见几位主要的再去。她说没意思。我感谢她为我们做了一次清洁工,她说何足挂齿。又说在美国住了这么多年,觉得有一句话实在美妙无比。这句话很简单:我能帮助你吗?她说:"人总想着这句话,就到不了绝路上。"

"不只到不了绝路,还要开辟新路才好。"

"那就难了。我的生活,你可以预见。"

我立刻批注,十四个字:春蚕到死丝方尽,蜡炬成灰泪始干。

几个月过去了。暑假里我们到东北林区去了一阵。回来以后略略收拾整理,便觉秋意渐浓。一天我们到菜场去,路边的树木已在落叶,一片叶子旋转着飘落,快着地时又被风吹起,如此几次,才似乎万分不得已,缓缓地落在路边。我看呆了,忽然有人拍我一下,说:"我就说你也有几分痴的不是?"

原来是秦四和她的女儿。先说些彼此近况,后来她放低声音说了下面一段话:"大概是两个月前,我给你打电话,你们不在家。不在家也好。我是要告诉你一个假消息——可当时不知道是假消息,还以为真的呢。消息说秦宓死了,说得活灵活现:她在浴室洗脸,一转身就倒下了。华盛顿的十二妹去看,你猜怎样?她好好地在家里,在帮别人做木工。你看,有些消息不知怎么传的!没找着你倒好,免得你白伤心一场。"

我们笑了一阵,好像秦宓若是真死了,就不至于白伤心,还值得些。我们分手了,她走了几步,忽又回头低声说:"我告诉你,她还是摆着两份餐具。"

餐具旁一定还有细心折叠的纸巾。

我们慢慢地走出很远,我才说:"我想她现在是不会死的。"

呆木头应道:"因为那个搞数学的还活着。"

谁知道呢。

1993 年 6 月

(原载《作品》1993 年第 11 期)

核桃树的悲剧

一株大核桃树,慷慨地伸展着绿油油的枝叶,遮盖了这小小的院子。说是院子,因为两边院墙都已倒塌,早成为一条通道。人们在这里走来走去,十几年来,做出各种各样的表演。核桃树不管世事变迁,管自认真司管职责。春来发出嫩芽,夏来洒一片浓绿,秋日结累累果实,到得冬天只剩下枯枝时,枝上的积雪会给雪景添上峻峭的线条。

这是一个秋日的傍晚。满树碧玉般的核桃,在夕阳里显得饱满而润泽。树枝让果实坠着,俯视着树下的房屋,有的枝丫较低,几乎碰到玻璃窗。如果核桃树会说话,它要请主人柳清漪把果实打下,以免招灾惹祸。不过也许它是会说话的,谁知道呢。

就算它通知柳清漪,她也做不到。她好几天都在气喘,不能平卧,喘得只剩下一丝游气。她因为身体不好,提前退休了。在家也不肯懒散,一直在做事。她翻译一些资料;因为机关里找不到合适的英文打字员,也承担了一部分打字。她打出来的文件、材料整齐美观,准确无误。近年出国人多,找她打字,几乎得排队。有的人以为她承揽打字未免大材小用,既然退休了,就不如闲散逍遥,自由自在。她却觉得打字机的嗒嗒声像是一种信息,把她和外界联系起来。每到秋天,这信息便不得不中断。秋天真是大灾难,而且还有一棵招灾惹祸的核桃树!

本来除了女儿阿岫,这核桃树算得她最亲近的朋友了。它伴着她,一步不移。三十年的风雨坎坷,凄冷孤寂,都在它的眼下。它的枝叶覆盖着这小小的院子,时常沙沙地响着。从这一片温柔的音响中,清漪可以听到各种她想听到的温柔的话语。

无论怎样雨急风骤,它总按时结出核桃,从不懈怠。如果它能懒散些,倒也罢了。问题是它知道得太多,果实也结得太多。生活中的许多问题便是这样引起的。

阿岫好不容易考上研究生,整天忙着读书、做实验,恨不得一分钟当成两分钟用,无暇照顾她,更不用说对付别的什么。好在清漪久病成医,自己有数。这时她折腾了几天,疲乏极了,似乎要睡着。她觉得自己慢慢向睡眠深处落下去,浑身褶皱处都在慢慢地平展开来。

"唰——砰!"一块砖头飞起,穿过密密层层的树叶,落在地上,如同打了一个闷雷。清漪猛地惊醒了。

"唰——砰!"又是一块砖头。紧接着是纷杂的脚步声,显然是冲过去捡核桃。"个儿不小!""我要那个!""我要这个!"

"瞧树上!多着呢!"许多威武的声音。紧接着又是"唰——砰!"的闷雷。

闷雷把清漪的心震得悬在半空,不能落下。她半坐半卧,定定地望着窗。那是旧式房屋的长方大玻璃窗,因为房间被前后隔断,分给别人住,现在窄窄的一条和这窗很不相称。从窗中看去,核桃树枝正在簌簌地颤抖,好像应和着地下人们的喧嚷。

这是近两年来的秋季表演,阿岫称之为"闹核桃"。这棵大树不知已结过多少次核桃了。三十年前清漪搬到这里时,它就是枝繁叶茂,难以围抱的大树。六六年以前,院墙还完好,从没有人觊觎核桃,即使三年困难期间,也平安无事。十年动乱时,有人忙着"革命",有人忙着提心吊胆,人为的家破人亡妻离子散,使人无暇顾及核桃;即或有些骚扰,比起清漪当时的经历,也算不得什么。就是这几年,一些人无事可干,打几个核桃,轻易而实惠;另一些人忙里偷闲,认为"不吃白不吃",岂不"亏了",都常光顾清漪的破院墙内。而清漪居然连这点骚扰都不肯忍耐,这也算是新问题吧。

清漪不想看核桃树枝的颤抖,目光慢慢向下,落在窗前书桌上的一封信上,长方形的淡蓝色信封说明它来自远方。它斜靠着笔筒,冷淡而又有几分好奇似的打量着室内的一切。

清漪闭上了眼睛。记得第一次和家理来看房子,他就喜欢这棵树,说核桃树周围的空气对她的气喘病有益。虽然房子旧,设备差,他们没有多考虑便住下了。房子是清漪姨妈家的,姨妈过世后便归了清漪。他们过了约半年多的神仙日子——那过去的日子是永远过去了。当时家理已联系好奖学金出国留学,每天都在准备功课。因为华北就要解放,她曾劝他不要去,他却怕以后再没有机会了。他们也曾想一同去,清漪的奖学金又没有联系妥。照他的意思,不要考虑太多,去了总有办法。她却怕拖累他,影响他的学业。他们在核桃树下计划着,讨论着,希望着,最后她留下了。她愿意留下,留在自己从小脚踏着的土地上,心里是安慰的。尽管她没有为这块土地做出什么有益的事。

"三年,快得很。"家理安慰她,"我就会回来的,核桃树做证。"他开玩笑地说。那些话语,应该是记录在树的年轮上了罢。

可是三十年过去了,他没有回来。

"刷——砰!"可怜的核桃树!这一声闷雷,震得斜靠在笔筒上的淡蓝色信封也轻微地颤了一下。

家理走时,阿岫还没有出生。他临走前一天,打碎了一套六个细瓷茶杯。她心情很不好,觉得他简直是成心。她不愿让他看见不愉快的脸色,在核桃树下站了很久。弯下来的树枝好像是朋友的手臂,沮丧时是可以靠一靠的。

她曾抱着满月的女儿站在树下,看庆祝新中国成立的焰火。焰火把黑夜照亮了,在空中散开一片光的花样,把绿树染成粉红色。多灾多难的国家稳定下来了,她有一种平安有靠的感觉。当时她写信给家理,催他回来。她相信他会回来。但一年过去又是一年,不少人从欧美费尽周折回到自己的家园,其中并没有家理。

三十年过去了。他仍没有回来。

回来的是这封信。这封她早已料到的信。

"刷——砰!"又是一块砖头。树叶簌簌地抖着,有几片飘落下来。

这株核桃树,不会移动,不会离开,认真地站在那里,看着这些年清漪的各种奇怪的遭遇。有一段时间,阿岫到西双版纳插队,她只有向树说话,无论她说什么,树叶总是沙沙地响着,似乎在回答什么。记得一次冗长的斗私批修会后,她觉得出奇的寂寞。她在树下徘徊,几乎是喊着,她问:"回来不回来?"她心里想的是阿岫。

"回来——回来——"树叶的沙沙声似乎在唱着,向远方飘去了。

她又问了,声音低了些:"回来不回来?"这次想的是家理。

"回来——回来——"树叶的沙沙声是温柔的,呜咽着远去了。

"我呢?怎么办?"清漪拼命忍住了眼泪。她没有想到核桃树能给她这样的安慰。

它又回答了,说的是:"关心你——关心你——"那温柔的声音拥着清漪,使得她摇晃的身体站直了。以后她就是为了听这句话,才去向大树诉说苦恼。树会答话么?她知道那不过是自己昏乱中的想象。

"关心你——关心你——"

她叹息了。没有料到,近几年一切都好转了,这冷月下孤灯旁的忠实朋友倒带来了许多灾难。

"扔啊!朝那边!"外面人喊。

她望着窗,等着砖头砸在玻璃上,那几乎是每年的保留节目了。这些飞起的砖头必然有一块落在玻璃窗上,砸一个洞,使得寒风没遮拦地拥进来,在冰封雪冻的冬天,她常常只能在窗上糊一张报纸。

也许是不让她失望,她眼看着一块砖头飞起来了,穿过枝叶,直奔玻璃窗而来,紧接着清脆的哗啦一响,玻璃碎了一半,奇怪的是,每次那砖头都掉在窗外。

窗外响起一阵哄笑。笑声过去后,一个声音说:"闯祸了!"

"怕什么!"另一个声音说,"这院子就一个孤寡老太太和一个老姑娘。敢怎么着!不吃白不吃!""这么大的鲜核桃!可别跑了!"有人应和着,随即又飞起好几块砖头。

清漪在房里苦笑了。敢怎么着! 就是她敢怎么着,可又能怎么着呢?她也不想怎么着,她缩着身子,和床贴得更紧。

房顶上忽然咔嚓一响,腾腾的脚步声在头顶响起来了。这些人上房了!清漪知道这意味着漏雨,意味着无休止的乞求修理,意味着各种各样想象不到的灾祸。她就是个木头人,也不得不起来挣扎一番了。

核桃树下凌乱地铺着打下来的枝叶,树梢间没有打下来的核桃可怜地挂着。大树似乎在暮色里颤抖。"我有用,我有用——"它说。

"请不要在这儿闹了。"她的话有气无力。

"你管得着吗!"一块砖头落在她身边。

"你们下来!你们滚!"清漪没想到自己会这样发脾气。她喉咙里像塞了什么,带有核桃香味的空气进不去,喊出的声音是飘浮的、虚弱的。

"看谁先滚!你先滚到阎王爷那儿去!"一个年轻人跳下房来,铁青着脸,向她逼近来,"年纪不小了,客气着点!"

清漪见他逼近,不觉想往后退,碰着门槛,跌倒在门边。她实在透不过气,赶忙摸出喷雾器,张嘴吸药。

她的狼狈引起又一阵哄笑。铁青脸的小伙子故意砸开一个核桃,往嘴里塞着核桃仁,拉着长声说:"鲜哪!妙啊!"

"这些人已是成年了,怎么这样可怜!"清漪想。可是我更可怜,我是孤寡老太太!阿岫是老姑娘!从哪儿来的这群人?如果他们能把核桃树搬走多好,连同那淡蓝色的信封。我受不了。一点清静都这样难么!

她慢慢挣扎上床,又喷了几次药,才渐渐平稳些。"瞧到底谁先滚!"门外又传来一阵闹嚷,飞起了砖头。又闹了一阵,天渐渐黑了。"关着门念我们的好吧!我们明天还来!"是那铁青脸的声音。他们走了。

一片寂静。秋风从破玻璃中吹进来,核桃树的身影映在玻璃窗上,破碎的纹路使得树枝很不自然。就在破洞中,嵌进一簇核桃,青的、嫩的、鲜的一簇核桃,在黑下来的天色里还是很分明。

"要除掉这株树!"这念头掠过时,清漪很惊异。

"要除掉这株核桃树!"这念头拂拭不去。虽然核桃树没有错,它伴她寂寞,它是朋友。它刚刚还在申辩:"我有用,我有用——"

谁不知道核桃有用!报纸上宣传多次了,在最混乱的那几年,人们断绝了来往,这核桃树还带给她一些人间的情谊。那是有人来索取核桃枝作药,为身患晚期癌症的亲人求取最后一线希望。核桃枝煮鸡蛋,是流传一时的治癌偏方。来的人大都战战兢兢,生怕再添罪名。她记得那小心的敲门,充满殷切希望的话语,尽管院墙已经坍塌,完全可以自取。她热心地指点哪个枝子鲜嫩,帮助采摘,因为自己居然还能有点用处,简直要哭出来。

服用了核桃枝的病人,没有一个活下来。她每得这样的消息,独坐窗前对着婆娑树影,总觉得核桃树也在叹息。

现在自己不需要核桃枝,不需要任何打扰,只需要清静。她猛然又起身,把那淡蓝色的信拿过来,塞在枕下。

"这不行。"她大声说。

"什么不行?"阿岫正好进门。她的脸儿鼓鼓的,眼睛也鼓鼓的,嘴巴也鼓鼓的,站在床边,向清漪微笑。"今天又闹核桃了,是不是?妈!"她的目光从母亲的脸落到枕头上,随即瞪大了眼睛,"这是怎么了,妈?"

清漪靠着的枕头上有一片血迹,鲜红的。

"怎么了?"清漪伸手去摸,自己也"呀"了一声,随即马上明白了,"刚刚在门边摔的,吵架来着。"

阿岫的脸气红了:"岂有此理!我找他们去!"可是她不知道他们是谁,即便知道,也不是对手。

"千万别!"清漪忙道,"那班人也有他们的苦恼。"

"妈!"她停了一下,"照我说,咱们得把核桃树砍掉!"这是最理智的办法。

"是么?是么?"清漪不肯说自己也有这样的念头,"树也没有罪过。"

"它的罪就是它有用,又错生在我们家里。我们没有权势保护它和我们自己。要等人都自觉地不来占这点便宜,连我也等不到的。"

清漪看着阿岫鼓鼓的脸儿。"错生在我们家里!"可不是!若是得了帝王的垂顾,还能赢个"遮荫侯""大树将军"的封号呢。虽然这对于树自己毫无意义。

"如果几何学妨碍人们的利益,人们也会改变它!"阿岫加了一句。研究生的课程里是有一门"辩证唯物主义和历史唯物主义"的。

马克思或恩格斯的话现在不大引了。清漪对这点倒没有遗憾或高兴。不过既然几何学都可以改变,又何况一棵树?她往窗外望去,天已全黑,仍依稀辨出树的轮廓。

"只要把树皮剥掉一圈,养料断了就行了。"阿岫絮絮地说,一面爬上桌子往窗上糊报纸。可不是,中学里学过的。看见阿岫那艰难样儿——真的,不过是一棵树!

母女俩又策划了一番。阿岫从桌子上跳下来,说她还得到学校去,实验没有完。等回来她就动手。"简直有点像谋杀!"清漪想,没有说。阿岫却说出来了:"咱们像不像谋杀?"她哈哈笑。清漪道:"别胡说!"

阿岫正了脸色,看着窗外,似是研究那树。半晌,忽然问:"妈妈,你是不是说过那个王家理喜欢这棵树?咱们砍了它,让他找不着。"她小时看见别的小朋友有爸爸,总赌气地想:"我的爸爸立刻就回来,还要剥核桃给我吃呢。"长大以后,她想到剥核桃的爸爸时,总是用"那个王家理"几个字代替了。她知道自己的痛苦,也知道妈妈的痛苦。在一片"海外关系热"中,她从没有想用一下那曾给她们带来十分痛苦的关系。妈妈觉得很对不起她,为她选择的父亲只是个负数。见她刻苦学习,并不想攀附什么,心里是安慰的。

"如果咱们自己不动手,大概得靠海外关系才能平安。"阿岫自己又说。她们曾想过各种办法来杜绝"闹核桃"。院墙简单地修复过,总是在第二天或第三天就莫名其妙地给拆了,人们已经习惯走这条路,习惯是不好改的。向街道申请帮助,街道顾不上管,有些人闻风而至,结果是更大的骚扰。敬备烟茶不说,还有许多口舌。不止一个人建议清漪母女宣扬她们的海外亲人就要回来,准会得到特殊照顾。因为这点关系,她们大大吃过苦头,现在就不该得点什么甜头么?听到这种建议时,清漪平静地摇头,阿岫大声说:"不!不!"好像触到了什么脏东西似的。只有除去核桃树是最根本的办法。在阿岫心底,这比根本还根本。因为似乎是对王家理的一种报复。她有点兴奋。因为妈妈不答话,她便做着琐事,不说什么。她要走时,站在妈妈床边,掖好被子,像是忍不住了,忽然问道:"那个王家理,妈妈,那个王家理怎么不回来看看?"

清漪一愣,阿岫长大以后,她们很少谈到那个王家理。阿岫简直不承认妈妈的生活里有过那个人,因为她自己从不认识他。清漪则认为过去的已经过去了。

"他不敢吗?不好意思吗?没有旅费吗?我前天在英文报上看见他到日本去讲学!——当然,我说的不是来看我们。"阿岫一口气说了这些话,有点歉疚地看着妈妈。

"你想见他吗?"清漪轻轻地问。

"不!"连他喜欢的核桃树还想砍掉呢!

"过去的都已经过去了。"清漪自然地一笑,"人欠我的不必索取,我欠人的一定偿还。"

这是清漪的人生哲学。这当然是弱者的哲学,因为毫无斗争的色彩。

阿岫忽然俯身抱着妈妈,轻轻说了一句:"我们靠自己!"转身走了。到门口又大声说:"工具我都预备好了,我就回来。"脚步声远去了。

清漪闭上眼睛,等了一会儿,又从枕下摸出那封信。信是早上收到的。她已看过许多遍了。王家理说,他对不起她,过去的事无可挽回,只希望能为她和阿岫做点什么。他愿接阿岫出去上学,负担一切费用,口气很冷静。清漪也很冷静。费用?真可笑!难道世间的一切都可以用费用来计算么?她觉得自己好像禁锢在海底瓶中的精灵,经过太长久太痛苦的期待,反而痛恨那音信了。何况那音信是她早料到的,并不是佳音。

她曾考虑,信给不给阿岫看,这应该是女儿自己抉择的事,她无权隐瞒。至于她自己,过去好像是一篇写坏了的作文,烧了以后,连纸灰也撮不起来了。撮不起的纸灰,和她有什么关系?现在最有关系的是那株核桃树。它的存在影响她的安宁。

头上摔伤的地方隐隐作痛,阿岫为她贴了纱布,粘纱布的胶布粘住发根,也隐隐作痛。她把信放在床头几上,眼光触到门口的斧头和小凳。她很想做点事,何不就替女儿做了呢?女儿太累了。清漪踌躇着拿起工具,走到院子里。

月色很好。清亮的光从枝叶间筛下,绘出一道道斑痕。她仰头看着大树,枝叶形成一个不规则的圆形的篷。无边的寂静,树叶也不动一动。

这时的清漪觉得热血向心中涌来,这棵树不只骚扰了她,也欺骗了她。她不再瞻前顾后,左右衡量,没有迟疑,没有矛盾,一往直前地只想着一件事——砍掉这棵树!

斧子不像想象中的沉,砍在树上的声音,倒很沉重。清漪每砍一下都要歇息好久。砍了几下后,那每一下远去的声音似乎都挤在了一起,颤抖着说:"关心你——关心你——"

清漪停手四望,没有风,树叶子一动不动。这声音是熟悉的,她可是一点也不昏乱。

她又砍着,好像砍在什么空洞的东西上,树干发出嗡嗡的声音,这嗡嗡声很快连成了一句话:

"你为什么要除掉我?"

清漪仔细地打量着大树。她曾和它交谈过多次,但总都像是一种幻觉。而现在,这株曾伴人寂寞、给人药材、引人回想又带来无数骚扰的核桃树,它确实在讲话。

"哪一点是我的过错?"它在质问!虽然声音好像飘自远方,而且底气不足。

"你妨碍我。"清漪听见自己回答。

"不是我妨碍你。你无法抵抗那真正骚扰的力量,只好向没有抵抗力的弱者动手。我有用。你不知道吗?你查查《本草纲目》。"它的声音近了,忧伤而平和。

"要砍了你,正因为你有用。你有用,才会有人来骚扰。"清漪觉得自己要哭,"我没有别的办法。"

"我曾和你一样怀着希望——你也是弱者。"核桃树叹息,"自私的弱者。"

"我是自卫的弱者——因为是弱者,所以不得不自卫。"清漪忽然生起气来。只要一点环境和心境的平安,这都不行么?核桃树有用,难道她没有用么?难道阿岫没有用么?她又拿起斧子,慢慢砍着树皮。随着斧子的起落,树身流出了一些汁液。汁液不多,在月光下闪闪发亮。

这是什么?是树的血液么?清漪猛地站起身,拿出喷雾器向嘴里喷。

"这是我的眼泪。"那远去的底气不足的声音忧伤而平和,"这是我的眼泪。"

清漪丢下斧头,转身踉跄地走进屋,进门时回头正见那棵大树慢慢向院墙的豁口处倾斜,歪过去,歪过去,好像影片中的慢镜头,最后慢慢地倒下了,没有多大声音。虬结错杂的树根从土中掀起,像一座小山。

"因为你有用而没有权势,"清漪慢慢地在想,"因为你究竟只是一棵树!"月光照着倒下的树干和升出地面的小山似的树根,也照着坐在窗前的清漪。

她坐着,不知坐了多久。

"妈妈!核桃树倒了,多奇怪!"阿岫在窗外叫。很快便跑进房来。她的鼓鼓的脸儿红扑扑的,手里举着一簇核桃,圆圆的鼓鼓的浅绿色的,正是嵌在破洞中的那枝。

阿岫带着胜利的喜悦把那簇核桃放在几上,顺手拿起那淡蓝色的信。她也看了不止一遍,看过后停下来默想,又看看沉思的母亲,随即嚓嚓两下撕了。"我们靠自己!妈妈,对么?"她抱住了清漪瘦削的肩。

清漪开了书桌抽屉,那里放着母女俩的工资。她把所有的钱都拿出来数着。

"干吗呢,妈妈?"阿岫倚在身边问。

"预备罚款。"清漪说,抬起头安静地微笑,"我们砍了树,没有经园林局批准,应该罚款。"

1981年11至12月

(原载《钟山》1982年第3期)

胡子的喜剧

十五年前有一天,在某部某司宽大的过道里,走过某一个年轻人。说他是年轻人,是按二十世纪后半叶的标准,若按孔夫子的说法,则已是中年人了。他穿一件浅色薄呢夹克衫,风度翩翩,很轻松,很快活。

忽然一间办公室的门开了,接着半个通道的门都开了。门里探出数目不等的脑袋,像由什么机关固定了似的,齐刷刷地向他行注目礼。他向第一间的脑袋们打招呼,向第二间的脑袋们微笑,走过第三间第四间时,感觉就不那么好了。他不知道自己是把鞋穿到头上了,抑或是把帽子戴到了脚上,总之有什么地方大大的不对劲,让人家看天外来客似的看他。

"吴光!哪天回来的?"总算有一个脑袋说话了。这脑袋属于处长。

"前天。今天就来上班了。"

"住了三个月吧?成了澳大利亚土著了。"笑嘻嘻的。

澳大利亚土著?吴光下意识地捋了一下头发,手摸到面颊时,忽然明白了——他留了胡子!

他留了胡子,是络腮胡,还不太长,从左耳到右耳,围绕着下巴像戴了一个毛茸茸的半环,这半环很细密,很光亮,又十分的黑,衬得他一双眼睛格外有神。"哈!我留了胡子。怎么啦?"他也笑嘻嘻的。

十几年的时间不算长,但是人们渐渐忘记了当时的那些古怪观念。不了解过去,而妄自评说,是不负责任的。请从吴光的胡子复习一下历史罢。

"我留了胡子,怎么啦!"吴光真算得勇而且敢了。在北京城没有任何人留胡子的情况下,一个人向美髯进军!

他进了办公室,同事们总算把盯住他的目光收回去,问了些情况,听他讲了些见闻。一位关心世界地理的人问:去看艾尔石了吗?吴光说没有,我又不是去旅游。处长嘉许地点点头,随即提出:"你印象最深的是什么?"这问题在那时属于新颖可喜之类,不像现在已沦落为老生常谈。

"印象最深?"吴光想了三秒钟,"我想是澳大利亚人的胡子。"说着拿出几张风景人物的照片。照片上果有好几位蓄须者,有的很浓重,整个脸像藏在秋天的草丛中;有的很清淡,不过两笔金黄的颜色而已。

"所以你也留了胡子。"

"怎么样,不好看吗?"

大家又瞪住他。真真的怎么得了!出国三个月,竟敢这样与众不同不说,还没事人儿似的!处长轻咳了一声,似乎要发表讲话,停了一下,却又不说,只挥挥手,大家各自工作去了。

午餐时,他正对饭盒坐着,研究里面的食物,那是一份黄瓜西红柿炒鸡蛋,比澳大利亚的份饭差远了,而且他素来以为黄瓜和西红柿搁在一起简直是荒谬,但是他感到亲切。深深吸了一口菜油味儿,心里说:"哈,我的炒鸡蛋!"

不知什么时候,处长坐到他旁边了:"怎么样?吃不惯了吧?"

"岂有吃不惯之理!这是祖国的饭菜。"

"那就好。我说小吴,"伸手在吴光肩上拍了一下,"你留这胡子,影响可不好啊!"

"是污染了环境,还是恶化了天气?"要上纲就上得高高的。

"我说的是意识形态方面的影响。咱们是中国人,不是澳大利亚人——"

"中国人的胡子才重要呢,留得才长呢。京戏里专有须生的行当,没胡子怎么唱?"

"咱们是政府工作人员,可不是演员!你这样,对本部本司影响都不好。"

"请说得具体些。"

又不知什么时候,处里的老大姐坐在他另一边了。奇怪得很,每个单位大都有这么一位老大姐,扮演着检察长、审判官和红娘等角色。"最具体不过就是春山的反应了。看见你人猿似的,还不得吓个半死!你想过春山的意见没有?"

春山是他们部里一位姑娘,和吴光的关系正处于微妙状态。这是大家感兴趣的事。

可是三个月不见,他并没有急于见她的愿望,自己也有点奇怪。

"唔。"他似答非答。

"人总该尊重群众意见,注意影响。"

"走群众路线,为群众办事。"油嘴滑舌。

"春山到上海办事去了,今天下午回来,你上车站接她去!"老大姐不与他一般见识,慷慨地告诉他车次、车厢号码。

想着有春山接下劝说的任务,老大姐和处长相视一笑,放心地吃黄瓜西红柿炒鸡蛋。

吴光准时到达车站。一路上不少人盯着他看,还有人以为他是外宾,有礼貌地"请先走"。难道只有外宾有留胡子的权利?他愤愤然,却不知该朝谁生气。

车进站了。春山走下车来,向他跑了几步,轻描淡写地说:"你留胡子了,差点儿认不出了。"语气模棱两可,既不否定也不肯定。春山白白胖胖,是个稳重的姑娘,这种语气对她很合适。他很感谢,忙上前帮着提箱子。"呀!"春山叫了一声,说把什么东西忘在车上了。他连忙奋勇跳上车,东张西望,把什么东西取到手中,那是一个小蓝皮本子。他把失物献上时,距接受任务时不超过三分钟,可是春山的神态大变了。

她司里的几个同志簇拥着她,目光如同上弦的箭。春山接过本子,悄声埋怨:"干吗留胡子!影响多不好。"就他们的关系来说,这种埋怨透着亲近和关切,他却十分反感。又是影响!影响几个子儿一斤?他随着"弓箭手"们走了几步,发现春山似乎不愿和他走在一起。稳重的姑娘不喜欢引人注目,这也是合乎情理的。

"我先走一步。"他大踏步走开了。

以后老大姐传话,说只要他剃掉胡子,春山还是愿意来往的。他的回答是干笑两声。

他以为随着时间的推移,人们会习惯他的胡子,承认那本是他的一部分。可是恰恰相反,人们愈来愈看不惯他的"光荣孤立"。背地的议论有时浮上桌面,女同胞们更是叽叽喳喳,赠送美名"人猿泰山"。

老大姐几次恳切劝说:"也就是现在要改革开放了,容得你们这么标新立异。在早些年,一人瞪一眼就够你受的!早打成什么路线了！劝你还是做什么都别出格才好。"她还讲了一则故事：某大学某教授蓄有长须，曾在巴黎美髯比赛中得第一名，"文化大革命"中不肯剃去胡子，落得跳楼自杀！"值得么？咱们可不做那种傻事。""身体发肤受之父母，不敢毁伤。"他仍有话还击。然而留胡子到了影响工作的地步，他也就无法还击了。他本是工作中的骨干，自与胡须为伍，有些场合竟不获准参加。他觉得自己像那不祥的祥林嫂，要干什么都被喝一声："你放着罢。"

因为什么？因为胡子。

他梳理着茂盛而美丽的已有两寸长的胡子，忽然想到"天网恢恢"这四个字。胡子编织成一张大网，罩住了他，而且还在收紧。摆脱这一张网，日子会快活起来。斩断万种烦恼丝罢！割破自己做成的网！不可为美髯而丧身！他终于沉痛地做出决定：下班后先去摄影留念，然后举行剃须典礼（自己一人参加），告别胡子，重做自由人。

进了照相馆，他走向柜台交费。营业员向他审视，然后说："我们不能照，不能给你照。"他以为自己听错了，营业员拿出店堂公约，耐心地指点："写着的，怪发式、怪服装不予服务。留胡子属于怪相一流，不能照！"

他两眼发黑，几乎站立不住，那张网连照相馆都罩住，还有什么可说的！

"真好看！"忽然听见一声赞叹，声音很柔和，稳住了他的神经。他不由得想看一看赞叹者和被赞叹者。他看见一个黑而干瘦的年轻女子，一张满是赞叹表情的发光的脸和一双发光的眼睛。这是那赞叹者了。他没有料到，这是他真正的克星。

"真好看！"她指指他的胡子，"我是第一次看见活人的胡子。"原来他的胡子是被赞叹者。真使他比刚才还迷惑不解,世上还有这样的眼光!他好像一个溺水的人抓住了一块木板,又像是正要跳楼却给人婆婆妈妈地拦腰抱住。

"你是说我的胡子?"

"当然了,全中国没有别人有胡子。"

"你——真是胡子知己,我的知己。"他禁不住说,眼泪大滴大滴落下来。这话和泪对一个陌生人是太亲近了,但是她毫无愠色。

他认识了她。芳名秋水的她,是新分到部里的大学生。他们一路走回去,终于有人听他倾诉胡子惹来的烦恼了。他说,中国人不知怎么回事,最喜欢在头发胡子上做文章。一会儿要留发,一会儿要剃发,留不留发是忠于某个政权的标志。真叫人烦得慌!她说,可不是!鲁迅在《头发的故事》里写着,他们的祖母曾说,那时做百姓才难哩,全留头发的被官兵杀,拖辫子的便被长毛杀!不知道有多少中国人因为这不痛不痒的头发而吃苦、受难、灭亡。

"胡子也一样是祸根。真是烦恼丝啊!"

"我觉得留胡子好看,真的。"她很认真地说。不知哪里的光线照在她脸上,在黑眼睛上照出个发亮的点,如同小小的白帆。

两人走到机关大门口时,像已经认识了一个世纪。

"真的。"分手时她说,"留了胡子才是须眉男子,不然,不是和女人差不多了吗?"

他很自豪,很得意,很想纵声大笑。但他及时收敛,摸了摸柔软的胡子,心想以后让她也摸一摸。他目送她向女宿舍跑去,发现她的身材很婀娜。

以后的事顺理成章,他们很快准备结婚。不过她对胡子的看法和初见时大不一样了。不受环境影响的大概不成其为人,不管怎样怀疑"影响几个子儿一斤"。只是她的变化比三分钟长得多,足见她的坚贞。

她好几次泪盈盈地望着他,心事重重的样子:"你这胡子,全中国没有人留胡子。"

"这话你说过。"他说,不明白这话字句虽一样,意思却变过了。

他当然很快就明白了。他早已不想和胡子共存亡,何况有了共存亡的秋水。

去照结婚相片之前,她又泪盈盈地望着他,递过一把剃刀。他只觉得自己被如水的柔情包围着,平安而又快乐。

这张结婚照很漂亮。两人都穿得干净、整齐脸上都是光光的。

十五年后的某一天黄昏,他在熙攘的街道上骑自行车,一面小心地保护着挂在车把上的菜篮子。街灯开了,和着夕阳的光辉,照着五颜六色忙忙碌碌的人群,好像给他们涂上一层油彩。很多人奇装异服,有的人长裙曳地,有的人短裙包臀;有的男士留长发,烫得卷曲;有的男士留辫子,似乎要重温晚清遗梦。留胡子的人不很多。谁也不去注意别人的打扮,只顾匆忙地奔自己的路。

红灯亮了。他停下来,一脚踩着马路牙子,心里是空荡荡一片。一个人停在他身边,忽然打了一个喷嚏。他侧过脸看,见这人风华正茂,留了络腮胡子,如同戴着一个毛茸茸的半环,细密而光亮。

关于胡子的悲与喜,像潮水一样涌上心头,没有来得及停留,转瞬间就退下去了。过去的事太遥远了。他平静地扫清自己的心,礼貌地收回目光,心里说:"喂!上巴黎参加美髯比赛去!"

　　谁也不注意这胡子。绿灯亮了,他小心地把有滚出倾向的卷心菜塞回篮子里,一脚蹬开马路牙子,骑车向前。

1994 年 5 月上旬

(原载《十月》1994 年第 5 期)

甲鱼的正剧

它是一只绿毛龟。那是说,绿毛龟是它的外形。至于它的灵魂,若请来各路法师,做九九八十一天道场,也是考查不清的。

它出自楚地云梦大泽之中,族谱无可考。云梦大泽水深处可以想象和龙宫相接,草旺处丰厚如房舍,泥土柔软而芳香。绿毛龟的家在泽地边缘一处洞穴中,上有巨石和林莽。它在这里或游泳,或散步,或伸颈而食,或缩头而眠,自由自在。那时它不过有儿童的巴掌大。

若是它只在出生地附近游荡,大概不会出什么乱子,也就没有这篇小说了。但它是一只浪漫的龟。它身处泥泞,却向往晴朗和高爽;它行动堪与蜗牛媲美,却喜欢旅行,它要看没有见过的狭窄水面和草丛以外的天空。它必须远离熟悉的一切,它应该到云梦大泽的深处去。那里的水和天,都是无边无涯的。可是一只龟没有什么方向概念,只知盲目地爬,爬呀爬呀,居然爬到一条路边,那时它已长大了一圈。

"一只乌龟!长着绿毛呢!"

它还没有来得及四处张望,几个孩子扑上来,立刻将它捉住了。它伸头要咬,孩子们把它摔在地上,灰白的肚皮朝天。它奋力翻过身来。如此多次,它剩下的抗拒便是把头缩进壳里了。

这使得捕捉更方便。孩子们把它卖给一个行路人。行路人到了目的地,便把它送给一个朋友。如此几经周转,它到了老老先生手中。

老老先生这称呼有点特别,不过也很容易明白。破译出来就是"姓老的老先生",或尊称为老老也可,倒是简单明了。老老到楚地考察水利,历经三个月,如今要回京。楚人想不出什么东西可送,众多脑筋一齐开动后,决定送上这只绿毛龟。龟可以算和水利有关,此龟形态特殊,有观赏意义。龟寿一定长过老老,可做永久纪念品。这是一个不俗的礼物。

绿毛龟放在一个白瓷深盆里端上来,背上的绿毛如水藻,颜色很深,头部还放着一朵红花。老老果然高兴,说:"我正想要一个活物,不管是个什么,只要活的就好。"

因为都知道老人鳏居已多年,儿女都在海外。人们自作多情地想表露同情,却被随同的年轻人岔开了。年轻人姓贾,人称小贾,又称贾秘书。其实老老一生都没有秘书,只有学生跟着跑跑,所以这真是假秘书了。小贾用一支筷子挑衅,绿毛龟根据龟性伸出头来,一口咬住筷子,两个小绿豆眼骨碌乱转。似乎说:"你们这些人,一只龟有什么好看!"

老人伸手拍拍龟的头。人们一起惊呼。倒也没有发生咬伤手指的事。绿毛龟放开筷子,伸长脖子对老人望着。它的小眼睛里装满人形,它很闷气,它想看敞亮的天空,和茫茫大水相接的天空。如果它会说话,它要向老人提出要求,放它回云梦泽去。一定是向老人,而不是向别人。

"这龟有些灵气。"老老说,"是从云梦泽来的罢。"这么关心云梦泽,一只龟也想到云梦泽。几个人同情地笑了,几个人很感动,还有几个人绷着脸。

绿毛龟随着老人和小贾上了火车。它的居处是一个厚纸盒,盒盖上扎了几个小洞,身边还放了小块馒头。人们说龟不需要天天吃饭,老老说放几块吃食吧,也许它恰好想吃呢。于是有了如上的装备。纸盒放在卧铺下面。老老在下铺,小贾在上铺。火车鸣笛,开动了。

火车哐当哐当飞跑,车身摇摆,绿毛龟如坐摇篮,这真是新奇体验。它听见上面两层的人在讨论什么。

"云梦泽说什么也得搬家。"这是那小的声音。

"改造自然要有分寸。得罪了大自然,那是给子孙造孽啊!"这是老的声音。

"您再说也没有用了。"小的声音。

"没用也得说!"老的声音。他似乎俯下身来,检查龟居,一滴水流进纸盒的孔。

后来他们睡了。他们太累了。火车还在起劲地向前开。纸盒受到颠簸,盒底渐渐松了,露出一条缝。绿毛龟感觉到光亮,那是从甬道透过来的。它朝那条缝挤过去,挤呀挤呀,终于挤出了盒子。房间里铺着地毯,毛烘烘的不好受。

房门没有关好,光亮成为一个长方形。它向这长方形爬过去。一步又一步,一步又一步。它出了房门,爬向车厢一头。它必须逃走,必须离开火车。车厢很长,经过几个房门,还是看不见天空。车厢外,黑夜把一切都包裹了。

它爬爬停停,留下长长的有点发黏的痕迹,终于到了两节车厢连接处。它没有深思熟虑,没有思想斗争,只顾向前,马上就要从空隙处掉下去了。忽然有人抓住了它,把它举起来。

"你呀,掉下去会粉身碎骨的。"这是老老。它立刻本能地缩进头颈,虽然离老人的脸很近,也没有能看清脸上写着的话。

紧接着小贾也赶到,埋怨说:"您看您!为一只乌龟,值得么?"于是老老拿着龟,小贾扶着老人,三位一起回房。

"你是从云梦泽来的么?请你发表意见。"这是老人心里要说的话,他没有说。就是说了,绿毛龟也不懂的。

老和小把它塞回纸盒,用塑料绳结实捆了,分头入睡。绿毛龟睡不着,在盒子里爬。忽然,它身子向前一倾,盒子翻转到另一面。便是不出盒子,也能移动。它应该得出这样的理论。但是它没有这样的思维能力,只是本能地向着一个方向翻去。这么翻了几下,盒子到达房门口,房门紧闭,它一筹莫展了。

"云梦泽!云梦泽!"忽然一声喊叫,声音又尖锐,又嘶哑。这是老人在睡梦中发出的。小小绿毛龟全身都震动了。"云梦泽"三个字似乎有一种神奇的力量,让它心神不定。好像有一根无形的线,把它和老人联在一起。它不再翻动,趴下来,入静了。

小贾拍拍床沿说:"老老,不要吓人。"老老在睡梦中翻了个身,没有回答。他太累了。

绿毛龟随老人下了火车,上汽车;下汽车,上电梯;下电梯,进房门。家中只有老老和它两位,所以它样样享有一半。它的住所最初只是一个简单的盆。后来在盆里兴造起假山、洞穴、水池、泥地,成为小小的王国。假山垂下藤蔓,成为它洞府的门帘,泥地上生满青苔,成为柔软的地毯。不时有客人来访,总要把它夸上两句,说它真好看,说它伴着老人,是有功之臣。这样的生活,龟复何求!

而且它渐渐懂得老老了。有时老老出外回来,气鼓鼓地大声叹气;有时人们在家里面红耳赤地争论。它都觉得老老需要它的支持,可是它无法表示,只能用小绿豆眼看看老老,做沉思状。沉思时,它总忘不了从家乡出走时的心愿:它要看看广阔无际没有遮拦的天空。自从它落入路边孩童的手中,所见的天空都是切割成一块一块的,比从前所见都不如。老老有时把它的盆搬到阳台上晒太阳,那便是它所见到的最广阔的天空了。

它渐渐习惯了,习惯于和老人一起过日子。如果它来生仍是一只龟,它还愿意在这小王国里生活。对天气的追求和对故乡的眷恋都让惰性化掉了。美丽神秘的云梦泽消失了,如窄窄天空上的那一片云,飘过天空的那一缕烟。

然而老老没有忘。他接连在睡梦中惊呼:云梦泽!云梦泽!使得正在入静的绿毛龟战栗不已,那束绿毛都飘动起来。

一天,小贾来了。说是要去给云梦泽搬家。他打开提包拿出些资料,要和老老做最后的核对。老老双手扶头不说话。绿毛龟正在屋里巡行,好奇地爬进提包,觉得很舒适。

材料核对完了。小贾很高兴,说云梦泽会听话的。他要老老好好休息,不要想不相干的事。还殷勤地为老老倒了一杯水,拎起提包走了。

他乘车驶往机场,一路打瞌睡。忽然有什么东西碰了他一下,他左右看,没有什么。车转了几个弯,又有什么碰他一下,分明是什么活物向他拱来,他随即看到提包一凸一凸。莫非是一条蛇!他沉住气,吩咐停车,小心地把提包拎出车外。然后万分警惕地拉开拉链,自己向后跳开,好像里面装着定时炸弹。

小小绿毛龟伸出头来,小眼睛滴溜溜转,不能决定该怎么办。

"是你!"小贾又好气又好笑,恨不得打它一顿。

"等从机场回来,我给老老送去吧。"司机建议。

"拿什么装它呀?"小贾说。这时龟已经伸开四脚,爬出提包。

"这样吧。"他撕下一张纸,写了字,弯腰贴在龟背上。

"要是过路人捡了去,它就回不了家了。"司机提醒,"甲鱼的价涨得太快!"一只龟被称作甲鱼时,它的命运就注定了。

"活该让它去作药材吧。"小贾要去搬动千千万万包括人在内的生灵,一只龟真算不了什么。他们上车走了,留下一阵汽油的气味。

绿毛龟在路边发愣。它背负的白纸在阳光下很耀眼,上面几个大字:此龟属于老老先生。下端小字写着地址,很详细。

它渐渐明白,终于到了最宽广的天空下。它那如烟的逝去的梦凝聚了起来,成为眼前现实的天空。没有云,没有烟,一片蔚蓝的高爽。若是一头长颈鹿,大概会觉得天空像一个大碗,覆盖在田野上。最宽广的天空也是有尽头的,但是龟的小眼睛看不到这么远。只觉得无边无际的混沌包围着自己,自己便也伸展为无边无际的混沌了。这混沌逐渐缩小为一个圆圈,又落在它的壳里,使它感到无比的圆满。

圆满是暂时的。绿毛龟在路边数十丈内来回爬了三遭,又观赏了星空和月色。忽然想起了老老和云梦泽,两者在它是一回事。它还没有见到云梦泽的大水面,也许老老会带它去。

所以说龟的运气好呢。在它盼着见到老老时,一个好心人骑车过来捡起了它,把它送还老老。屋子里气氛很不对。好几个陌生人在忙着什么。一个漠然地说:"又送甲鱼来了。"接着问:"多少钱?"

陌生人指指龟背上已经破损的纸条,默然离开了。

那人把它放在水管下,哗哗地冲掉它身上的泥垢,包括那纸条。丝毫不注意它并不是普通的龟。它本能地缩着头。后来那人不管它了。它悄悄伸出头颈,想看看老老。

老老在另一间房里,双颊通红,还在低声呻吟。不时吐出几个字。人们不懂他说什么,而绿毛龟是懂的。老老不可能送它回家,因为老老和云梦泽都正在消失。像那一片云,像那一缕烟。

绿毛龟伤心地移开了目光,立即发现一个可怕的场面。好几只龟挤在一筐里,让网套着,有的缩着头,有的已经没有了头,淡淡的血痕染在同伴的壳上。龟是没有多少血的。

绿毛龟用力把头颈伸得长长,身上的绿毛都竖起来。它再一次看着老老,想大声叫出来:"你们留住!"

"这一只伸出头了!好药材!"那人说。手起刀落,把绿毛龟的头砍下了。

1994年5月中旬
(原载《作品》1994年9月号)

画　痕

　　大雪纷纷扬扬,大片的雪花一片接着一片往下落,把整个天空都塞满了。这城市好几年没有这样大的雪了。

　　逯冬从公共汽车上下来,走进雪的世界,他被雪裹住了,无暇欣赏雪景,很快走进一座大厦,进了观景电梯。这时看着飞扬的雪花,雪向下落,人向上升,有些飘飘然。他坐到顶,想感受一下随着雪花向下落的感觉,便又乘电梯向下。迷茫的雪把这城市盖住了,逯冬凑近玻璃窗,仔细看那白雪勾勒出的建筑的轮廓,中途几次有人上下,他都不大觉得,只看见那纷纷扬扬的雪。

　　电梯再上,他转过身,想着要去应试的场面和问题。他是一个很普通的计算机工程师,因母丧,回南方小城去了几个月。回来后原来的职位被人占了,只好另谋出路,现在来这家公司应试。

　　电梯停下了,他随着几个人走出电梯。

　　这是一个大厅,很温暖。许多人穿着整齐,大声说笑,一点不像准备应试的样子。有几个人好奇地打量逯冬,逯冬也好奇地打量这大厅和这些人。他很快发现自己走错了地方,他要去二十八层,而这里是二十六层。

　　他抱歉地对那些陌生人点点头,正要退出,一个似乎熟识的声音招呼他:"逯冬,你也来了。"这是老同学大何。大何胖胖的,穿一身咖啡色西服,打浅色领带,笑眯眯有几分得意地望着逯冬。"你来看字画吗?是要买吗?"

逯冬记起听说大何进了拍卖这一行,日子过得不错,是同学里的发达人家。

"我走错了。提早出了电梯。"逯冬老实地说。

"来这里都是有请柬的,不能随便来。"大何也老实地说,"不过,你既然来了何不看看。我记得你好像和字画有些关系。"

大何所说的关系是指逯冬的母亲是位画家,同学们都知道的。大何又加一句:"你对字画也很爱好,有研究。"他很欣赏自己的记性。

逯冬不想告诉他,母亲已于两个月前去世,只苦笑道:"我现在领会,艺术都是吃饱了以后干的活儿。"

大何请逯冬脱去大衣,又指一指存衣处。逯冬脱了大衣,因想着随时撤退,只搭在手上。他为应试穿着无扣的西服上装,看去也还精神。

他们走进一道木雕隔扇,里面便是展厅了。有几个人拿着拍卖公司印刷的展品介绍,对着展品翻看。大何想给逯冬一本介绍,又想:他反正不会买的,不必给他。逯冬也不在意,只顾看那些展品。因前两天已经预展过了,现在观众并不多。他先看见一幅王铎的字,他不喜欢王铎的字。又看见一幅文徵明的青绿山水,再旁边是董其昌《葑泾访古图》的临摹本,似是一幅雪景。他往窗外去看雪,雪还在下,舒缓多了,好像一段音乐变了慢板。又回头看画,这画不能表现雪的舒缓姿态,还不算好。

逯冬想着,自嘲大胆,也许画的不是雪景呢。遂想问一问,这是不是雪景。"葑"到底是什么植物？以前似乎听母亲说过这个字,也许说的就是这幅画,可是"葑"究竟什么样子？近几年,还有个小说中的人物叫什么葑。

大何已经走开,他无人商讨,只好又继续看。还是董其昌的字,一幅行书,十分飘逸。他本来就喜欢董字,后来知道"读万卷书,行万里路"这八个字是董其昌说的,觉得这位古人更加亲切。旁边有人低声说话,一个问:"几点了?"他忽然想起了应试,看看表,已经太晚了,好在明天还有一天,索性看下去。

董其昌旁边挂着米友仁的字,米家,他的脑海里浮起米芾等一连串名字,脚步已经走到近人的展区,一幅立轴山水使他大吃一惊。这画面他很熟悉,他曾多次在那云山中遨游,多次出入那松林小径。云山松径都笼罩着雪意,那似乎是活动的,他现在也立刻感觉到雪的飞扬和飘落。当他看到作者米莲予时,倒不觉惊奇了。这是米莲予的作品,米莲予就是他不久前去世的母亲。

逯冬如果留心艺术市场,就会知道近来米莲予的画大幅升值,她的父亲米颛的字画也为人关注。近一期艺术市场报上便有大字标题:米家父女炙手可热。可能因为米莲予已去世,可是报上并没她去世的消息。米莲予的画旁便是米颛的一幅行书,逯冬脑子里塞满了记忆的片段,眼前倒觉模糊了。

他记得儿时的玩具是许多废纸,那是母亲的画稿,她常常画了许多张,只取一两张。逯冬儿时的游戏也常是在纸上涂抹,他的涂抹并没有使他成为艺术家,艺术细胞到他这里终止了。他随大流学了计算机专业,编软件还算有些想象力。有人会因为他的母系,多看他两眼。外祖一家好几代都和字画有不解之缘,母亲因这看不见的关系,"文革"中吃尽苦头,后来又因这看不见的关系被人刮目相看,连她自己的画都被抬高了。喜欢名人似乎是社会的乐趣。米莲予并不在乎这些,她只要好好地画。她的画大都赠给她所任教的美术学校,这幅画曾在学校的礼堂展览过。有的画随手就送人了,家里存放不多。

"看见吗?"大何不知何时走到他身边,"你看看这价钱!"

逯冬看去,仔细数着数字后面的零。一万两千,十二万,最后弄清是一百二十万。

大何用埋怨的口气说:"这些画,你怎么没有收好。"

逯冬不知怎样回答。母亲似乎从没有想到精神的财富会变成物质的财富。事物变化总是很奇妙的。

他又看米颙的行书。这是一个条幅,笔法刚劲有力,好几个字都不认得。他们这一代人是没有什么文化的。他念了几遍,记住两句:只得绿一点,春风不在多。

大何又发评论:"这是你的外祖父?近人的画没有,祖上总会留下几幅吧?"

逯冬摇头,"文革"中早被人抄走了,也许已经卖到不知什么地方去了。他想,却没有说。

拍卖要开场了,大何引逯冬又走过一道隔扇,里面有一排排座椅。有些人坐在那里,手里都拿着一个木牌。大何指给他一个座位。人声嗡嗡的,逐渐低落。一个人简单讲话后,开始拍卖。

最先是一幅民初学者写的对联。起价不高,却无人应,主持人连问三次,没有卖出。接下来是一幅画,又是一幅字,拍卖场逐渐活跃。逯冬看见竞拍人举起木牌,大声报价,每次报价都在人群中引起轻微的波动。又听见锤子咚地一敲,那幅字或画就易手了。轮到米莲予的那幅《松山雪意图》时,逯冬有几分紧张。母亲的画是母亲的命,一点点从笔尖上流出来的命,现在在这里拍卖,他觉得简直不可思议。

"一百二十五。"一个人报价,那"万"字略去了。

"一百三十。"又一个人报价。

逯冬很想收回母亲的作品,把这亲爱的画挂在陋室中,像它诞生时那样。可是他没有力量,现在还在找工作,无力担当责任。这是他的责任吗?艺术市场是正常的存在,艺术品是属于大家的。

"二百二十。"有人在报价。报价人坐在前面几排,是个瘦瘦的中年人。他用手机和人商量了许久报出了这个价钱。

场上有轻微的骚动,然后寂然。

"二百二十万!"主持人清楚地再说一遍,没有回应。主持人第三遍复述,没有回应。锤声咚地响了。《松山雪意图》最后以二百二十万的价钱被人买走。

逯冬觉得惘然而又凄然,这真是多余的感觉。他无心再看下面的拍卖,悄然走出会场。

大何发觉了,跟了过来,问:"感觉怎样?"逯冬苦笑。

"这儿还有一幅呢。"大何指着厅里的一个展柜,引逯冬走过去,一面说,"我们用不着多愁善感。"

展柜里平放着几幅小画,尺寸不大。逯冬立刻被其中一幅吸引,那是一片鲜艳的黄色,亮得夺目。这又是一张他十分熟悉的画,母亲画时,他和父亲逯萌都在旁边看,黄色似要跳出纸来。"是云南的油菜花,还是新西兰的金雀花?"父亲笑问,他知道她哪儿也没有去过。画面远处有一间小屋,那是逯冬的成绩,十五岁的逯冬滴了一滴墨水在那片黄色上。母亲添了几笔,对他一笑,说:"气象站。"逯冬看见了作者的名字——米莲予,还有图章,是逯萌刻的,"米莲予"三个字带着甲骨文的天真。这图章还在逯冬的书柜里。逯冬叹息,父亲去世过早,没有发挥他全部的学识才智。画边又有一行小字,那是米家的一位熟朋友,这幅画是送给她的,因为她喜欢。她拿着画,千恩万谢,说这是她家的传家宝。

"这画已经卖了,五十万元。"大何说。逯冬点点头,向大何致谢,走进电梯。

雪已停了,从电梯里望下去是一片白。逯冬走出大厦,在清新的空气中站了一会儿。

"明天再来应试。"他想,大步踏着雪花,向公共汽车站走去。

(本篇与以下三篇以《惝恍小说》题
原载《中国作家》2008年第4期)

打球人与拾球人

大片的开阔的青草地,绿茸茸的,一直伸展开去。远处树林后面,可以看见蜿蜒的青山。太阳正从青山背后升起,把初夏的温和的光洒向这个高尔夫球场。

谢为的车停在球场门前。门旁站着几个球童。排首的一个抢步过来,站在车尾后备箱前,等谢为打开后备箱,熟练地取出球包,提进门去。谢为泊好车,从另一个入口进去,见球包已经在自己的场地上。球童站在旁边,问他是不是先打练习场。

这球童十五六岁,生得很齐整。头发漆黑,眼睛明亮。

"你是新来的?"谢为问。他平常是不和球童说话的。

"来了两个多月了。"球童垂手有礼地回答。

谢为一想,果然自己两个多月没打球了。事情太多,便是今天,也是约了人谈生意。

已经有几个人在练球,白色的球在空中画出一道道抛物线。谢为的球也加入其中,映着蓝天,飞起又坠落。不到半小时,满地都是球,白花花一片。拾球车来了,把球撮起。谢为的球打完了,球童又送来一筐。谢为说他要休息一下,等约的人来了一起下场。来人已不年轻,要用辆小车。

"一会儿我给您开车。"球童机灵地说。这球童姓卫,便是小卫。他们一般都被称为小这小那,名字很少出现。

谢为靠在椅上,看着眼前的青草地,地面略有起伏,似乎与远山相呼应。轻风吹过,带来阵阵草香。侍者送来饮料单,他随意指了一种,慢慢啜着,想着打球时要说的话。

饮料喝完了,他起身走到门口。来了几辆车,不是他要等的人。也许是因为烦躁,也许是因为太阳已经升得很高,有些热了。又等了一阵,还是不见踪影。谢为悻悻地想:架子真大。这一环节不能谈妥,下面的环节怎么办?也许这时正在路上?

手机响了,约的人说临时有要事,不能来了。显然,谢为的约会还不够重要。"那请便。"谢为在心里说,关了手机。

小卫在旁说:"那边有几位先生正要下场,您要不要和他们一起打?"

谢为看着小卫,心想:这少年是个精明人,将来不知会在哪一行建功立业,或者在这纷扰的社会中早早就被甩出去,都很难说。

"好的,这是个好主意。"他说着,向那几位球友走去。

小卫跟着低声问:"车不用了吧?"谢为很高兴。在小卫眼里,他还身强力壮,不需要车。

这边的球友们欢迎他,其中一位女士说,常在报上看到他的名字和照片。他轻易地打进了第一个洞,再往下就落后了。越打越心不在焉,总想着本来要在球场上谈的题目。这题不做,晚上的饭局上谈什么?他把球一次次打飞,他的伙伴诧异地瞪了他几眼。小卫奔跑捡球,满脸是汗。

"呀!"谢为叫了一声,在一个缓坡上趔趄了一下,不留神崴了脚。照说,球场上青草如茵,怎会崴脚,可是他的脚竟伤了。小卫跑过来扶他,满脸关切。小车很快过来了,他被扶上车,几个人簇拥着向屋中去。谢为足踝处火辣辣地痛,但心中有几分安慰。晚上的饭局可以取消了,题目可以一个个向后移了。他本可以有几十个借口取消那饭局,现在的局面是最好的借口,尤其是对他自己。

小卫扶他坐在酒吧里,问他要不要用酒擦。

谢为问:"有没有二锅头?"酒童说只有两百八十元的。谢为不在意地说:"就用这个。"侍者取来,小心地斟出一杯。

小卫帮他脱去鞋袜,见脚面已经红肿了。小卫把酒倒在手心,在脚面轻轻揉搓。

"真对不起,"球场经理小跑着赶过来,赔笑道,"已经叫人去检查场地了。先生的卡呢?今天的费用就不能收了。"说话时搓着两手,这动作是他新学的,他觉得很洋气。

谢为只看着那酒瓶。经理敏捷地说:"这瓶酒当然也不收费。"

谢为慢慢地说:"不要紧的,是我自己不小心。"

经理对小卫说:"轻一点。"又对谢为说:"能踩刹车吗?多休息一会儿罢。"

谢为离开时,给了小卫三张纸。小卫扶他上车,又把球包和酒瓶都放好。

小卫回到球场,仍奔跑着捡球,他很满意这一天的收入,他要寄两百元给母亲,并给妹妹买一本汉语字典。

稻草垛咖啡馆

阿虎是小名,叫阿虎便有一些希望他做大事的意思。因为不是阿狗阿猫,是虎。阿虎曾经在一家名气很大的公司工作,并任本地区分公司总经理。他很聪明,经营有术,生意发达,很得领导层的重视。都传说他要高升了,升任集团中更高的职务,便有那相熟的人准备下庆祝宴会。可是出乎人们意料,他不但拒绝高升,连本来的位置也辞掉了,害得大家好不扫兴。

过了些时,一个街角出现了一家小咖啡馆。进门处有一幅大画,画着大大小小的稻草垛,这就是咖啡馆的名字。不像时下一些店铺喜用洋文,它就是简简单单的"稻草垛",让人想起阳光和收获,似乎还有些稻草的香味,混杂在浓郁的咖啡香味里。

阿虎的大名叫雷青虎,妻子名闪白凤。白凤是个心高气傲的女子,她可不是容易改变生活方式的。为了阿虎要换工作,他们已经讨论了几年,两人甚至准备分道扬镳,迟延不决是因为五岁的儿子不好安排。白凤说:"我们总不能跟着你喝西北风吧。"

几个月前,公司的一位高层管理人员在办公室猝死。有人说是自杀,有人说是他杀,总之他突然离开了这个世界。这事被大家谈论了一阵,慢慢就淡忘了,却为阿虎的主张增加了砝码。

白凤一时深感人生无常,不再需要劝说,便随他离开高楼,到街角开了这家咖啡馆。

他们离开了大公司的勾心斗角,那里每个人身上都像长满了刺,每个人都必须披盔戴甲。小咖啡店就自由多了,他们还烤面包,做糕点,也做一些简单的菜肴,不久这稻草垛就出了名。

"拿铁咖啡,大杯的,一份鹅肝酱。"

"来一份黑森林蛋糕。"

常有人下班后在这里吃点什么,看看街角的梧桐树。如遇细雨霏霏,便会坐得很久。有些顾客是阿虎从前的同事,他们说:"你的咖啡馆眼看又兴旺起来了,还不开个连锁店?你是个能成功的人,要超星巴克,谁也挡不住。"

阿虎笑笑,说:"成功几个子儿一斤?人不就是一个身子,一个肚子吗?"他记得小时父亲常说,鹪鸟巢林,不过一只;鼹鼠饮河,不过满腹。不过他不对旧同事说这些,说了他们也不懂。

阿虎的父亲是三家村的教书先生,会背几段《论语》,几篇《庄子》。不过几千字的文章,他不但自己受用、教育儿子,乡民也跟着心平气和。阿虎所知不过几百字,常想到的也不过几十字,却能让他知道人生快乐,不和钱袋成正比。

白凤没有这点哲学根底,对阿虎不肯扩大再生产,心里不以为然。她说阿虎不求上进,两人不时闹些小别扭。阿虎就引导太太发展业余爱好,有时关了小店和太太到处逛,一次甚至到巴西踢了一场足球,不是看,是踢。

一个初秋的黄昏,空中飘着细雨,店里人很少,两个帮手都没有来,店中只有阿虎一人照料。一个老年人扶着拐杖走进来,拐杖是那种有四个爪的。他也许中风过,走路有些不便,神态依然安闲。他是小店的常客,似乎住得不远,从来不多说话。他照例临窗坐了,盼咐一杯咖啡。他的咖啡总是要现磨的,阿虎总愿意亲自做。他先递上报纸,转身去做咖啡。咖啡的香味弥漫在小店中,阿虎常觉得,这香味给小店染上了一层咖啡色,典雅而又温柔。

咖啡送到老人手中,老人啜了一口,满意地望着窗外。雨中的梧桐树叶子闪闪发亮,可能有风,两片叶子轻轻飘落,飘得很慢。

老人忽然大声说:"树叶落了。又一次落叶了。"阿虎一怔,马上明白,这是老人自语,不必搭话。

这时门外走进一位瘦削的女子,衣着新式,都是名牌。阿虎认得,这是一家大公司的副总,从没有来过,忙上前招呼。

女子挑了一张靠近街角的桌子坐了,要了一杯卡布其诺咖啡,笑笑说:"早就听说你这家店了,果然不错,一进门的稻草垛就不同寻常。"

记得有一次大型活动,阿虎也在场,那时这位副总穿一件带银白毛皮领的淡紫色衣裙,代表公司讲话,赢得不少赞叹。在生意场中,她的精明能干、美貌出众是人人皆知的,现在容颜很是憔悴,分明老了许多。

阿虎微叹说:"大家还是那么忙?歇一会儿吧。"送上一碟松子,自去调制咖啡。

女子不在意地打量店内陈设,看到窗前坐着的老人,有些诧异。略踌躇后,站起身,向老人走去。老人还在看着窗外的梧桐树,也许在等下一片叶子的飘落。

"您是——"女子说出老人的名字。

老人转过目光,定定地看着女子,过了一分钟,有礼貌地说:"你认得我?"

女子微笑道:"二十年前,我曾给您献过花。前年我们组织论坛,您还有一次精彩的演讲。"

老人神情木然,过去的事物离他已经很遥远了。

女子又说:"您不会记得我。"随即说出自己的名字,又粲然一笑,似乎在笑自己的报名。

名字对老人没有作用,那笑容却勾起一张图片。

他迷惘地看着女子,眼前浮出一个可爱的小姑娘,光亮的黑发向后梳成一根单辫,把一束鲜花递给他,转身就走,跑下台阶,却又回头,向他一笑。

过了十年,有一次论文答辩,一位要毕业的女学生和评委们激烈辩论,是他最后做出裁决。那位女学生也是这样粲然一笑说,她曾给他献过花。他记起她的笑容,不觉说:"你长大了。"

又是十年,他不大记得那次论坛,他的脑海的装载已经太多了。他接受过许多献花,也参加过多次论文答辩,现在印象都已经模糊了。这几次重叠的笑容,翻开了他脑中发黄的图片,过几天又可能消失了。

眼前的女子已经不是水灵灵的小姑娘、大姑娘,而是一副精力透支、紧张疲惫的模样,擦多少层各种高价面霜也遮掩不住。他如果说话,就会说:"你变老了。"也许他见到的和他想到的并不是同一个人。

女子坐在老人对面,忽然倾诉说:"我太累了,真没有意思。"稍顿了一下,又说:"你看见水车了吗？水车在转,那水斗是不能停的,只能到规定的地方把水倒出来。水倒空了,也就完了,再打的水就是别人的了。"

老人神情依旧木然,手脚忽然都颤动了一下。阿虎端了咖啡来,听见这段话,心头也颤了一下。

"我会老的。"女子对老人说。看着那满头白发,心里想:"像你一样。"

"也会死的。"阿虎心想,"我们都会死。"

阿虎回到操作间,见白凤正站着发呆。她从后门进来,听见客人谈话。

"我想你是对的。"她对阿虎说。

雨丝还是轻轻飘着,阿虎主动端了一杯咖啡,放在女子面前,说:"请你。"女子喝着,不再说话。

老人默坐,又聚精会神地看着梧桐树。又一片叶子落了。

客人走了,阿虎两人心里都闷闷的,提早关了店门。迎门挂着那幅招牌画,一个个大大小小的稻草垛,这是他们的靠山,他们不需要再多了。

不久又有消息,说这条街的房屋都要拆了,要建一座大厦。他们可能还得回到楼底,找一个角落开一家小店讨生活。店名还叫稻草垛。

董师傅游湖

董师傅在一所大学里做木匠已经二十几年了,做起活来得心应手,若让那些教师们来说,已经超乎技而近乎道了。他在校园里各处修理门窗,无论是教学楼、办公楼、教师住宅或学生宿舍,都有他的业绩。在一座新造的仿古建筑上,还有他做的几扇雕花窗户,雕刻十分精致,那是他的杰作。

董师傅精通木匠活,也对校园里的山水草木很是熟悉。若是有人了解他的知识,可能聘他为业余园林鉴赏家。其实呢,他自己也不了解自己。一年年花开花落,人去人来,教师住宅里老的一个个走了,学生宿舍里小的一拨拨来了。董师傅见得多了,也没有什么特别感慨的。家里妻儿都很平安,挣的钱足够用了,日子过得很平静。

校园里有一个不大的湖,绿柳垂岸,柳丝牵引着湖水,湖水清澈,游鱼可见。董师傅每晚收拾好木工家具,便来湖边大石上闲坐,点上一支烟,心静如水,十分自在。

不知为什么,学校里的人越来越多,校园渐向公园靠拢。每逢节日,湖上亭榭挂满彩灯,游人如织。一个五一节,董师傅有一天假,傍晚便来到湖边,看远处楼后夕阳西下。天渐渐暗下来,周围建筑物上的彩灯突然一下子都亮了,照得湖水通明。他最喜欢那座塔,一层层灯光勾勒出塔身的线条。他常看月亮从塔边树丛间升起,这时月亮却看不见。也许日子不对,也许灯太亮了。他并不多想,也不期望,他无所谓。

有人轻声叫他,是前日做活那家的女工。她刚来不久,是他的大同乡,名唤小翠。

小翠怯怯地说:"奶奶说我可以出来走走,现在我走不回去了。"

董师傅忙灭了烟,站起身说:"我送你回去。"想一想,又说:"你看过了吗?"

小翠仍怯怯地说:"什么也没看见,只顾看路了。"

董师傅一笑,领着小翠在熙攘的人群中沿着湖边走,走到一座小桥上,指点说:"从这里看塔的倒影最好。"

通体发光的塔,在水里也发着光。小翠惊呼道:"还有一条大鱼呢!"那是一条石鱼,随着水波荡漾,似乎在光辉中跳动。

又走过一座亭子,那是一座亭桥,从亭中可以环顾四周美景。远岸丁香、连翘在灯光下更加似雪如金,近岸海棠正在盛期,粉嘟嘟的花朵挤满枝头,好不热闹。亭中有几副楹联,他们并不研究。

董师傅又介绍了几个景点,转过山坡,走到那座仿古建筑前,特别介绍了自己的创作——雕花窗户。

小翠一路赞叹不已,对雕花窗户没有评论。董师傅也不在意,只说:"不用多久,你就惯了,就是这地方的熟人了。大家都是这样的。"他顿了一顿,又说:"可惜的是,有些人整天对着这湖、这树,倒不觉得好看了。"

两人走到校门口,董师傅在一个小摊上买了两根冰棍。两人举着冰棍,慢慢走。一个卖花的女孩跑过来,向他们看了看,转身去找别人了。

又走一时,小翠说她认得路了。董师傅叮嘱小翠,冰棍的木棒不要随地扔。自己转身慢慢向住处走去。他很快乐。

琥珀手串

祝小凤当护工已经六七年了,照顾的大多是女老人。照顾一段时间便送她们离开,有的从前门出,有的从后门出,家属们便有的欢喜,有的悲伤,祝小凤也看惯了。他们付给报酬时,有的慷慨,有的吝啬。最初她很在乎,常要争执几句。后来有了些积蓄,大方起来,多几个,少几个,不以为意。护士们说她是个明白人。她又做事细心,手脚麻利,是上等的护工。

这一次,祝小凤照顾的是一位老太太,姓林,病似乎并不很重,不需很多服侍,对祝小凤倒很关心,叫她小祝,常把人家送的东西分给她。来看林老太的人很多。不久小祝知道,其实老太太只有一个女儿,在一家大公司做事,是个金领,人称林总。母女相依为命,女儿差不多天天派人送东西来,送各种花、各种吃食。有一天送来两双棉鞋,一双黑的上面有红花,一双紫红的上面有黑花。祝小凤不知道这鞋在医院里有什么用处,却真心地说:"奶奶福气真好。"林老太微笑着叹气,摇了摇头。

林老太这种表情,很平淡,又很深沉。祝小凤总觉得她和别人有些不同,不大像个老人,倒有几分淘气,会有些别人想不到的主意。其实人在病床上,那已经是大打折扣了。有人送来一只玩具青蛙,会从房间这一头跳到那一头,林老太看得很开心。

祝小凤觉得,老了老了的,还需要玩具,这又是一种福分。

祝小凤嘴上说老太太有福气,心里最羡慕的是那女儿。女儿的年纪和小祝差不多。她除了派司机、秘书和手下人给母亲送东西,自己也常来,但是从不和林老太讨论病情和医生的治疗方案——也许在医生办公室谈过了。所以小祝只知林老太心脏不好,始终不知得的是什么病。她也不需要研究,病人得什么病,跟她的关系并不大,她只需要做好照看病人的工作。她更关心的是林总的衣着,那是千变万化的。有时毛衣上开几个洞,像是怕风钻不进去;有时靴子上挂两个球,走起来滴里答拉乱甩。跟着她的人(那是少不了的)对老太太说:"林总在各种场合出现,报道中总少不了介绍她的服装。"老太太又是叹口气,摇摇头。

这一天,林总捧着一束花来了,花很鲜艳,说是刚从云南运来的。她穿了一件黑毛衣,完整的,没有窟窿,下面是红皮裙。胸前一件蜜色挂坠,非常光润,手上戴了同样颜色的手串,随意套在毛衣袖子外面,发着一圈幽幽的光。小祝只觉得好看,不知道是什么材料。

林老太看着女儿说:"今天穿得还算正规,这两件首饰也配得很典雅。"

女儿便把手串褪下来,放在母亲手里,让她摸一摸,说:"这是最好的琥珀,做工也好。"

林老太随手摸了摸,仍给女儿戴上,说:"戴首饰越简单越好。好在你倒不喜欢这些东西。"

林总说了几句话,大都是怎么忙,怎么忙,随即一阵风似的走了。

祝小凤照顾林老太吃晚饭,餐桌上有鱼,那是营养师提醒病人食用的。

小祝仔细挑去鱼刺,问了一句:"琥珀很贵吗?"

老太说:"要看质地……"说着便呛咳起来。祝小凤忙倒水、捶背,不敢再多话。

过了几天,祝小凤的丈夫来看她。他在家里守着穷山沟,全靠妻子挣钱送儿子上了高中。每到冬天,如果小凤不回家,他总是进城来看望,给她带点家乡的土产吃食。这回是几包酸枣干和苎麻籽,小镇上加工制作的,前几年还没有这种技术呢。因为要给儿子买一件棉外衣,他们去了一处批发市场。外面北风呼啸,紧压着屋顶和墙壁,冷风直透进来。两人在市场里转了几圈,买好了东西,还在一家小铺吃了面。要离开时,忽然看到一个小摊,卖那种五颜六色、零七八碎的小玩意儿。

祝小凤站住了,她的目光落在一件饰物上,那俨然是一个琥珀手串。她拿起手串,摸了又摸,看了又看,看不出和林总的有什么不一样。几次放下,又拿起来。

"想买吗?"丈夫问。

"谁花这闲钱!"祝小凤说,手里仍拿着那手串。

丈夫很解人意,和摊主讨价还价,花了五块钱,把手串买下了。小凤明知这钱是自己挣的,心里还是漾过一阵暖意。她收好手串,跟丈夫随意说着闲话。她说:"隔壁病房的病人出了院要到海南去疗养。"丈夫说:"那么远,我们这辈子别想去。"祝小凤说:"那也难说。"她一路摸着那手串,觉得很满足。

祝小凤把家乡的酸枣干和苎麻籽送给林老太分享。老太特别戴上假牙品尝,说:"原来苎麻籽也可以吃,还这样香脆。"

小凤又指着手腕上的手串,请林老太猜值多少钱。

老太说:"做得真像。十块?二十块?"

小凤道:"您出这个价,我卖给您。"两人都笑了。

晚饭后,护工们在一起,自然而然就议论小凤新戴的手串。一个说,一看就是假的,玻璃珠子罢了。另一个说,别看是假的,做得真像呢。又一个说,管他真的假的,好看就行。

晚上,林总来了,祝小凤又把自己的手串请她过目。

林老太忽然说:"小凤这么喜欢这样的手串,你们俩换着戴几天。"

女儿笑着说:"妈妈总有些奇怪的主意。"说着便把手串褪下来。

小凤不敢接,林总说:"换着戴吧,怕什么,只要妈妈高兴。"

小凤接了手串,把自己那串放在桌上,说:"听老太太的。"退出去了。

林老太拿起小凤的手串,端详着说:"真像,只是光泽不一样。在行的人还是一眼就会看出来的。"说着递给女儿,"收好了,别弄丢了,要还给人家的。"

她见女儿戴上了手串,心里很宽慰,暗想:女儿一点儿不矫情,也随和,不会说自己戴过的东西,不准别人戴。林总两个手机,正接着一个,另一个在响。她看看来电号码,简单明快地吩咐几句,结束了这个通话。拿起响着的手机,便完全是另一种口气,很委婉地安排了什么事情。

林老太看着女儿,不由得说:"东西戴在你手上,假的也是真的。"

林总回到办公室,随手把手串扔在桌旁几上。正好一个半熟不熟求林总办事的人来,见了说:"这么贵重的东西,就丢在这里。"回去特别做了一个精致的盒子送过来,说:好东西要有好穿戴,原来一定有的,添一个是我尽心。秘书收了盒子,林总瞥了一眼,心想:可以给妈妈看,证明她的话。

祝小凤戴上真的琥珀手串,有些飘飘然,在护工中炫耀。大家又发议论,这回意见很一致,总结出来是:戴在你身上,真的也是假的,没人相信它是真的。祝小凤有些沮丧。

正好护士长来了,看着祝小凤戴的手串说:"呀,这么好看的东西!"

祝小凤觉得遇到了知音,抬起手让护士长看。不料她说:"做得真像,多贵重似的。这种有机玻璃最唬人了,你倒好眼光,会挑。"

祝小凤说:"你仔细看看,这是真的!"

护士长笑说:"不用看我也知道。"

林总去美国出差,三天没有来医院,病房里很平静。祝小凤把众人对手串的反应说给林老太。老太神情漠然,似乎不大记得这事了。

这天下午,林老太靠在床上,忽然问祝小凤都会唱什么歌。祝小凤说:"原来在家里也喜欢唱的,现在都忘了。"其实,林老太最想听的是一首英文歌,这里的人是无法帮助的。她也不再问,一直到入睡,都没有说话。

凌晨时分,祝小凤听到林老太哼了几声,没有在意。等她起来梳洗后,见老太太没有动静,过去看时,她似乎已经停止了呼吸。

祝小凤惊得魂飞魄散。她急忙打铃,又跑出病房去叫人。医生和护士都来了,医生做了检查,在床前站了片刻,轻轻拉上了白被单。很快,林总来了,她俯身抱住母亲,许久不起来。跟来的人以为她昏倒了,大声叫着林总,将她扶起,只见被单湿了一大片。祝小凤觉得林总很委屈,为什么不大声哭?也许,她们这样的人是不会大声哭的。接着又来了许多人。没有人责备祝小凤,生死大限谁也拗不过的。

祝小凤很难过。她做护工这些年,照顾过许多病人,还没有见过这样的死法,这样安静,一点也不麻烦人。没有上呼吸机,没有切开气管,没有在身上插满管子,没人打扰,干净利落,静悄悄地离开了这个世界。其实这也是一种福分,她想着,叹了一口气。

过了几天,祝小凤想起她拿着林总的真琥珀手串,应该去把自己的那个换回来。她不愿意用自己不值钱的东西去占有别人值钱的东西,而且她的手串是丈夫给她买的。

她向护士台打听了林总的公司,请了假。找一张干净纸,包了那手串,出了医院,上车下车,到了林总的公司。等着见林总的人在她的办公室外排成队,和医院候诊室差不多。

秘书通报后,祝小凤很快进去了。听她说明了来意,林总从一个抽屉里拿出那精致的盒子,打开,递给她。祝小凤将纸包递过去,一面去取盒子里的手串。林总按住盒子,向前推了推,示意祝小凤连盒子收下。

林总戴上自己的真琥珀手串,喃喃道:"妈妈说这样很好看。"她明亮的眼睛里装满了泪,一大滴落在衣服上。那天她穿了一身黑衣服。

祝小凤装好盒子,要走。林总说等一等,从皮包里拿出一沓钱,递给祝小凤,轻声说:"最后是你在妈妈身边。打车回去吧。"

祝小凤踌躇了一下,接过钱,心想:这足够到海南几个来回了。

祝小凤走在街上,抬头想寻找属于林总的那一扇窗户。但窗户们都一样的漂亮,一样的气派,她分不清楚,她甚至不记得刚才上的是第几层楼。风很大很冷,树枝都弯着,显得很瑟缩。一辆出租车驶过,她摸了摸背包,还是没有打车的决心,顶着风一直走到地铁站口。

时间流逝,医院一切如常。许多人来住过,有人从前门出,有人从后门出。祝小凤的生活也如常,送走旧病人,迎接新病人。

她把手串连同盒子放在箱子里,再想到它,取出来戴上,已是次年暮春了。这时,她的病人仍是一位女老人,见了说好看。

祝小凤故意说:"这是琥珀手串。"

女老人上下打量着她,慢慢地说:"假的吧?"

2010 年底至 2011 年初
(原载《上海文学》2011 年第 4 期)